As irmãs Sloane 2

As mais fortes sobrevivem

Obras da autora publicadas pela Galera Record

As irmãs Sloane
As irmãs Sloane 2: As mais fortes sobrevivem

Anna Carey

As irmãs Sloane 2

As mais fortes sobrevivem

Tradução de
ANA DUARTE

1ª edição

GALERA RECORD
RIO DE JANEIRO • SÃO PAULO
2013

CIP-BRASIL. CATALOGAÇÃO NA FONTE
SINDICATO NACIONAL DOS EDITORES DE LIVROS, RJ

Carey, Anna
C273i As irmãs Sloane: As mais fortes sobrevivem / Anna Carey; tradução de Ana Duarte. – Rio de Janeiro: Galera Record, 2013.
(As irmãs Sloane)

Tradução de: Survival of the Fiercest: a Sloane Sisters Novel
ISBN 978-85-01-08632-7

1. Literatura juvenil americana. I. Duarte, Ana. II. Título. III. Série.

13-8239 CDD: 028.5
CDU: 087.5

Título original em inglês:
Survival of the Fiercest: a Sloane Sisters Novel

Texto revisado segundo o novo Acordo Ortográfico da Língua Portuguesa.

Direitos exclusivos de publicação em língua portuguesa somente para o Brasil adquiridos pela
EDITORA RECORD LTDA.
Rua Argentina, 171 – Rio de Janeiro, RJ – 20921-380 – Tel.: 2585-2000,
que se reserva a propriedade literária desta tradução.

Impresso no Brasil

ISBN: 978-85-01-08632-7

Para Joelle

Prólogo

Da última vez em que vimos Cate, Stella, Andie e Lola, a paz reinava no Upper East Side. Winston Sloane e Emma Childs estavam casados, e as filhas curtiam os primeiros momentos de felicidade em família.

Agora, os pais estão de partida para a lua de mel, e as garotas estão por conta própria. Com uma mansão inteirinha só para elas, será que as irmãs Sloane conseguem ficar numa boa? Difícil. Quem sabe elas sejam uma família feliz agora. *Mas nada dura para sempre... Especialmente no caso dessas irmãs.*

Quando os pais saem... as filhas fazem a festa

Parada à janela, Cate Sloane observava a limusine que estacionava na frente da mansão. Entrelaçou as mãos, resistindo ao desejo de enxotar o pai, Winston, e sua nova esposa, Emma, porta afora. Os dois estavam indo para o Taiti na viagem de lua de mel de última hora — para combinar com o casamento, também de última hora, no dia anterior. Sendo assim, durante uma semana inteira, Cate não teria de dar satisfações a mais ninguém além de Margot, uma aposentada com deficiência auditiva que usava calça de couro. Margot era a avó de Stella e Lola, suas novas irmãs postiças que pareciam tão horrorizadas quanto Cate em relação às escolhas da avó para roupas.

— Então vamos indo — disse Winston, olhando ao redor do vestíbulo.

Lola, a irmã mais nova, alta e desajeitada de Stella, estava com Heath Bar, seu gato, aninhado nos braços. Com 1,49m, Andie, a irmãzinha de Cate, parecia uma anã ao lado de Lola.

— Agora, lembrem... — acrescentou Emma enquanto abraçava as filhas — a vovó vai...

— Emma, faça-me o favor! — bufou Margot e piscou para as garotas enquanto balançava o cabelo loiro e duro. — Me chamem de Margot. — A frente-única Derek Lam deixava exposta a clavícula, e a pele da avó parecia uma carteira de couro de cobra.

— Certo, obedeçam a *Margot.* — Winston olhou para Cate de um jeito que dizia: *Isso mesmo, estou falando com você.*

Cate agarrou o braço de Stella com tanta força que as juntas dos dedos ficaram brancas.

— Esqueça Margot — sussurrou ela. — *Nós* estamos no comando.

Cate visualizou a si mesma e Stella em biquínis Shoshanna no deque do terraço, bebendo limonada com soda. Passariam as tardes fazendo compras na Bergdorf Goodman pra compor um guarda-roupa de outono e os fins de noite comendo o camarão ao alho com gengibre do El Quinto ou o carpaccio do Buzina Pop. Porém, o mais importante de tudo era: uma casa vazia daria a elas a oportunidade perfeita de apresentar ao mundo sua nova irmandade, a Chi Sigma.

— Deveríamos fazer uma festa do pijama no deque do terraço hoje à noite — disse Stella com o cantado sotaque britânico.

— Gosto dessa linha de raciocínio. — Cate inclinou-se para mais perto de Stella. — Precisamos planejar uma reuniãozinha no jardim... Algo para anunciarmos oficialmente nosso rompimento com Blythe.

Cate sentiu um aperto no estômago só de dizer o nome de Blythe Finley. Na semana anterior, depois de uma briga colossal no Pierre Hotel, Cate e Stella haviam sido banidas da Chi Beta Phi, a irmandade que Cate fundara com as melhores amigas: Blythe, Priya e Sophie. As Chi Beta Phis eram as garotas mais populares da Ashton Prep desde sempre. Cate ficava no comando, e Blythe era a vice. No entanto, no sábado, enquanto Stella e Cate brigavam para ver qual das duas deveria ser a presidente da irmandade, Blythe levou a cabo um golpe de estado e fez com que Priya e Sophie se voltassem contra Cate. Então, agora, em vez de planejar a campanha para presidente de turma ou a festa de aniversário de 15 anos na Butter, Cate estava recomeçando. Mas ainda assim estava determinada a fazer do nono ano o melhor. Ela não poderia deixar que alguns detalhezinhos (como perder todas as "amigas") arruinassem isso.

Margot envolveu um dos ombros de Lola com o braço, apontou para Winston e Emma, e disse:

— Vocês dois, podem ir! Agora! Divirtam-se no Taiti! Vamos sobreviver sem vocês.

Mas Winston continuava parado, à entrada da porta, com o olhar fixo em Cate e em Stella. Ele coçou a nuca.

— Ligaremos para vocês assim que chegarmos lá. E, se precisarem de alguma coisa, qualquer que seja, vocês têm nosso número no hotel.

— Você já disse isso. — Cate avançou alguns centímetros, fazendo com que o pai ficasse mais perto da porta. — Três vezes.

— Certo.

Winston envolveu Cate em um abraço e passou a mão pelo cabelo castanho-escuro da filha.

— Fiquem bem, OK?

Cate olhou de lado para Stella, abriu um sorriso e disse:

— Vamos ficar muito bem.

Emma e Winston terminaram as despedidas, com Emma fazendo questão de beijar a todos nas duas bochechas, como era costume entre os europeus. E então saíram porta afora.

Cate ficou olhando com alívio enquanto o pai sentava-se no banco traseiro da limusine. Winston e Emma haviam permitido que elas não fossem à escola hoje e que ficassem em casa para se recuperar do cansaço por conta da cerimônia de casamento, mas no dia seguinte Cate teria de encarar Blythe, Priya e Sophie. Era bem provável que agorinha mesmo Blythe estivesse em seu quarto com as amigas *de Cate*, planejando a primeira festa do pijama delas sem Cate, ou o roteiro de compras que fariam no sábado pelo SoHo. Cate e Stella precisavam se organizar... imediatamente!

Lola acenou para eles enquanto a limusine se afastava.

— Divirtam-se muitíssimo! — gritou e depois subiu as escadas, seguida por Andie.

— Bem, não sei quanto a vocês, mas vou comer um pouco do que sobrou do bolo do casamento — murmurou Margot, que se retirou em direção à cozinha, deixando Cate e Stella no degrau da frente da casa.

Quando o carro virou a esquina, Cate deu um longo suspiro.

— É oficial: o reinado da Chi Sigma acaba de começar! — gritou ela, jogando os braços em volta da nova irmã postiça. — Precisamos pensar em onde vamos nos sentar amanhã na hora do almoço e em como vamos anunciar a irmandade.

— Concordo! — disse Stella. — Acho que deveríamos fazer nossa reuniãozinha neste fim de semana, para um grupo seleto de garotas do nono ano. Pode ser no jardim.

Cate sorriu, imaginando Betsy Carmichael cobrindo o evento para o *Ashton News*. Ela ficaria andando de um lado para o outro no jardim, perguntando às garotas o que achavam da nova irmandade. *Muito melhor do que a Chi Beta Phi*, diria Paige Mortimer, sorvendo um gole de seu mojito sem álcool. *Cate Sloane deveria ter criado uma irmandade só dela há muito tempo.*

— E talvez pudéssemos chamar algumas garotas do último ano para virem aqui uma noite dessas — acrescentou Cate. — Sempre me perguntei onde Ally Pierce consegue aquelas joias vintage.

Ally era a garota mais popular do último ano da Ashton Prep.

E então o som da voz de Margot ecoou pela casa, vindo do vestíbulo:

— Stella! Onde estão os garfos? Não consigo achar nada nesta casa!

Stella ergueu o dedo no ar, sinalizando para que Cate esperasse por ela.

— Aguenta aí — disse para Cate. — Já volto.

Os cachos loiros balançaram para cima e para baixo enquanto ela entrava a passos largos pelo vestíbulo.

Cate continuou no degrau da frente da casa, desfrutando o ar cálido do comecinho de setembro. Um caminhão branco estava estacionado na frente da mansão vizinha, e em sua lateral se lia All-Star Movers! em letras de um vermelho animado e irritante. Quando os Warburtons se mudaram dali no mês passado, Cate pediu ao pai, meio brincando, meio sério, para lhe dar aquela casa de presente de aniversário.

Dois homens corpulentos tiravam caixas da traseira do caminhão, tão ensopados de suor que pareciam estar num concurso de garota da camisa molhada. A porta da frente da casa se abriu, e alguém desceu a escada num pulo. E não era simplesmente "alguém". Era o garoto mais fofo que Cate já tinha visto na vida.

Era alto, tinha o cabelo preto e cheio e olhos amendoados. Usava uma camiseta apertada de Haverford e estava com os fones do iPod no ouvido. Cate inspirou com dificuldade. Ele não combinava com a velha mansão dos Warburtons. Seu lugar era numa quadra esportiva, sem camisa, como em algum daqueles anúncios da Abercrombie & Fitch.

Cate torceu o cabelo castanho-escuro e prendeu-o num rabo de cavalo quando o garoto passou correndo por ela.

— Oi — disse ele, sorrindo e acenando com a cabeça para Cate, que ficou sem fôlego enquanto observava-o correr em direção à Quinta Avenida.

— Oi — respondeu ela num sussurro, cinco segundos tarde demais.

Cate ajeitou a cintura do moletom Juicy, determinada. De agora em diante, ela não iria a lugar nenhum sem os brincos de pérolas e sem passar o blush cremoso da NARS, fosse para ir ao parque, atravessar a rua, ou até mesmo para aparecer na janela da frente de casa.

Além dos almoços no Aureole e das fofocas com as alunas do penúltimo e do último ano, Cate Sloane tinha uma nova prioridade em sua lista de atividades do ano: fazer do novo vizinho gato seu novo namorado gato.

PARA: Danny Plimpton
DE: Cate Sloane
DATA: Segunda-feira, 19h13
ASSUNTO: Informações?

Prezado Danny,

Nunca fomos formalmente apresentados, mas Betsy Carmichael mencionou que você coletou informações sobre o garoto de Haverford de quem ela ficou a fim nesse verão. Gostaria de contratá-lo como freelancer. Meu interesse específico é meu novo vizinho, da casa literalmente ao lado. Talvez pudéssemos discutir mais detalhes por telefone? Meu número é 917-555-2032. É claro que a confidencialidade é essencial.

Saudações,
Cate Sloane

PARA: Cate Sloane
DE: Danny Plimpton
DATA: Terça-feira, 21h09
ASSUNTO: A Águia

Cate Sloane,

Obrigado por solicitar meus serviços para coleta de informações sobre Eli Alexander Punch, a quem passaremos a nos referir como "A Águia". O presente e-mail servirá como nosso acordo formal. Em retorno pelos serviços prestados, você me ajudará a conquistar o coração de sua nova irmã postiça, Lola Childs, a quem passaremos a nos referir como "Linda Desconhecida". Eu a vi enquanto caminhava, indo à escola, na semana passada, e não fui mais o mesmo desde então. Quaisquer informações que possa reunir sobre ela, sejam segredos sobre coisas de que ela gosta ou não gosta, fotos, o horário escolar... tudo isso vai servir como remuneração adequada. O mais importante: gostaria de saber se ela já tem um acompanhante para o baile da Haverford Middle School.

Ainda hoje envio um SMS com mais informações.

Atenciosamente,
Danny Plimpton

Observação: Este e-mail foi analisado por Kirk Plimpton, sócio da firma de direito Crowley, Plimton & Ellis.

Dois é bom, três já é panelinha

— Olhem os pescoços, meninas! Como um cisne! — gritou a Sra. Rodriguez de seu colchonete enquanto erguia as pernas num ângulo perfeito de 45 graus. — Não é que nem uma tartaruga, é como um cisne!

Stella estava parada na entrada da sala de exercícios da Ashton Prep, onde o pessoal do quarto período terminava a aula de pilates. Cate estava atrás dela, enviando mensagens de texto em seu iPhone como se o apocalipse estivesse a caminho. As meninas faziam caretas de dor enquanto mantinham as pernas no ar. Stella suava só de olhar para elas.

— Tem um aluno do sétimo ano na Haverford que está coletando informações para mim — sussurrou Cate, enfiando o iPhone de volta no bolso da calça capri preta da Nike. — Eli é de Westport, Connecticut, é meio japonês e meio irlandês, e totalmente solteiro.

— Certo, o misterioso Eli Punch — disse Stella.

Cate vinha falando do vizinho sem parar durante as últimas 24 horas. Até o momento, Stella aprendera que ele tinha 1,80m, usava tênis de corrida da Saucony e que seria namorado de Cate em menos de um mês. Porém, aquele dia de manhã, quando passaram pela velha mansão dos Warburtons, as janelas estavam sem cortina, não havia nenhuma luz acesa e a casa parecia tão vazia quanto estivera cinco dias antes. A menos que Cate pudesse se comunicar com os mortos, ela estava sem sorte.

— Ele existe. Eu *vi*. — Cate apertou o colchonete contra o peito como se estivesse envolvendo Eli num abraço. — Ele tem o cabelo preto e cheio, a pele perfeita e, quando diz "oi", meio que coloca o queixo para a frente, como se estivesse apontando com o nariz. — Cate fez o mesmo gesto, acenando de leve com a cabeça para Stella.

Um grupo de garotas estava saindo da sala aos empurrões, batendo de leve com papel toalha nas respectivas testas para secá-las. Até mesmo com o ar-condicionado ligado a todo vapor, o lugar ainda cheirava a roupa de ginástica usada. Stella pegou a Sra. Rodriguez admirando o próprio tríceps, como se estivesse em algum infomercial de pilates.

Quando Cate se jogou de súbito em seu colchonete, Paige Mortimer e Betsy Carmichael passaram por ela.

— Oi, Cate — disse Paige, olhando de relance ao redor de Stella, como se Priya, Sophie e Blythe pudessem estar se escondendo atrás dela. — Onde está todo mundo? — Ela quis saber.

— Nós duas *somos* todo mundo — respondeu Cate. — Vocês conhecem Stella, a minha irmã postiça, né?

Paige abriu um leve sorriso para Stella. As duas garotas desenrolaram seus colchonetes perto do espelho, e Betsy sussurrou algo ao ouvido de Paige.

Cate posicionou as pernas no alongamento borboleta, mexendo os joelhos para cima e para baixo, nervosa. Havia perdido apenas um dia de aula, mas Blythe usou isso a seu favor. Ela já havia contado para as pessoas sobre a briga no Pierre, e como *ela* agora era a presidente da irmandade já a tinha até renomeado: Beta Sigma Phi. Hoje de manhã, no banheiro, Cate acabou ouvindo quando Shelley DeWitt especulava se Blythe se juntaria ou não ao grupo de improviso da Ashton, ou se a nova irmandade dela iria à Turtle Pond depois das aulas. Shelley mencionou Cate apenas uma vez, e foi para dizer o quão triste era o fato de ela estar condenada a andar por aí com "aquela garota britânica" até que Blythe a perdoasse. Cate podia lidar com o fato de não ser amiga de Blythe, mas não conseguia lidar com o fato de ser tratada como se fosse qualquer uma das 102 alunas do nono ano da Ashton. Porque ela não era simplesmente qualquer uma. Ela era *Cate Sloane.*

— Temos de ir ao Jackson Hole depois das aulas, ou aparecer no Great Lawn. Precisamos que as pessoas nos reconheçam como uma irmandade. — Ela analisou o rosto de Stella, mordendo o lábio superior e assim removendo todo o gloss MAC que ali havia. — É meio difícil... porque você ainda é nova aqui.

Aquelas palavras abalaram Stella. *Você ainda é nova.* Cate poderia muito bem ter dito "Você tem furúnculos por todo o corpo" ou "Você tem um terceiro braço saindo da testa". Mas Stella não podia negar isso: era nova ali. Só estava na Ashton Prep havia pouco mais de uma semana. Mesmo sendo amiga de Cate de novo, a escola ainda era tão estranha para ela quanto Cairo ou Hong Kong. Além de Cate e das meninas da Chi Beta Phi, das quais estavam afastadas, não conhecia uma única pessoa que fosse naquela escola. Hoje mesmo havia confundido a salinha do porteiro com o banheiro.

— Vamos fazer a reuniãozinha amanhã então — propôs Stella. — Quanto mais cedo, melhor.

Stella olhou de relance para o relógio na parede. Agora mesmo eram 16h12 em Londres, o que queria dizer que as aulas de suas melhores amigas, Pippa e Bridget, teriam acabado na Millshire Prep. Ela conversou apenas uma vez com Pippa desde que estava em Nova York. Por menos de trinta minutos. On-line. É claro que seria difícil continuar em contato com elas por causa do fuso horário, Stella sempre soube disso. Mas tinham seu novo número de celular, o número de casa e seu novo endereço. Todos os dias ela dava uma olhada na sua caixa de correio... na esperança de encontrar ali algum cartão, um pacote com alguma lembrancinha, qualquer coisa que fosse, mas tudo que encontrou foi o *Financial Times* de Winston e alguns panfletos da Venezia Pizza.

Naquele exato instante, Blythe entrou a passos largos na sala, seguida de Sophie e Priya, que pareciam um rastro atrás dela. As três vestiam roupas de ginástica idênticas: calças cinza de ioga e regatas roxas com decote em V.

— Que engraçado ver vocês aqui — disse Blythe enquanto desenrolava o colchonete no canto mais afastado da sala.

Blythe havia passado dois dias inteiros enviando mensagens de texto ameaçadoras para Cate e Stella, presumindo que implorariam seu perdão e a subornariam para tal (SÓ PARA Q V6 SAIBAM: DECIDINDO SOBRE SUA 1A PROVA. TEM 1 BOLSA BOTKIER Q EU QUERO NA NORDSTROM, VOU DAR 1 FESTA DA SIGMA PHI HJ À NOITE — Q PENA

Q V6 Ñ PODEM VIR...), mas Cate insistira que elas deveriam ignorar Blythe, e Stella concordou. As duas não queriam anunciar a Chi Sigma até a reuniãozinha que fariam no jardim. Stella alongou-se, esticando os braços até os dedos dos pés, fingindo um interesse repentino nas próprias canelas.

— Que patéticas! — sibilou Cate, olhando para as regatas com decote em V delas. — Nunca fiz as Chi Beta Phis usarem roupas combinando. A *individualidade* é o que há de mais importante em termos de moda. Aposto que, de agora em diante, elas só vão usar blusas que exibam os seios de Blythe.

Mais algumas garotas entraram lentamente na sala enquanto Blythe e as Beta Sigma Phis sentavam-se em seus colchonetes. Cate esticou a mão em direção ao tornozelo, mas ainda tinha o olhar voltado para as ex-amigas.

— Deixa elas pra lá — sussurrou Stella, sabendo que era mais fácil falar do que fazer.

Stella havia conhecido as garotas recentemente, mas até mesmo ela estava tendo dificuldade em esquecê-las... e a tudo o mais que acontecera na semana anterior. Ela e Cate ainda não tinham conversado sobre a briga, e é claro que Cate não se desculpou com ela. Não se desculpou por ter contado às amigas sobre o caso de seu pai com a cantora pop Clud McClean, nem por submeter Stella a "provas" para que se mostrasse merecedora o bastante a ponto de fazer parte da Chi Beta Phi. Até mesmo na festa de casamento, enquanto dançavam a versão da banda de "Rock Your Body", Cate continuou olhando para o chão. Stella não conseguiu deixar de se perguntar se ela estaria esperando que suas *verdadeiras* amigas chegassem.

Cate agarrou a canela com a mão suada, tentando, com dificuldade, não erguer o olhar. A última vez que falou com as amigas foi no Pierre. Ela havia conseguido ficar três dias sem responder às mensagens de texto de Blythe e sem falar com Sophie ou Priya pela internet. Mas ela mal conseguia comer, e quando ouvia o nome de Blythe, o corpo inteiro ficava tenso. Tudo, desde as fotos emolduradas em sua penteadeira, os quatro sacos de dormir combinando no closet, ou as músicas da Feist que Priya havia colocado em seu iPod, a fazia lembrar das ex-amigas.

Ela caiu de amores pelo relicário da Tiffany em seu pescoço. Blythe o havia presenteado para que Cate pudesse levar a mãe com ela o tempo todo, aonde quer que fosse. Cate sabia que Blythe, Priya e Sophie estavam furiosas, mas seu pai se casara havia dois dias e nenhuma delas tinha lhe perguntado nada sobre isso. Priya não disse nada na sala de chamada, e Sophie mal olhou para Cate quando cruzou com ela no corredor. Era como se as Beta Sigma Phis tivessem sofrido uma lobotomia em relação a Cate Sloane.

Cate olhou de relance para o outro lado da sala no momento em que Blythe se aproximou. Ela balançava um frasco de spray desinfetante, e Priya e Sophie vinham logo atrás. Sophie fez um rápido aceno com a mão para Cate, como se estivesse prestes a cair no choro. Ela nunca foi boa em ficar brigada com ninguém. Nem mesmo quando Priya dançou música lenta com o garoto da Haverford de quem ela estava a fim na dança de despedida do oitavo ano... Sophie só conseguiu ficar com raiva por vinte minutos.

— Ah, como as poderosas caíram! — murmurou Blythe, com o olhar fixo em Cate, e depois levou as mãos aos quadris, ostentando seus mais novos atrativos.

— Uau! — Cate olhou de relance para a calça de ioga de Blythe. — Estou surpresa por ter conseguido montar um *look* sozinha. Deve ser difícil pra você decidir alguma coisa sem meus comentários constantes sobre sua vida.

Como antiga presidente, era Cate quem sempre dava os vereditos finais sobre os *looks* das garotas, era ela quem marcava os aniversários de todas (e meio-aniversários também) em seu iCalendar, além de planejar todas as festas do pijama com três semanas de antecedência para que as datas nunca coincidissem com os finais de semana que Blythe passava em L.A. com o pai, e nem com as épocas em que a irmã de Priya estava em casa.

— Estou muito bem... Obrigada por se preocupar. — Blythe virou-se para Stella. — Pronta para sua primeira prova? Meu pai vem me visitar no próximo fim de semana com meu irmãozinho... Seria bem útil para mim ter alguém para trocar as fraldas dele 24 horas por dia.

— Não é pra isso que servem Priya e Sophie? — perguntou Stella com ar de inocência.

Priya torceu o nariz, com ar de repulsa.

— Muito engraçado — resmungou.

— Não quero trocar fraldas — sussurrou Sophie, nervosa, puxando uma mecha alisada do cabelo castanho-claro.

Blythe ignorou-a e estalou os dedos tão alto que toda a sala se voltou para ela. Eleanor Donner e as amigas estavam em pé na beirada de seus colchonetes, como se estivessem assistindo a um episodio de *The Real World: Ashton Prep.*

— Preciso ver mais entusiasmo, meninas! Vai ser um ano cheio pra mim, sendo a nova *presidente* da Beta Sigma Phi e tudo o mais. — Ela fez uma pausa, como se estivesse apreciando o som da palavra *presidente.* — Não tenho tempo para esses joguinhos.

Cate pôde sentir os olhares de Paige e Betsy cravados nelas. Do outro lado da sala, as duas observavam a cena que se desenrolava.

— Não estamos fazendo joguinhos — disse Cate entre dentes.

Blythe colocou o frasco de desinfetante nas mãos dela.

— Você pode começar limpando meu colchonete. Kimberly Berth estava praticando nele, e agora está fedendo ao perfume da Britney Spears que ela usa.

— Pra falar a verdade — disse Cate num tom tranquilo —, estamos dando início à nossa própria irmandade.

Ela colocou o frasco de volta nas mãos de Blythe, e o líquido pink se agitou dentro dele. Cate viu o sorriso de Blythe morrer.

— Então, em outras palavras — sibilou Stella —, limpe seu próprio e maldito colchonete!

Ela era boa em muita coisa: fazer desenhos de natureza morta, convencer Bridget e Pippa a saírem da depressão por causa de garotos, encontrar o Heath Bar sempre que Lola dizia, frenética, que ele tinha "fugido"... mas nunca foi boa em aceitar ordens.

— Temos coisas mais importantes com que nos preocupar. É preciso muito esforço para ser o grupo de meninas mais populares da Ashton Prep.

Blythe inclinou-se, como se estivesse falando com cachorrinhos.

— Boa tentativa, mas duas pessoas não são um grupinho exclusivo como o nosso — argumentou ela. — São só... *amigas*.

Blythe sorriu, sentindo-se triunfante. As Beta Sigma Phis foram andando de volta para o outro lado da sala e esticaram os colchonetes, um conjunto de pernas cinza e torsos roxos.

— E do que é que Blythe entende? — sussurrou Stella e esticou os braços acima da cabeça.

Cate deu uma olhada ao redor. Lá na frente da sala, Eleanor Donner e suas quatro amigas alongavam-se na parede. Perto do espelho, Shelley DeWitt fazia abdominais com Betsy Carmichael e Paige Mortimer. E ali, sentadas sozinhas, estavam ela e Stella. Duas *amigas*.

Quando o grupinho de Eleanor irrompeu em gargalhadas, Cate não conseguiu evitar a sensação de que talvez, apenas dessa vez, Blythe tivesse razão.

Não existe isso de modelo impopular

Era hora de ir para a sala de estudos, no último período de aula, e Lola tinha passado o dia todo sem parecer esquisita ou desajeitada. Acordou cedo para alisar o cabelo, e uma aluna do oitavo ano, na aula de ginástica, até chegou a dizer que desse jeito ela ficou "atraente". Na hora do almoço, comeu *frozen yogurt* de morango com Andie e sua melhor amiga, Cindy, e na orquestra, ficou encarregada de tocar o solo de viola em "Themes from the New World Symphony". Pela primeira vez desde que chegara a Nova York, a Ashton Prep estava tolerável.

Agora Lola estava na sala de estudos, e as outras garotas encontravam-se debruçadas sobre as carteiras. Uma morena baixinha que usava delineador demais lia *Orgulho e preconceito* enquanto outra garota desenhava duas curvas senoidais num papel quadriculado. Lola não pôde evitar um pensamento: o desenho da menina parecia um pouco obsceno, como se fosse um par de peitos.

— Quer um cookie? — perguntou a garota a seu lado em voz baixa.

Tecnicamente, não era permitido conversar enquanto estivessem na sala de estudos. A garota ofereceu a Lola uma vasilha cheia de cookies com protuberâncias que pareciam esverdeadas sob a luz fluorescente.

— São cookies veganos.

Lola deu uma mordida num dos cookies.

— Huuuum — disse ela, fingindo que aquilo não tinha gosto de papelão.

Lola só tinha duas colegas na Ashton Prep (se contasse Cindy) e não estava em posição de ferir os sentimentos de ninguém.

— Obrigada.

Na frente da sala, o Sr. McGregor, o monitor da sala de estudos, ergueu o olhar dos trabalhos que corrigia e levou um dedo aos lábios em sinal de silêncio.

— Meu nome é Thea — sussurrou a garota. — Você faz parte da orquestra, não faz?

Thea tinha o cabelo curto castanho-avermelhado, e a blusa azul de botão parecia alguns manequins maior. Lola reconheceu-a da seção dos violoncelos.

— Faço — disse Lola, engasgando com um pedaço do cookie. — Lola. Sou irmã postiça da Andie Sloane.

— Nem tinha me dado conta disso! — gritou Thea, o que fez com que recebesse um outro aviso do Sr. McGregor para se calar, dessa vez em voz alta. — Conheço a Andie desde a pré-escola.

Lola abriu um sorriso. Sempre se sentia mais confiante quando mencionava o nome de Andie ao se apresentar a alguém. Todos sabiam quem era Andie, e todo mundo parecia gostar dela.

— Nossos pais acabaram de se casar — disse Lola e depois engoliu o último pedaço do cookie, grata por ter acabado.

— Eu vi seu colar — sussurrou Thea. — Você anda a cavalo?

Lola colocou a mão no amuleto de ferradura de ouro que carregava no pescoço.

— *Cavalgava*. Eu tinha um cavalo quando morava em Londres.

Lola mantinha a égua palomino colt, Starlett, no Wimbleton Village Stables. Sentia falta de cavalgar pelos campos, mantendo-se alerta quanto aos cervos selvagens que sempre cruzavam seu caminho. Quando se mudaram, ela vendera Starlett a um homem de meia-idade chamado Francis, um senhor de cabelo vermelho preso em duas tranças, como o Obelix. Onde quer que Starlett esteja, onde quer que Francis esteja, Lola tinha esperanças de que ele acariciasse o focinho da égua da forma como ela gostava, e que se lembrasse de lhe dar cubos de açúcar mascavo.

— Mas não cavalgo desde maio.

— Ando a cavalo no Prospect Park. — O cabelo de Thea caiu no rosto enquanto enfiava a vasilha de cookies em uma sacola onde se lia Soja para o mundo. — Você deveria aparecer por lá um dia desses.

— Isso seria o máximo!

Lola bateu palmas. Imaginou-se cavalgando numa trilha ladeada por árvores, segurando as rédeas do cavalo, trotando ao lado de Thea num appaloosa malhado, marrom e branco. Logo estaria passando um tempo na casa de Thea depois das aulas, ou as duas trocariam bilhetinhos escritos nas partituras da orquestra. Lola tinha certeza de que poderia gostar de cookies veganos. E, se isso não acontecesse, valeria a pena enfiar um goela abaixo de vez em quando se isso significasse que teria uma amiga de verdade na escola, ainda mais se fosse uma amiga com quem poderia cavalgar.

O Sr. McGregor ligou a televisão que ficava no canto da sala. Betsy Carmichael estava na tela, sentada a uma mesa com a insígnia da Ashton Prep atrás dela. *Boa tarde, ladies da Ashton Prep. Meu nome é Betsy Carmichael, e este é seu telejornal, o Ashton News.*

Enquanto Thea e o restante do pessoal na sala de estudos ouvia o noticiário com atenção, Lola desenhava Starlett no caderno. Betsy continuava falando das garotas do time de futebol da Ashton ou sobre como Shelley DeWitt conseguiu ficar em primeiro lugar no circuito de corrida de rua de 600 metros no último sábado.

E agora, vamos aos destaques da primeira semana de aulas. A voz de Betsy ecoava pela sala. Lola terminou de desenhar o rabo de Starlett, mas o desenho parecia mais um pastor alemão. A irmã talentosa em coisas artísticas sempre foi Stella.

Thea bateu na carteira de Lola, cobrindo o desenho dela com a mão.

— Veja, é Andie.

Lola ergueu o olhar quando a tela mostrou uma foto de Andie marcando um gol no jogo de futebol da semana passada. A imagem mudou para o clipe de "So What", da Pink, e depois prosseguiu, mostrando uma garota com *dreadlocks* fazendo um salto acrobático. Depois disso, veio um clipe com Cate e Stella no Jackson Hole, acompanhadas das Chi Beta

Seja-lá-o-que-for. E foi aí que começou: uma gravação em vídeo de Lola tropeçando na rua, com a saia do uniforme voando por cima da cabeça, e deixando à mostra a calcinha estampada de dia da semana. Betsy gravou o vídeo no primeiro dia de aula, e agora aquilo estava editado de modo que mostrava Lola caindo, em loop, na tela. Infinitamente. A sala irrompeu em gargalhadas.

Lola ajustou a faixa de cabelo de tecido, certificando-se de mantê-la sobre as partes de cima das orelhas. Ela queria jogar o lápis na tela, bem entre os grandes olhos de inseto de Betsy. Ela já se sentia a Superdesajeitada do Universo. Não precisava que alguma aluna do nono ano anunciasse isso para a escola inteira.

— Quem é essa? — perguntou Thea, apertando os olhos para tentar discernir quem estava na tela, como se precisasse usar óculos.

— Não sei — mentiu Lola, mas algumas das garotas da sala de estudos a reconheceram e se viraram em sua direção. Lola achava que a gravação tinha sido esquecida, pensou que Betsy poderia encontrar uma história melhor, como o mahimahi estragado que foi servido no refeitório ou a gastrite da bibliotecária. Mas estava errada.

Betsy olhou direto para a câmera e sorriu. *E estas, Ashton Prep, são as notícias da tarde. Meu nome é Betsy Carmichael, e estou me despedindo de vocês.* Ela soprou um beijo, e a tela ficou preta.

Thea olhou de relance ao redor, para o restante das garotas que saíam da sala, ainda dando risadinhas. Algumas se viraram e apontaram para Lola.

— Nem consegui ver que era você — disse Thea num tom solidário. — Quer que te acompanhe até em casa?

Lola franziu o nariz, como sempre acontecia quando estava a ponto de cair no choro.

— Estou bem — disse ela, sem encarar Thea. Ela não ia ficar parecendo completamente devastada na frente de alguém que tinha conhecido fazia cinco minutos. E agora já podia esquecer a ideia de ser amiga dela. — Só preciso de um segundo para me recompor.

— Ok... — Thea concordou e pegou a bolsa como se estivesse se movendo em câmera lenta.

Enquanto Thea se afastava, Lola podia sentir o olhar da garota pregado nela, mas se recusou a erguer o próprio olhar. Ao ver os clipes passando daquele jeito, dela e de suas irmãs, viu a maldita verdade com clareza. Andie sempre seria a irmã atlética. Cate e Stella, sempre as populares. E ela seria sempre a desajeitada, com orelhas de Dumbo e pernas arqueadas, quase 13 centímetros mais alta do que todo o resto do pessoal.

Lola sentou-se sozinha e ficou esperando até que o barulho nos corredores cessasse. Não sairia até que todo mundo tivesse ido embora *ou então* poderia sair usando um saco de papel na cabeça. E duvidava que o Sr. McGregor tivesse um estoque desses sacos guardados em sua mesa.

A Ashton Prep fazia a vida em Londres parecer fácil. Na Sherwood Academy, até mesmo o carinha mais popular, Miles Cornway, havia ajudado Lola quando ela tropeçou nas raízes da velha cerejeira no pátio da escola. Sua melhor amiga, Abby, trouxe um ovo à escocesa a mais para ela na hora do almoço, e até tinham votado nela como a "Mais Talentosa", no sexto ano, por ter conseguido a primeira cadeira de viola na orquestra... mas aqui, tudo isso não servia para nada. Poderia alisar o cabelo e usar uma droga de faixa na cabeça para disfarçar as orelhas, mas nada disso faria diferença alguma. Lola nunca se encaixaria ali.

Quando conseguiu sair de seu assento, sentia como se pesasse uma tonelada. Ligou o celular, na esperança de que a mãe tivesse ligado, ou Abby ou qualquer outra pessoa com quem realmente pudesse conversar. Tinha uma mensagem na caixa postal.

Uma voz feminina falou com suavidade ao seu ouvido. "*Oi, Lola. Aqui é Ayana Bennington.*" Lola demorou um instante para reconhecer aquele nome. Ayana era uma agente da Ford, e a primeira pessoa (além de sua mãe) que já tinha lhe dito que ela era bonita. Segundo Ayana, Lola não era esquelética, e sim tinha uma "estrutura óssea" delicada. Ela não era muito alta... tinha a "altura perfeita" para modelos de passarela. "*Estou ligando por causa de uma seleção de modelos para a Pacific Sunwear. Espero que você esteja interessada. Retorne esta ligação no número...*"

Lola pegou a caneta e anotou o telefone. Quando Ayana disse que *Lola*, e não Andie, era deslumbrante, quando disse que *Lola*, e não Andie, era material para desfiles de alta-costura, até então nunca planejara fazer algo a respeito. Era Andie quem sonhava em ser modelo, e não Lola. No entanto, ela também não tinha planejado que Betsy mostrasse aquele clipe para todo mundo. Uma vez na vida, só queria ser como Cate, Stella ou Andie: alguém para quem as pessoas não revirassem os olhos assim que a vissem. Queria ser admirada... como uma supermodelo.

A vida secreta de Kyle Lewis

Andie inspirou fundo, saboreando o aroma de grama recém-cortada. Ela amava o mês de setembro, quando os campos de futebol no North Meadow do Central Park ficavam cheios de alunos das escolas, o clima na cidade refrescava bastante, e as pessoas não andavam pelas ruas banhadas em suor. Andie estava sentada nas arquibancadas, amarrando os cadarços das chuteiras sujas de terra. No outro lado do campo, três garotas da Donalty praticavam *sprint*, com os reluzentes rabos de cavalo indo para a frente e para trás enquanto corriam.

Andie e seu time de futebol treinavam informalmente com os garotos de Haverford, algo que faziam toda terça-feira. Depois, passavam o resto da semana fofocando sobre Jake Goldfarb ter pedido para Amanda Kowalsky assistir a *Wicked* com ele, ou ficavam especulando sobre o motivo que levara Austin Thorpe a elogiar suas novas caneleiras.

— E aí, Slowny? O que manda? — perguntou Clay Calhoun enquanto caminhava em direção às arquibancadas. Ele era o único garoto da Haverford de quem todo mundo falava e por quem todas babavam, quer fizesse ou não algo interessante.

Clay jogou a mochila da Nike no chão e sentou-se ao lado de Andie. Estava com o short de malha de um azul brilhante da Haverford, e o cabelo louro desgrenhado caído nos olhos.

— Nada demais — murmurou Andie, tentando forçar um sorriso.

Clay tinha flertado com Andie durante todo o último ano, depois que ela, estupidamente, concordara em acompanhá-lo ao baile da Haverford Middle School. Ele passou o tempo todo da festa no *snack bar*, fazendo apostas com os amigos para ver quem conseguia comer mais sacos de batata frita. Quando Andie foi dançar com ele, o hálito de Clay cheirava a churrascaria barata.

— Ei... acabei de trombar com Brandon na Starbucks.

Clay abriu um largo sorriso e deu uma mordida na PowerBar de banana. Com o cabelo louro longo e desgrenhado e dentes perfeitos que pareciam dizer "Nunca precisei usar aparelho", todos os sinais diziam "gatinho". Era praticamente uma regra no manual da Ashton Prep: todas as garotas do ensino médio tinham de ser a fim de Clay Calhoun. Mas olhando nos brilhantes olhos verdes, Andie não sentia nada.

— Que legal...

Ela se inclinou sobre as caneleiras para se alongar. Clay sempre ficava falando sobre todas as idiotices que ele e o melhor amigo, Brandon O'Rourke, faziam. Na última semana, tinham roubado Twizzlers de uma *delicatessen* na rua 86 e, na semana anterior, beberam duas garrafas de Coca-Cola e comeram três embalagens de Pop Rocks, só para ver se as barrigas explodiriam. O que não aconteceu.

Clay parou de mastigar e disse:

— O barman viu o pinto dele, totalmente!

Andie deu uma risadinha.

— Que doideira! Ele não estava usando...?

— O que você vai fazer na sexta? — perguntou Clay, interrompendo Andie. — Eu e Brandon vamos jogar Ultimate Frisbee depois da aula. A gente podia dar uma volta depois.

Atrás dele, Austin Thorpe, um dos juízes de futebol da Haverford, distribuía camisas de futebol amarelas e vermelhas para os jogadores. Todos se separaram em times mistos.

— Humm...

Andie torceu os cadarços em volta da mão, o que fez com que os dedos assumissem um tom bem escuro de rosa. Via Clay uma vez por semana, e isso já era muito. Andie estava com o olhar fixo num trevo do gramado, tentando se decidir quanto a uma desculpa aceitável (uma consulta no oftalmologista, um jantar com os pais de Cindy ou teve de ajudar o treinador Higgins a organizar o armário esportivo) quando ouviu uma voz que não lhe parecia familiar.

— Andie!

Do outro lado do campo, um garoto de cabelo castanho-escuro caminhava em sua direção. Andie protegeu os olhos, mal conseguindo ver quem era... Kyle Lewis. Da última vez em que o tinha visto, e que foi, tecnicamente, quando ela o viu pela primeira vez, Andie convidou-o para ir ao ensaio do jantar de casamento de seu pai, como acompanhante. Mas ela só havia feito aquilo para se vingar de Lola por ter roubado seu lugar sob os holofotes durante a reunião na Ford Models. Andie sempre quis ser modelo, mas Emma andara tão ocupada com o planejamento da festa de casamento que Andie jamais conseguira um bom momento para perguntar sobre seu novo contrato com a Ralph Lauren ou sobre como tinha conhecido sua primeira agente. Então, na semana passada, Lola usou o nome da mãe para conseguir uma reunião para Andie na Ford, o que foi um completo desastre. A agente acabou pedindo que *Lola* aparecesse para uns testes fotográficos. Andie sempre quis ser modelo, e Lola queria ser a namorada de Kyle Lewis. No momento, a troca parecia justa.

É claro que Andie logo percebeu que Lola não tinha realmente roubado seus sonhos... Ela revelou a Andie que nem mesmo *queria* ser modelo. Agora, Andie estava grata por ter Lola como irmã postiça. Tudo bem que tinha o cabelo sempre cheio de pelos cor de laranja de gato, usava jeans uns dois centímetros curtas demais, e sempre tropeçava nos próprios pés, mas Lola não era nem um pouco parecida com Cate, a irmã mais velha de Andie. Em primeiro lugar, parecia que Lola realmente *gostava* de passar um tempo em sua companhia. E Andie ainda podia ir atrás de seus sonhos... talvez fazendo um pouco menos de estardalhaço a respeito disso. Tão logo Emma retornasse da lua de mel, planejava pedir sua ajuda. Tinha esperado um ano inteiro para ser modelo... O que seria uma semana a mais?

— Quem é? — murmurou Clay, puxando as chuteiras de dentro da mochila, e sendo ignorado por Andie.

— Kyle? — perguntou ela enquanto caminhava na direção das arquibancadas.

Ele estava uma graça. As mangas da camiseta cinza da Donalty estavam puxadas acima dos ombros, e a ponte do nariz parecia bronzeada, como se tivesse passado um pouquinho de tempo demais ao sol.

— Obrigado por me convidar. Parece que vai ser legal.

Ele enfiou a ponta da chuteira no gramado e olhou em volta. Perto da baliza do gol, Taylor Kline se aquecia fazendo malabarismo com a bola.

A cabeça de Andie foi a mil. *Do que ele estava falando?* Então, de repente, se lembrou: no meio da briga com Lola, convidara Kyle para aparecer no treino de futebol também. Só que nunca achou que ele realmente fosse dar as caras... e Lola definitivamente também não. Ela chorou quando Andie tinha apenas *convidado* Kyle. Se soubesse que estavam de fato passando uma tarde juntos, provavelmente não sairia da cama por uma semana. Andie puxou a mecha loira em sua franja, o que sempre fazia quando ficava nervosa. *Lola não pode ficar sabendo disso*, pensou.

— Tem lugar pra mais um? — perguntou Kyle, olhando de relance para Clay, que estava tentando tirar o nó dos cadarços com os dentes.

Kyle estava parado em pé no campo, usando caneleiras e pronto para jogar. Estavam na rua 97... Não podia pedir que ele fosse embora agora, fazendo todo o caminho de volta até Tribeca. E, além disso, era só um treino de futebol, qual o problema? Andie olhou nos cálidos olhos castanhos de Kyle, cujos pontinhos dourados estavam visíveis sob o sol de fim de tarde.

— Tem sim. — Ela se ouviu dizendo. — Com certeza.

Duas horas depois, o Central Park ainda estava cheio de gente. Um grupo de ciclistas passou voando por eles, parecendo tartarugas marinhas em alta velocidade com as roupas de lycra verde-água e capacetes combinando. No East Meadow, um homem com um cavanhaque brincava com um rottweiler, jogando para ele um osso muito parecido com um natural. Um velho sem camisa passou correndo por Andie e Kyle, e o suor dele borrifava tudo num raio de 60 centímetros à sua volta. Eles ficaram olhando enquanto o homem sumia de vista no caminho ladeado por árvores à frente e continuaram caminhando.

— Por que são sempre os caras mais velhos, mais pelancudos e mais suados que não usam camisas? — O sorriso de Kyle revelou uma covinha.

Andie deu risada, mas antes que pudesse responder, Clay apareceu na beirada do campo, com o cabelo louro espetado para todos os lados.

— Ei, Sloane! Para que lado você vai?

A camiseta branca que Clay vestia tinha uma grande mancha vermelha na frente, de quando ele tinha despejado Gatorade de fruta na cabeça em comemoração.

— Preciso ir — disse Andie por sobre o ombro. — A gente se vê na semana que vem!

Ela tornou a se virar para Kyle. Geralmente, depois de todo treino, Clay a acompanhava até sua casa, mas hoje ela não conseguiria ouvir mais nenhuma palavra sobre as partes íntimas de Brandon O'Rourke.

— E sexta-feira? — quis saber Clay, mas Andie só continuou andando, fingindo não ter ouvido a pergunta.

— A gente detonou! — disse Kyle, tirando os fios da franja suada da testa. — Você estava ótima.

Durante os treinos de terça-feira, Andie sempre era rápida em campo, determinada a mostrar aos caras da Haverford que se virava bem sozinha. Mas hoje foi diferente. Andie correu ainda mais rápido, o toque na bola estava perfeito, e não deixou nem um único jogador chegar perto do goleiro do seu time. Ter uma pessoa nova vendo-a jogar, fez com que se sentisse importante, especial, e toda vez que passava a bola para Kyle, conseguia um impulso extra de energia.

— Eu? Foi você quem fez três gols!

Andie enrolava o rabo de cavalo no dedo. Antes de conhecer Kyle, sempre presumiu que ele fosse um tremendo nerd bizarro. O Kyle Lewis de quem Lola falava tocava trompa, colecionava quadrinhos do Superman e tinha tentado fazer uma lancheira de Lego certa vez.

Mesmo sacando nos primeiros dez minutos de treino que ele não era um nerd *tão* esquisito assim, nem *tão* graduado na escala dos nerds bizarros, Andie ficou olhando para ele, sentindo-se nervosa, com medo de que ele pudesse tropeçar no nada ou mencionar Kal-El ou kriptonita para Austin Thorpe. Mas, depois que fez seu segundo gol com um chute de escanteio, ficou claro que Kyle Lewis não era aquele mesmo Kyle descrito por Lola. Esse Kyle Lewis era... legal! Impressionou até mesmo Jake Goldfarb, o goleiro do outro time.

— Viu a cara do Austin quando você marcou o segundo gol? Ele não está acostumado a perder.

Andie puxou as mangas da camisa para cima quando eles passaram pelo reservatório. De repente, desejou que estivesse usando o vestido de seda turquesa Elie Tahari, em vez da velha camiseta Adidas, manchada de suor. Ela sabia que era bobagem, que usava roupas de futebol mais do que vestidos, mas essa era a primeira vez em que estava com Kyle e não queria que ele achasse que era *totalmente* uma largada.

— Na verdade, conheço Austin do Battle of the Bands.

Kyle puxou o moletom cinza que trazia amarrado na cintura.

— Espera... — disse Andie, parando no meio do caminho de cascalho. Uma criança de três anos passou entre os dois num triciclo, empurrando os pedais com muito esforço. — Você tocou no Battle of the Bands? Aquele em junho... na Arlene's Grocery?

Todos os anos, a Arlene's Grocery, uma antiga mercearia, transformava-se numa casa de show, para que os meninos das escolas secundárias locais pudessem competir por uma chance de tocar nos shows noturnos de sexta-feira que rolam ali. Geralmente, Andie e a melhor amiga, Cindy Ng, torciam pela banda de Austin, a Nightligh Destroyers, mesmo que a música parecesse com o guincho de pneus.

— Sim, naquele para os alunos de escolas secundárias — disse Kyle. — Você já ouviu falar?

Andie agarrou o braço dele e disse:

— Eu estava lá! — Ela olhou para a própria mão, que estava no braço dele, sentindo-se ruborizar. Tirou-a imediatamente dali e continuou andando, sem levantar os olhos da calçada. Era coincidência demais. Era bem provável que estivessem apenas a uma pequena distância naquela noite! Parecia estranho que não tivesse se dado conta disso antes. — Qual é sua banda?

— The Wormholes? — disse Kyle, em tom de pergunta, com as bochechas altamente vermelhas.

— Não pode ser!

Andie o encarou, chocada, como se ele tivesse acabado de revelar que passara o último outono em turnê com o Death Cab for Cutie. Em junho, ela e Cindy não só haviam assistido ao show dos Wormholes, como ficaram obcecadas pelo som, ouvindo o álbum deles, *Spacetime*, no *repeat*, por cinco dias seguidos sem parar. Mas não tinha reconhecido Kyle de jeito nenhum. De repente, a ficha caiu: o vocalista da banda, K.L., sempre usava Ray-Ban Aviator e uma faixa nos cabelos e mexia a cabeça para a frente e para trás ao ritmo da música.

— *Você* é K.L.?

Andie sentiu calafrios nos braços, algo que só acontecia quando estava morrendo de frio ou absurdamente nervosa.

— É, meio que aquela é minha banda. — Kyle riu. Ele notou os arrepios na pele de Andie enquanto cruzavam a Quinta Avenida.

— Toma, parece que você está com frio — disse ele, entregando o moletom a ela.

— Obrigada. — Foi o que Andie conseguiu dizer, e enrolou o moletom nos ombros, sentindo-se grata.

Kyle Lewis, também conhecido como K.L., não era só vocalista dos Wormholes, era uma pequena celebridade na Ashton Prep. Depois do show no Battle of the Bands, todos os alunos do sétimo ano começaram a seguir o perfil dos Wormholes no Twitter. Cindy tinha descoberto na página de "K.L." no Facebook que ele cursava o oitavo ano na Donalty. Mesmo assim, as duas amigas ficaram muito envergonhadas para fazer amizade com ele, pois não queriam parecer groupies.

— Ahm, Andie? Esta não é sua casa? — Kyle tinha parado na frente do portão de ferro.

— Sim. — Andie esteve tão ocupada analisando o rosto dele, tentando visualizá-lo com o Ray-Ban Aviator e com a faixa na cabeça, que nem se deu conta de onde estavam. Aproximou-se de Kyle, perto o bastante para ver as pequeninas sardas que cobriam a ponta do nariz. — Obrigada pelo moletom — disse ela, tirando-o dos ombros.

— Não, pode ficar com ele, depois você me devolve — ofereceu Kyle, apontando para os braços descobertos dela, que ainda se pareciam com a pele de uma galinha cujas penas tinham sido arrancadas. — Você está congelando.

— Obrigada. — Andie envolveu os ombros com o moletom e ergueu o olhar para os olhos castanhos de Kyle. Não conseguia acreditar que esse era o mesmo Kyle que, apenas três dias atrás, estava parado em seu vestíbulo. — Então a gente se vê de novo na semana que vem? — *Diga que sim*, pensou ela, imaginando-os juntos toda terça-feira, fazendo cooper em volta do reservatório e parando na Pinkberry a caminho de casa. *É só dizer que sim!*

— É claro. — Kyle passou o polegar ao longo da tira da mochila da Adidas. — Mas a gente pode se falar antes disso? On-line?

Andie tentou fazer com que a voz saísse firme.

— Com certeza. Meu nome de usuária é Sloane28.

— Legal, vou me lembrar. — Kyle foi para a calçada, abriu um sorriso, e uma covinha profunda se formou na bochecha direita. Então seguiu em direção à Quinta Avenida, com a mochila balançando de um lado para o outro atrás do corpo. Andie tirou o moletom dos ombros, segurou-o e ficou simplesmente olhando. Aquele era o moletom de *Kyle Lewis*. O mesmo Kyle Lewis com quem Lola tinha crescido em Londres, andando de patins no Hyde Park e jogando Ghost in the Graveyard nos jardins das casas dos pais. O mesmo

Kyle Lewis com quem Lola fora ao Madame Tussauds na semana passada. E esse mesmo Kyle Lewis era K.L., o único garoto que fez com que Andie desejasse frequentar o Donalty.

Achar as covinhas dele adoráveis... isso era errado de sua parte. Assim como achar que ele tinha talento, que era doce e todas as coisas que queria num namorado. Era errado que Andie *gostasse* dele, mas não conseguia impedir. Abraçou o moletom, encostando-o no peito, sorrindo enquanto inspirava uma mistura de cheiro de menino com desodorante Old Spice. Se aquilo tudo era tão errado... então por que parecia tão *certo*?

Uma dessas coisas não é como as outras*

Algum tempo depois, naquela mesma tarde, Lola estava parada no corredor de um edifício mal-iluminado no SoHo, usando o maiô pink e um vestido de verão de linho branco da Gap. O olhar estava fixo numa porta onde se lia PACIFIC SUNWEAR. Da próxima vez em que aparecesse no *Ashton News*, estaria num vestido de gala da Prada, descendo pela passarela no Bryant Park, com Betsy Carmichael tecendo comentários sobre a mais nova *it girl* da Ashton Prep *(Calcinhas com estampas de dias da semana estavam esgotadas em toda a cidade! O mundo da moda diz: Parem de alisar o cabelo! Orelhas de Dumbo estão totalmente* NA MODA*!)* Os tabloides finalmente teriam algum outro assunto além do divórcio de seus pais *(A filha de Emma Childs seguiu os passos da mãe!)*, e Kyle Lewis, o amigo de infância de quem ela agora estava a fim, esqueceria de uma vez que ela era "Sticks", a colega desajeitada.

---

*No original, One of these things is not like the other, título de uma música de Vila Sésamo, também mencionada mais de uma vez na série de TV Fringe.

Ela arrumou a faixa de cabelo de tecido de modo que prendesse as pontas de cima das orelhas, entrou na sala e sentiu o cheiro do que parecia uma estranha mistura de spray de cabelo e óleo para bebê. O lugar estava lotado de adolescentes, todos por volta dos 16 anos, e todos parecendo que largaram o surfe em Malibu para dar um pulinho na seleção de modelos. No canto, algumas garotas checavam o visual em espelhos compactos da Clinique.

Lola não conseguiria deixar a pele tão morena daquele jeito nem se tivesse passado o verão inteiro assando numa praia da Espanha. Os garotos eram bonitos de um jeito uniforme, fazendo com que Lola se lembrasse do pequeno exército de bonecos do Ken que tinha quando era criança. Ao ouvir a porta se fechar, todos se viraram ao mesmo tempo como se fossem um rebanho de cordeiros loiros e bronzeados, cujos olhos azuis estavam pregados em Lola.

Ela puxou as alças do maiô, dando-se conta de que provavelmente não era *exatamente* isso que Ayana tinha em mente quando mencionou "roupa de praia". Lola mexia no vestido de verão, tentando cobrir as alças pink brilhantes.

— Estou aqui para a seleção de modelos do Pacific Sunset — disse ela num fio de voz.

Um silêncio total instalou-se no local.

— Não pode ser... Ela acabou de dizer Pacific *Sunset*? — perguntou uma garota com o nariz queimado pelo sol. Ela o acertava de leve com uma esponja de pó enquanto gargalhava alto.

Um carinha bonito com cabelos loiros descoloridos e ondulados olhou para o maiô de Lola, ainda visível sob o vestido de verão, e também para as pernas pálidas e cheias de sardas. Sussurrou algo para o cara que estava ao lado, então se virou para Lola e disse:

— Você tem certeza de que está no lugar certo?

Lola corou tão intensamente que até as orelhas ficaram vermelhas. Todo mundo ali tinha pequenos narizes arrebitados e pele bronzeada, da cor de cookies de chocolate que ficaram no forno por um pouco mais de tempo do que deveriam. Nenhum deles tinha calombos nos narizes, nenhum deles tinha a pele praticamente transparente de tão branca, e nenhum deles precisava usar uma faixa de tecidos no cabelo para esconder as malditas orelhas.

— Talvez eu tenha cometido um erro... — murmurou Lola, seguindo em direção à porta atrás dela.

Quando se virou para sair, sentiu o vestido prender na maçaneta. E então o som horrendo de algo se rasgando, seguido de gargalhadas. Sentiu uma brisa fresca nas pernas, olhou por cima do ombro e viu que um pedaço de linho branco do vestido, agora rasgado, estava pendurado, deixando à mostra a parte de trás do maiô entrando no bumbum. Ela se espremeu pela saída para deixar a sala e desceu voando as escadas. Não parou até o momento em que pôs os pés na rua, no ar quente de setembro.

PARA: Lola Childs
DE: Ayana Bennington
DATA: Terça-feira, 6h36
ASSUNTO: Casting dos modelos Pacific Sunwear?
ANEXO: Sarjeta e Luz

Oi, Lola,

Os representantes da Pacific Sunwear acabaram de me dizer que você não apareceu na seleção de modelos hoje. Se perco meu tempo marcando um compromisso para você, gostaria que também usasse seu tempo para realmente comparecer. Estou desapontada por não ter se apresentado.

Presumindo que ainda esteja interessada em ser modelo, na quinta-feira, gostaria que se encontrasse com Gunther Gunta. Ele está na cidade e vai ficar aqui por algumas semanas. Gunther está em busca de um novo rosto para sua próxima campanha. É alta-costura, mas você, definitivamente, se enquadra na estética dele.

Todas as informações estão em anexo. Sua presença é essencial. Gunther fica extremamente agitado quando alguém não comparece.

Atenciosamente,
Ayana

Do pó viestes, ao pó retornarás, de agora em diante, para nós não existes mais

Na noite de terça-feira, Stella estava sentada em frente à lareira na sala de estar, fazendo um desenho de Heath Bar. O gato, por sua vez, estava aninhado na espreguiçadeira com a avó das meninas, que tinha caído no sono lendo *Heating Up the Artic (As coisas estão ficando quentes no Ártico)*. Na capa do romance, um homem abraçava uma mulher na tundra nevada. Sua parka aberta deixava à mostra um tórax reluzente e depilado com cera.

— Agora não se mexa — sussurrou Stella a Heath Bar enquanto usava a borda do lápis de carvão para fazer o sombreado dos pelos do gato malhado. Os enormes olhos estavam semicerrados e o focinho repousava nas patas dianteiras. Depois da discussão com as Beta Sigma Phis no ginásio de esportes, um tempo para relaxar era tudo de que Stella precisava. Ela e Cate tinham passado a tarde no Café d'Alsace, bebendo cappuccinos e tentando pensar em quem seria a terceira garota em sua irmandade. Cate tinha analisado a curta lista: Celia Reynolds era popular o bastante, mas não ia a lugar nenhum sem a melhor amiga, Benna Matthews, que usava unhas de acrílico de Sally Hansen e às vezes falava com um falso sotaque britânico, o que acabaria levando Stella à loucura. Amy Klentak era bonitinha e divertida e não fazia parte de nenhum grupinho. Porém, segundo Cate, a garota tinha "grandes problemas para seguir regras". Elas poderiam falar sobre a Chi Sigma e planejar quantos benditos encontros quisessem. Não importava. Por enquanto, ainda não era uma irmandade. Eram apenas Cate e Stella.

— Isso é tudo! — disse Cate, entrando a passos largos na sala de estar, com uma caixa de papelão na mão, de onde saltavam roupas velhas, fotografias, além de um pôster onde se lia CATE SLOANE PARA PRESIDENTE. Quando viu Cate chegar, Heath Bar pulou da espreguiçadeira e depois foi correndo porta afora, com as costas encurvadas de medo.

Stella pôs de lado o caderno de desenho e soltou um suspiro. Um círculo em branco olhava para ela, no lugar onde deveria estar desenhada a cara do gato. Cate colocou a caixa do lado da lareira, abriu a grade e então começou a puxar os itens para fora da caixa com as pinças negras de ferro.

— O que é tudo isso? — perguntou Stella.

— Esta... — disse Cate, pegando um top decotadíssimo da Nanette Lepore com as pinças e lançando-o ao fogo — é a blusa que Priya me deu no aniversário do ano passado. — Ela ficou olhando para a blusa pegando fogo, a seda entrando em chamas instantaneamente. — Pelo menos *era* a blusa que Priya me deu no último aniversário. Estou fazendo um ritual de purificação.

— O quê? — Stella levantou-se do sofá, sentindo um nó no estômago. Cate estava segurando uma pilha de fotografias velhas que pareciam ter sido tiradas ao longo dos últimos dez anos. Uma delas mostrava Cate e Priya vestidas como pintinhos amarelinhos no Halloween. Pela foto, deveriam ter uns seis anos na época. — Você não vai...

Mas antes que Stella pudesse terminar a frase, Cate já tinha jogado todas no fogo. Uma tira de fotos das Chi Beta Phis tiradas numa daquelas cabines de fotografia enrolou-se e contorceu-se no fogo, virando cinzas.

— É a aurora de uma nova era. Todas essas coisas são karma ruim.

Ela rasgou o pôster em pedacinhos e jogou-o no fogo também. Na espreguiçadeira, Margot revirou-se em seu sono e tossiu.

Cate pegou os velhos bilhetes que ela e Sophie costumavam passar uma à outra nas aulas de saúde do sétimo ano (todos em forma de perfeitas bolinhas onde se lia SÓ P/ VC LER) e jogou-os na pilha, sentindo-se um pouco mais leve ao fazê-lo. Nas últimas duas horas, Cate tinha relido todos os e-mails trocados entre ela, Priya e Blythe: os e-mails do quinto ano, aqueles em que fizeram os primeiros planejamentos para a irmandade. Chamá-la de Chi Beta Phi foi ideia de Priya (Chi para Cate, Beta para Blythe e Phi para Priya), e foi Cate quem sugeriu que deixassem Sophie entrar na irmandade quando ela foi transferida para a Ashton no ano seguinte à fundação da Chi Beta Phi. Cate folheou os cartões-postais que Blythe havia lhe enviado da Grécia no verão, escritos em código para que Winston não conseguisse ler. Então tirou da caixa os cartões de todos os seus aniversários, o interior totalmente coberto de coisas escritas. Cada segundo disso era uma tortura.

Ela não queria pensar nas amigas. Não queria pensar em como Priya a havia ajudado quando menstruou pela primeira vez, roubando absorventes da gaveta inferior do armário do banheiro dos pais. Ou de como Sophie havia feito *flashcards* para ela quando estava aterrorizada, morrendo de medo de não estar preparada para a prova final de ciências sobre o sistema terrestre. Não queria pensar em como Blythe era a única pessoa em sua vida perto da qual já tinha se sentido confortável para chorar, fosse por Emma dormir no quarto que um dia foi da sua mãe, porque tinha perdido a eleição do sexto ano, ou por qualquer outro motivo. Cate queria que todas aquelas recordações sumissem, simplesmente desaparecessem. E essa era a única forma que ela conhecia para tornar isso possível.

Cate enfiou a mão na caixa e retirou a última recordação da Chi Beta Phi: a boneca da Madame Alexander que as amigas lhe deram quando fez o papel de Annie, no ano anterior, na peça escolar da Ashton. Durante várias semanas elas procuraram pela boneca no eBay, para se certificarem de que a conseguiriam em condições impecáveis.

— Você está se livrando de *tudo*? — perguntou Stella enquanto espiava a caixa vazia.

Ela sentia como se tivesse engolido um monte de cascalho. Sim, estava feliz que ela e Cate fossem amigas agora, e, sim, estava feliz porque Cate estava, finalmente, livre do ciúme venenoso de Blythe. Porém, até Stella se mudar para Nova York, as Chi Beta Phi eram tudo na vida de Cate. Seria preciso passar por todo o período da escola secundária e a maior parte dos anos na faculdade antes que ela e Cate tivessem um histórico como o das Chi Beta Phi.

— A Chi Sigma precisa recomeçar com novas bases; se for pra ser só você e eu, seremos só você e eu. Nada de bagagem.

Cate passou os dedos pelos cabelos da boneca e a jogou no fogo que quase se extinguia, junto com o cachorrinho de pelúcia, Sandy. Os olhos vítreos de Annie encaravam Stella enquanto as chamas morriam a seu redor. *Você!*, Stella imaginou-a gritando. *Isso tudo é culpa sua!*

Stella sentou-se novamente na poltrona de couro de Winston com determinação. Se não tivesse insistido em fazer parte das Chi Beta Phi, pra começo de conversa, nada disso teria acontecido. Foi ela quem sugeriu que fizessem uma nova votação, na qual Blythe acabou roubando a presidência de Cate. Então disse às garotas que Cate havia fofocado com ela sobre os segredos do grupo, contando-lhe que Blythe era viciada em sprays de bronzeamento, que Priya tinha obsessão por dissecar coisas no acampamento de ciências e que Sophie ainda brincava com Barbies.

Stella pousou o caderno de desenho no colo. Enquanto rabiscava furiosamente, Cate observava o restante das recordações da Chi Beta Phi queimarem. Stella sabia que ela havia feito uma bagunça na vida da irmã postiça em seu nono ano escolar. Agora, era ela quem teria que limpar essa sujeira.

— E se... — começou a dizer — e se não fossemos apenas eu e você? E se conseguíssemos encontrar uma terceira pessoa perfeita para nossa irmandade?

Cate balançou a cabeça negativamente, e o luminoso rabo de cavalo balançou para a frente e para trás. Ajoelhada na frente da lareira, vestida com o pijama J. Crew, parecia uma criancinha.

— Como vamos encontrar uma terceira garota? Já esgotamos nossas opções... É inútil.

— Não somos nós que encontraremos uma terceira garota para nossa irmandade — disse Stella, arrancando uma página do caderno de desenho e entregando-a a Cate. — *Elas* encontrarão a *nós*.

CHI SIGMA [SUA LETRA AQUI]

Você tem o que é necessário para entrar na mais nova e sexy irmandade da Ashton Prep?

Se tiver, venha até o anfiteatro na quinta-feira depois das aulas e nos diga por que deveríamos escolher você como a terceira garota de nossa irmandade.

Venham com seus dons, meninas: vocês vão precisar deles.

*Essa é uma oportunidade única, trazida a vocês por Cate Sloane e Stella Childs.

— Isso é perfeito! — gritou Cate. — Nós vamos ser *o* assunto!

Com o grito que Cate deu, Margot sentou-se, e o cabelo loiro e cheio caiu sobre seus olhos. Ela olhou ao redor com um ar de confusão, como se não tivesse certeza de que não estava mais sonhando.

Cate abraçou Stella com tanta força que quase quebrou suas costelas. As notícias sobre a convocação se espalhariam mais rápido que piolhos numa festa do pijama no ensino médio. As garotas seguiriam como um enxame até o Bergdorf depois das aulas, lutando para conseguir o vestido Badgley Mischka perfeito para arrasarem na primeira impressão. Cate visualizou uma fila de garotas do nono ano do lado de fora do anfiteatro da Ashton Prep, com os currículos em mãos enquanto ensaiavam a entrevista para a Chi Sigma. *Lamento, precisamos de alguém um pouco mais... fácil de lidar*, Cate imaginou-se dizendo enquanto Amy Klentak teria um ataque de raiva por causa da dispensa imediata.

— Bom trabalho — disse Cate.

Enquanto olhava para o flyer que tinha em mãos, imaginava-se descendo o corredor com sua nova irmandade: Chi Sigma Theta, ou Gamma, ou fosse lá que nome viesse a ter. Nunca seria a Chi Beta Phi. Cate jamais conseguiria rir tanto quanto quando Blythe, de brincadeira, colocava fita adesiva no nariz, levando a ponta em direção à testa, e ficava parecendo um porco. Ninguém confortaria Cate tão bem quanto Priya, que era mais calma do que um guru de ioga. E até mesmo Sophie era insubstituível. Cate sempre se lembraria do "videoclipe" que ela havia gravado com a webcam, no qual dublava "Glamorous", da Fergie, usando todas as joias de diamantes da mãe.

Mas agora não havia mais Chi Beta Phi. E se era para a nova irmandade de Cate e Stella ser a melhor da Ashton Prep, ela precisaria ter mais visibilidade, ser mais popular e mais feroz do que a de Blythe. Cate agarrou com força o flyer, encostando-o no peito, e abriu um sorriso. Ela era o prefixo na Chi Beta Phi. Estava *mais* do que à altura do desafio de dar um novo pontapé inicial.

A ignorância é uma bênção... Pelo menos para Lola

Andie subia as escadas com o bolinho na mão, olhando enquanto o mel derretia sobre a superfície aerada. Sentia-se tão culpada por andar com Kyle que implorou à Greta, a cozinheira, que preparasse o lanche predileto de Lola. Kyle tinha enviado uma mensagem instantânea e os dois passaram duas horas debatendo The Shins *versus* Death Cab for Cutie, e Killington *versus* Sugarloaf. Depois, Andie rolara de um lado para o outro na cama, sem conseguir dormir. Não conseguia parar de se imaginar com Kyle, os dois aconchegados num teleférico, tão perto um do outro que a respiração dele embaçava os óculos de segurança dela. O problema não era estar a fim dele. O problema é que a cada hora, a cada minuto que se passava, ficava pior.

Ela bateu à porta do quarto de Lola. Não importava o quão difícil era, não importava o quanto Lola ficasse com raiva, Andie precisava contar a ela... *agora!* Só tinha esperanças de que os bolinhos serviriam como um prêmio de consolação adequado.

— Olha só o que Greta fez! — disse Andie toda animada ao colocar o prato com os bolinhos sobre a penteadeira de Lola, bem ao lado do porta-retratos com a foto dela e da melhor amiga, Abby, no Primrose Hill. — Lola?

— Que foi? — perguntou uma voz abafada, que vinha de algum lugar dentro do monte de roupa de cama empilhada sobre o colchão. O emaranhado de travesseiros e cobertores fizeram com que Andie se lembrasse dos fortes de almofadas que ela e Cate costumavam fazer quando eram pequenas e ainda conseguiam ficar no mesmo ambiente.

— Lola! — gritou Andie, sentando-se na beirada da cama, e empurrou a colcha de retalhos. Lola estava enrolada em forma de bola com a bochecha encostada nas costas peludas de Heath Bar. Os olhos pareciam inchados e vermelhos, como se tivesse sofrido um ataque de alergia. Andie tinha visto o vídeo "destaques da primeira semana na escola" ontem, e aquilo não era algo bom. Lola ficou à beira do choro durante todo o jantar na noite passada. Mas, no fim das contas, todo mundo, em algum momento, acabava aparecendo no *Ashton News* fazendo algo idiota. Era como um rito de passagem. No ano passado, mostraram a própria Andie levando uma bolada na cara. — Você não pode se deixar atingir por Betsy Carmichael. Além disso, ninguém está nem aí para você usar ou não calcinhas com o dia da semana.

— Não é isso. Bem, não é *só* isso.

Lola fixou o olhar na parede pintada de azul-turquesa e balançou a cabeça em negativa. Ela franziu a ponta do nariz sardento, do jeito que sempre fazia quando tentava não chorar.

— O que há de errado com você?

Andie inclinou-se para trás, ficando nervosa de repente. Havia esperado um dia inteiro para contar a Lola que ficara conversando com Kyle. Só esperava que ele não tivesse mencionado isso antes dela.

Lola sentou-se direito, fungando para refrear as lágrimas.

— Tudo — murmurou ela, fazendo carinho com força na cabeça de Heath Bar. Puxou os olhos do gato malhado para trás, e ficou parecendo que o animal tinha acabado de passar por um lifting. O vídeo dos destaques da escola era apenas o começo. Durante o dia inteiro ela não conseguiu parar de pensar em como havia agido como uma idiota na seleção de modelos, ou em como teve de ficar com a mão no vestido durante toda a viagem de metrô de volta para casa, para que mais trinta pessoas não vissem seu bumbum.

— Não é só o lance da calcinha, eu... — Lola interrompeu a própria frase.

Durante a semana inteira, Andie tinha insistido no lance da Ford, fazendo poses improvisadas em portas de vidro, poças e em qualquer outra superfície reflexiva que encontrasse pela frente. Agora era Lola quem estava indo a seleções de modelos. Mesmo que não tivesse feito nada de errado, essa não era exatamente a novidade *mais fácil* de ser compartilhada.

Lola respirou fundo, sentindo as palavras saírem uma por uma.

— Aquela agente, Ayana Bennington, me ligou ontem. Fui a uma seleção de modelos para uma empresa chamada Pacific *Sunwear.* — Lola certificou-se de ter dito o nome certo dessa vez. Ela havia contado sobre a seleção apenas para a avó, e isso porque precisava que Margot assinasse um formulário permitindo sua participação na seleção. — Fui uma idiota por ter ido lá. Todo mundo estava bronzeado, com orelhinhas pequenas e narizinhos arrebitados. — Lola tirou alguns pelos de gato da colcha, com medo de erguer o olhar. — Sinto muito... eu deveria ter contado a você.

Andie olhou fixamente para a ferradura que havia pendurada na parede de Lola. Não sabia o que dizer. Depois do incidente na Ford, tinha dito a Lola que ficaria numa boa caso a irmã postiça desejasse ser modelo... Mas não pensava que ela fosse seguir em frente e tentar *dois dias depois*.

— Está tudo bem... *mesmo*. — Ela conseguiu dizer.

Andie visualizou a cena: Lola indo à agência de modelos todos os dias depois das aulas, passando por Kate Moss no corredor. *Lola!*, Kate gritaria, chamando-a, depois a beijaria em ambas as bochechas e diria *Vamos nos ver depois do show da Rodarte!*

Ainda assim, ela não tinha o direito de ficar com raiva. Não quando havia treinado com Kyle, conversado com ele pela internet e ficado até tarde pensando, obsessivamente, em como seria o primeiro beijo dos dois. Lola guardara seu próprio segredo, estava na hora de Andie revelar o seu.

— Venho querendo contar uma coisa a você.

— É só que... — interrompeu-a Lola, com os olhos se enchendo de lágrimas — estou cansada de me sentir tão... *feia*.

Quando disse a palavra *feia*, seu queixo ficou enrugado e ela cobriu o rosto com as mãos.

— Você não é feia!

Andie tirou as mãos de Lola de seu rosto. Tudo em que podia pensar era: faça com que Lola se sinta melhor. Agora.

— Você não deveria posar como modelo para a Pacific Sunwear, só isso. Aquelas garotas parecem Barbies de Malibu. Você faz mais a linha... *editorial*.

Desde que Ayana disse a Lola que ela era "deslumbrante", Andie não conseguia deixar de notar como a pele sardenta dela era impecável, ou que a garota tinha uma saliência estranhamente delicada na ponta do nariz. Era verdade: Lola tinha uma aparência única, singular. Heath Bar foi andando até Andie e começou a lamber o dorso de sua mão, com a língua áspera como lixa.

— Foi isso que Ayana disse — murmurou Lola. — Ela insiste que eu vá me encontrar com um cara chamado Gunther Gunther amanhã, mas simplesmente... não posso fazer isso.

Lola ergueu Heath Bar e enterrou o rosto nas costas dele.

— Gunther *Gunta*?

— É, isso aí — disse Lola. — Você já ouviu falar nele?

— O Gunther Gunta?

Andie estava pasma. Gunther Gunta era o número um na lista de estilistas com quem ela gostaria de trabalhar, na frente mesmo de Marc Jacobs e de Vera Wang. No aniversário de 12 anos, implorara ao pai que comprasse um vestido de alta-costura vintage de Gunther Gunta, mesmo que fosse apropriado apenas para uma cerimônia do Oscar, do Emmy ou uma passarela em Milão. Depois de o alfaiate de Winston ter feito algumas sérias transformações na peça, ela passou uma semana inteira usando-a em casa, praticando sua caminhada de passarela em saltos plataforma.

— Lola... faz alguma ideia de quem seja esse cara? Você tem de ir!

Andie pegou a *Vogue* do mês anterior que estava na mesa de cabeceira de Lola, exatamente no mesmíssimo lugar onde a deixara na semana anterior, quando estava tentando dar aulas de moda para ela. Andie abriu a revista num artigo de duas páginas intitulado "Gunther Gunta: Homem. Mito. Maníaco?" e pressionou a página com o dedo.

— Ele é um ícone da moda... Maior que Calvin Klein, Karl Lagerfeld, Versace. É indiano, mas nasceu em Paris e foi morar na Alemanha com 3 anos de idade. As pessoas dizem que ele desenhava vestidos antes de aprender a falar, criando cachecóis a partir de seus cobertores de neném. Seu primeiro desfile de moda foi em Munique, quando tinha apenas 7 anos.

Andie olhou para uma foto do jovem Gunther, que assistia ao próprio desfile e sorria. Mesmo quando criança, usava óculos fundos de garrafa, e sua boina vermelha ficava meio de lado na cabeça.

Lola olhou para o artigo. No centro da página havia uma foto fora de foco, tirada por um paparazzo, de um homem baixo deitado perto da piscina, a pança peluda caindo por cima da sunga. Um jornal cobria seu rosto.

— *Esse* é ele?

— Há dois anos que vive recluso... Essa é a única foto recente que se tem dele.

Andie tentou não soar tão incomodada. Lola nem conhecia Armani, que era do Arkansas, e se encontraria com *Gunther Gunta* no dia seguinte. Não era justo. Andie tinha visto gravações dos primeiros desfiles de moda dele e leu todos os artigos sobre o suposto colapso que o fez ficar em reclusão. Gunther sumiu em 2007, duas semanas depois de os críticos chamarem sua coleção de outono de "uma abominação suprema". Descobriam-no um mês depois, deitado num beco em Paris, murmurando coisas para si mesmo enquanto roía a ponta de uma baguete velha. Andie tinha lido tanta coisa sobre Gunther, visto tantas entrevistas, que sentia como se fossem amigos. Até mesmo tinha ensaiado o que diria se o encontrasse. *Não dê ouvidos aos críticos! A coleção de outono de 2007 foi uma* inspiração suprema!

— Você terá um dia e tanto amanhã. Vou deixá-la descansar.

Andie dirigiu-a até a porta. Sentia-se confusa, tal como se sentiu quando descobriu que Cindy, a sempre pudica melhor amiga, tinha beijado um garoto antes mesmo que ela. Supostamente, Lola deveria ser a irmã que *não* a faria sentir-se intimidada.

— Espera... você não disse que queria me contar alguma coisa? — perguntou Lola, a colcha jogada sobre os ombros, como se fosse um xale de retalhos horroroso.

Andie olhou para os bolinhos sobre a penteadeira de Lola, lembrando-se do motivo que a havia levado até lá para começo de conversa. Ela andava falando com Kyle Lewis... o cara *de Lola.*

— É só que... — Andie olhou para o rosto de Lola, que ainda estava cor-de-rosa e inchado. Quer Lola fosse ser modelo de Gunther Gunta ou não, Andie sabia que, no momento em que saísse dali, a garota enterraria o rosto de volta debaixo das cobertas. — Não se preocupe. Você é perfeita para ser modelo. Gunther vai amar você.

Lola abriu um sorriso, revelando um pequeno vislumbre de seu eu costumeiro e entusiasmado.

— U-hu! — sussurrou ela, puxando Heath Bar para seus braços. E, com isso, Andie saiu dali.

PARA: Andie Sloane
DE: Kyle Lewis
DATA: Quarta-feira, 18h02
ASSUNTO: Olá!

Eu fiquei on-line, mas não encontrei você. De qualquer forma, aqui estão os links para aqueles vídeos do YouTube dos quais eu estava falando. Não consigo parar de rir com aquele do pitbull dançando break.

Kyle

PS: Você tinha razão quanto àquela música dos Decemberists: a versão acústica de "Engine Driver" é muito melhor mesmo.

PARA: Kyle Lewis
DE: Andie Sloane
DATA: Quarta-feira, 19h11
ASSUNTO: Re: Olá!

Que vídeo hilário! Ganhei mesmo a noite com isso. Essa semana está meio... esquisita (é uma longa história). Definitivamente, nos falamos em breve. Mal posso esperar.

Bjs
Andie

As garotas da Ashton Prep fazem o dever de casa

Cate apoiou-se na cerca de ferro do lado de fora de sua casa, olhando de relance, de vez em quando, para o relógio de pulso da Tiffany, modelo Crown of Hearts. Todos os dias, as garotas enchiam-na de perguntas, querendo saber se passariam uma boa imagem na audição ou se ela preferia que trocassem os uniformes por roupas de algum designer específico. Tudo estava como deveria ser: as garotas voltaram a procurar Cate para pedir conselhos, e a Chi Sigma estava a caminho de bater a Beta Sigma Chi como a irmandade mais popular da Ashton Prep. No entanto, se ela quisesse mesmo fazer do nono ano aquele que a definiria, ainda faltava um ingrediente essencial: um namorado. E era aí que Eli Punch se encaixava.

Danny Plimpton descia correndo a rua 82. A gravata listrada de vermelho e azul estava jogada por cima do ombro, como se ele tivesse acabado de sair de um túnel de vento.

— Já não era sem tempo! — sibilou Cate, arrancando a pasta verde-limão das mãos dele.

— Não foi minha culpa. — Danny tinha sobrancelhas negras e espessas, e um nariz empinado na ponta, fazendo com que Cate se lembrasse do Grinch.

— O Sr. Klotchske me colocou na detenção por cuspir na calçada.

— Me poupe.

Cate virou a pasta nas mãos. Na parte da frente havia um desenho de palitinho de uma pessoa plantando uma árvore, com as palavras THE GREEN CLUB impressas logo acima dela. Dois dias inteiros tinham se passado desde que se encontrara com Eli pela primeira vez, e ela ainda não tivera uma conversa de verdade com ele, a menos que levasse em conta aquele primeiro "oi" que ele deu. Ainda assim, ela se via sentando-se mais ereta na sala de aula, sorrindo enquanto descia a Madison Avenue e passando vinte minutos a mais escolhendo a blusa do uniforme. Também sentia um par imaginário de olhos sobre si o tempo todo — os olhos de *Eli*. Estava começando a se sentir como a apaixonada Éponine, de *Os miseráveis*, sempre fingindo que Marius estava a seu lado. Cate não queria apenas ser a namorada de Eli. Ele fizera com que ela quisesse ser uma versão melhorada de si mesma.

Ela abriu a pasta devagar, inspirando o ar fresco da noite. Na foto, o rosto sorridente de Eli Punch olhava diretamente para ela, que lhe retribuiu o sorriso.

— É tudo que coletei sobre ele nos últimos dois dias, exatamente como você me pediu.

Danny puxou as pontas da gravata. A camisa do uniforme estava para fora da calça, e as pernas finas se destacavam no conjunto.

Era isso. A peça crucial que faltava no quebra-cabeça: a vida de Eli em Haverford. Cate folheou o material que tinha em mãos, que incluía o cronograma de Eli, guardanapos e recibos em que Danny havia feito alguns rabiscos (*a Águia limpou a boca com isto no almoço; recibo da compra de Coca-Cola recém-consumida pela Águia*), e fotos que Danny tirara com o iPhone, dentre as quais havia uma de Eli comendo hambúrgueres de peru com Braden Pennyworth, jogador de basquete que era astro da Haverford, além de outra dele mesmo com a cueca samba-canção da Brook Brothers e uma camiseta que parecia ter sido tirada do fundo da mochila. Na última foto, ele usava uma camiseta com a logo vermelha da Haverford e um short azul, e tinha uma bola de basquete debaixo do braço.

— Para tudo! Ele está no time de basquete da Haverford?

— Aham.

Danny olhou de relance para dentro da janela da frente da casa das meninas. Ele era uns sete centímetros mais baixo que Lola e poderia ser facilmente confundido com um aluno do quarto ano.

Cate pressionou a foto junto ao peito.

— E ele só está no segundo ano! — disse ela.

A única coisa melhor do que ter um namorado em Haverford era ter um namorado no time de basquete da Haverford. Todas as garotas da Ashton Prep faziam parte do grupo no Facebook "Esperando Braden Pennyworth ficar solteiro de novo" ou "Não gosto de basquete, mas amo as camisetas do time da Haverford!". Betsy Carmichael até mesmo dedicou a eles uma parte de seu programa, o *Ashton News*, no qual chamava os meninos do time de J.M.G.s (Jogadores Mais Gatos).

— Bom trabalho — disse Cate enquanto procurava algo na bolsa Balenciaga preto e branca. Ela pescou uma fotografia de Lola e uma das amigas em Hampstead Heath, Londres, que tirou do mural dela naquela mesma tarde. Na foto, Lola estava vestindo um short abaixo da altura dos joelhos, e o cabelo ressecado estava preso atrás das orelhas imensas. Lola era mais desconcertante do que um pum no elevador. Era meio incrível que alguém tivesse uma quedinha por ela.

— Tente não babar na foto. Também tenho 99% de certeza de que ela não tem companhia para o baile da Haverford.

Danny enfiou a foto na mochila.

— Obrigado — disse, e sorriu, tirando os cachos negros da frente dos olhos. — Eli deve estar aqui dentro de cinco minutos. Estava saindo do vestiário quando o vi.

E então o garoto começou a descer a rua, deixando Cate sozinha com sua pesquisa.

Segundo o conteúdo da pasta, Eli comia um hambúrguer de peru com queijo suíço todos os dias no almoço, sempre deixava desabotoado o botão superior da camisa e tinha sido visto de bobeira no gramado do lado de fora do Museu de Arte Natural depois das aulas. Tinha jogos de basquete nas próximas duas semanas, não era bom em divisões longas, comprava as meias na American Apparel e talvez precisasse de óculos (*a Águia foi vista apertando os olhos para enxergar o que estava escrito no quadro-negro*).

Cate alisou a saia do vestido de chiffon Diane von Furstenberg. Stella havia ajudado Cate a escolhê-lo depois do jantar, dizendo que usou algo parecido quando foi ao cinema com o namorado do sexto ano. Sempre que Stella trazia à tona o assunto "garotos", Cate tentava ao máximo acompanhar o que ela falava, dizendo, ocasionalmente, *Sei exatamente o que você quer dizer* ou *é claro!* Mas a verdade era que ela *não* sabia nadinha do que Stella queria dizer. Cate tinha passado cada segundo da vida no ensino médio com as Chi Beta Phi, planejando *brunches* no L'Absynthe, e piqueniques perto do Turtle Pond. Em todos os Dias dos Namorados, estando ou não solteira, Cate trocava presentes com Blythe, Priya e Sophie e fazia cartões de papel cafonas com guardanapos decorativos para elas. Até antes do último verão, ainda nem dera o primeiro beijo. Agora Cate tinha 14 anos, estava sem as Chi Beta Phi e jogando sério para recuperar o tempo perdido. Enquanto todo mundo corria para segundos encontros, namorados sérios e ficantes, Cate ainda estava na linha de partida, tentando entender em que momento foi dada a largada.

Do outro lado da rua, a Sra. Ashford regava os vasos de flores na janela, cantarolando para sua mãe como se fosse uma criancinha. Cate suspirou quando um garoto se virou para descer a rua 82. Era Eli; ela o reconheceu de imediato. Ele ainda estava fazendo exercícios preparatórios para a Haverford, e o tecido da calça azul que vestia fazia um som de atrito enquanto ele caminhava.

Ela ensaiou essa conversa em sua cabeça umas mil vezes nos últimos dois dias: enquanto escovava os dentes, secava o cabelo e nos últimos momentos logo antes de dormir. Imaginou-se esbarrando em Eli por acaso, no ônibus que cruzava a cidade, ou flagrando-o enquanto ele a espiava por cima da parede do terraço, ela ali deitada com o biquíni da Theory. *Você mora aqui ao lado, não é?*, perguntaria ela de um jeito casual, mirando nele seu maior sorriso de flerte, do tipo *não-andei-bancando-a-stalker-pra-cima-de-você*. Mas agora que realmente estava ali, caminhando em sua direção (na vida real!), Cate sentia a boca seca, como se tivesse acabado de comer uma caixa inteira de salgadinho.

Eli tirou da testa o cabelo negro e bem cheio e ergueu o olhar para a casa de Cate.

— E aí... *vizinha*? — E soltou uma risadinha.

— Oi. — Cate segurou-se na cerca de ferro, mantendo-se equilibrada. — É, eu quis me apresentar no outro dia. Meu nome é Cate... Cate Sloane.

— O meu é Eli. Eu trocaria um aperto de mãos com você, mas estou um pouco suado. — Cate analisou-o enquanto ele passava os polegares pelas tiras da mochila. Os olhos escuros eram cercados por uma cortina de cílios negros, e ele se encaixava nos três adjetivos que as meninas usavam ao se referir ao time de basquete da Haverford: alto, bronzeado e definido. — Acabei de me mudar nesse final de semana. Eu morava em Connecticut.

Eu sei, pensou Cate. Depois que Danny lhe forneceu o primeiro lote de informações sobre Eli, ela havia digitado Westport no Google e descobriu que Eli tinha participado de uma corrida de 5 mil metros por lá, terminando com um impressionante tempo de 20m34s. Achou uma antiga foto de colônia de férias, onde ele aparece num barco, além de um artigo sobre cervos que escrevera para o jornal da escola. Mesmo que só tivesse falado 32 palavras com ela, Cate estava começando a conhecê-lo melhor do que qualquer um.

— O que você está achando de Nova York até agora?

Eli abriu um sorriso amarelo, franzindo os lábios como se tivesse acabado de lamber um limão.

— Bem... ainda não consigo dizer por instinto para que lado fica a área residencial e para que lado fica o centro da cidade, como todo o resto do pessoal daqui parece saber, e hoje de manhã um taxista tentou me atropelar.

Ele descansou o pé na cerca, e a perna estava a poucos centímetros das pernas da própria Cate.

A Sra. Ashford desviou o olhar de sua mãe e ergueu a sobrancelha para Cate. Ela era amiga da mãe de Cate e se sentia no direito de ficar tentando ouvir todas as conversas da garota. Cate lançou um olhar furioso à mulher e virou-se para Eli.

— Bem, se precisar de ajuda, estou bem aqui do lado.

Ela se imaginou pegando o metrô das 6h para o centro com Eli, e seus corpos pressionados um contra o outro no vagão lotado. Eles caminhariam de braços dados em volta do ultramoderno Whitney Museum e dariam risadinhas ao tentar entender porque uma tela pintada apenas de vermelho, sem nenhum desenho nem nada, era chamada de "arte". Cate mal podia esperar que Blythe, Priya e Sophie os vissem abraçados na Madison Avenue ou se beijando no Bergdorf's. Seria uma prova oficial de que Cate havia superado as Chi Beta Phi. Poderia finalmente parar de pensar no aniversário de Sophie, em outubro, que estava se aproximando, ou em como os pais de Priya a levariam para a Índia em dezembro, e passaria a pensar em coisas maiores e melhores, sem mencionar mais bonitinhas e mais apertáveis.

— Acho que eu ia gostar de ter uma guia particular para um tour pela cidade... — disse Eli, enfatizando a palavra *particular*. Cate torceu o cabelo castanho-escuro, prendeu-o num rabo de cavalo, e abriu um sorriso. Ela faria qualquer coisa para ter cinco horas sozinha com Eli, mesmo que isso significasse que teria de caminhar por Manhattan desde o Hudson até o East River. — Vou contar com você pra essa função. — E então ele começou a subir os degraus da entrada de sua casa.

Cate ficou observando-o partir, com a mão agarrando a cerca. Não tinha como ficar de tocaia todas as noites, na esperança de que ele passasse por ali. Precisava de um objetivo, de um plano, de modo que pudesse parar de *imaginar-se* saindo com ele e começasse a *realmente* fazer isso.

— De repente apareço num dos seus jogos de basquete um dia desses, então — disse ela, que já tinha dado uma olhada no cronograma dele.

Eli parou no degrau superior e colocou a chave na fechadura.

— Isso, vai ter jogo amanhã. Aparece por lá. — Ele sorriu, e depois desapareceu dentro da casa.

Aparece por lá, sussurrou Cate para si mesma. Ela mantinha a pasta encostada no peito, com o coração batendo forte, como se tivesse acabado de correr por dez quadras. No dia seguinte Eli procuraria nas arquibancadas e a veria lá, sentada, com o cabelo liso, gloss nos lábios, torcendo por ele. Lá pela sexta-feira estariam sentados no Rose Planetarium, no escuro, aninhados sob um falso céu estrelado. E, na semana seguinte, ela estaria deitada no Great Lawn depois das aulas, usando o peito dele como travesseiro. Esqueça o coletinho cinturado: Eli Punch era o acessório da vez nesse outono.

Quem ama divide

Stella encolheu-se de pavor quando Myra Granberry enfiou o bisturi no coração do porco, meio que esperando que o formaldeído fosse espirrar em seu olho. Estava condenada a ter Myra como parceira de laboratório desde seu primeiro dia na Ashton Prep, quando Cate a baniu das Chi Beta Phi. Myra era uma aluna brilhante em biologia e era realmente legal, mas Cate acabava virando nerd por associação só de ficar ao lado dela. Myra tinha um celular deselegante que prendia com um clipe na saia do uniforme, era a estrela dos Atletas da Matemática e gostava de usar expressões como *céus!* e *ó, Deus!*

— O primeiro corte deve ser feito na vertical, descendo, e partindo do centro.

A Sra. Perkins, a recém-formada professora de biologia, desenhou uma linha sobre o diagrama do coração preso à lousa com fita adesiva. Sempre que erguia os braços alto demais, o cardigã Ann Taylor subia, expondo uma tatuagem celta na parte inferior das costas. Em volta da sala, garotas movimentavam-se perto de suas bandejas de dissecação. Analeigh Price, que tinha se declarado "defensora dos animais" antes da aula, refreava lágrimas enquanto fazia o primeiro corte.

E foi aí que Priya entrou a passos largos, sussurrando um pedido de desculpas para a Sra. Perkins. O cabelo cacheado estava puxado para trás num coque solto, e a gola da blusa pink de botões Ben Sherman estava levantada. Ela foi direto para a mesa de Stella no laboratório, segurando um flyer cor de lavanda, que Stella reconheceu imediatamente.

— Logo quando achei que as coisas não poderiam ficar mais ridículas! Agora vocês estão *fazendo anúncios* em busca de amigas?

Priya balançou a cabeça, ao mesmo tempo em que colocou o flyer na mesa de Stella. Os olhos estavam delineados com sombra prateada, o que os deixava cintilantes.

Stella raspou as unhas pela banqueta de madeira. Nunca teve de fazer anúncios para conseguir amigas antes... nunca! Em Londres, ela, Pippa e Bridget eram convidadas para todas as festas e todos os jogos de críquete, e torciam pelo amigo, Robin Lawrence, enquanto ele corria entre as metas. Depois que começaram a tomar chá no Ritz nas tardes de sábado, a escola inteira passou a aparecer por lá também, pedindo o mesmo bolo de cenoura que Stella adorava. No último outono, uma aluna do quinto ano havia até começado um blog, mostrando às garotas quais lojas tinham as amostras de estilistas que Stella recebera da mãe. Mas em Manhattan, na Ashton, ela era uma maldita pária.

Estava cansada de esperar pelas aulas com Cate para que pudesse ter uma conversa decente com alguém, cansada de perder pontos em suas provas de inglês por pronunciar, como britânica, *colour*, em vez de *color*, ou *centre*, em vez de *center*, e o mais importante de tudo, estava cansada de ser tratada pelas Beta Sigma Phi como se fosse uma coitada, solitária e desesperada.

Olhou de relance para Myra, que agora fazia um corte em diagonal no coração do porco, lambendo os lábios, concentrada, como se estivesse na frente de um saboroso pedaço de bife Kobe. Stella pegou a bandeja das mãos dela e enfiou-a nos braços de Priya, acertando-a nas costelas.

— Toma: sei o quanto você adora dissecar as coisas.

Priya deu um passo para trás.

— Não, vou deixar isso para você e para sua... — Ela abriu um sorriso amarelo, olhando para Myra e completou: — *Amiga*.

Priya retirou-se e foi até uma mesa do outro lado da sala, de onde Sophie observava o desenrolar da cena. Aproveitando a distração de Priya, que colocava as luvas de látex, Sophie fez um leve aceno para Stella.

Stella não conseguiu deixar de sorrir. Às vezes sentia como se Sophie fosse a verdadeira vítima disso tudo. Um dia antes, ela havia se escondido para falar com Stella no banheiro. *Sinto muito!*, sussurrou por debaixo da cabine. *Eu só quero que todas nós sejamos amigas de novo!*

— O que ela quis dizer com *fazer anúncios*? — perguntou Myra. As luvas estavam cobertas com fluido cor-de-rosa, então ela tentava coçar o nariz com o braço.

— É só que... Cate e eu tivemos uma briga enorme com Blythe, Priya e Sophie. — Stella colocou as luvas de látex e segurou a bandeja com firmeza. — Agora estamos formando nossa própria irmandade, e também procurando uma terceira garota para fazer parte dela. É uma longa história. Basicamente, elas ficaram furiosas por eu ter mentido sobre algumas coisas.

Mesmo agora, Stella não conseguia acreditar no quão furiosas elas tinham ficado. O que ela deveria ter feito? Dizer *Oi, prazer em conhecer vocês, meu pai traiu minha mãe com Cloud McClean? Sabem, é aquela cantora pop britânica que canta de um jeito ridículo, vestindo uma nova linha de tangas brilhantes.* Antes da semana passada, ela só havia contado sobre Cloud a duas pessoas fora do círculo familiar: Pippa e Bridget. Não era o tipo de coisa que a gente dispara pra lista de contatos do e-mail.

— Que tipo de coisa? — pressionou Myra para que Stella revelasse sobre o que era a mentira.

Enquanto Myra se inclinava sobre a bandeja, mechas de cabelo de um loiro branco caíam sobre seus olhos. Ela usava uma blusa de mangas curtas e gola olímpica de algodão, com um pin da insígnia da Ashton Prep preso na gola.

Myra Granberry era, muito possivelmente, a única pessoa a quem Stella poderia contar sobre Cloud sem se preocupar com a possibilidade dos rumores se espalhando feito catapora. Na pior das hipóteses, ela poderia repetir o que ouvira para a professora de Geometria, a Srta. Katz, ou para os camarõezinhos de aquário. Ela não conversava com ninguém. Ou melhor, ninguém conversava com ela.

— Você sabe quem é Cloud McClean?

— É aquela aluna do décimo primeiro ano, a com o cabelo azul? — perguntou Myra, arregalando os olhos castanhos.

Stella deu risada, mas Myra continuou olhando para ela. A garota tinha um buço clareado, branco, e as sobrancelhas quase invisíveis estavam franzidas numa expressão confusa. Stella nunca tinha encontrado alguém que não soubesse quem era Cloud McClean. Parecia que a música "Kick It" tocava em todas as estações de rádio, que a droga do anúncio em que comia pirulitos estava em todas as estações de metrô, e que a linha de tangas reluzentes com seu nome estava em todas as lojas, ao lado da caixa registradora.

— Não, na verdade... Ela é uma cantora de música pop. As meninas ficaram furiosas porque eu estava guardando um segredo sobre o meu pai... — Stella olhou de relance a sala ao redor, abaixando o tom de voz para que apenas Myra pudesse ouvir o que diria em seguida. — Ele traiu minha mãe com essa cantora.

Myra deixou cair a faca na bandeja de dissecação, produzindo um *clique* alto e metálico! Todo mundo na sala se virou na direção delas.

— Ah, céus! — sibilou Myra, que olhou a seu redor e, inclinando-se, chegou mais perto de Stella. Então abaixou também o tom de voz e disse: — Sinto muito.

— Bem, obrigada.

Stella sentiu as bochechas ficando vermelhas. Ninguém nunca tinha lamentado antes o fato de seu pai ter traído sua mãe. Pippa e Bridget não faziam a mínima ideia do que dizer quando ela lhes contou sobre a traição, e o máximo que fizeram foi ficar olhando para as próprias mãos, sem reação. Sua mãe havia passado uma semana inteira trancada no quarto com as cortinas fechadas, e seu pai, Duke "Toddy" Childs, lamentava que ambas "tivessem que passar por isso", ou dizia que sentia muito que "isso tivesse acontecido". Ele fez parecer que um terremoto, um terremoto com um oito perfeito na escala Richter, destruíra o lar daquela família e que simplesmente não havia nada a fazer a respeito.

Depois que os pais lhe contaram sobre o divórcio, Stella saiu caminhando sozinha pela vizinhança, culpando o ar frio do inverno pelas lágrimas nos olhos. Passou três vezes pela própria casa na Cheyne Walk, dando a volta no quarteirão e desejando morar em qualquer outro lugar. Queria voltar para dentro de casa e que junto com isso voltasse o verão, quando a família celebrava o aniversário de 11 anos de Lola no jardim. Antes de Cloud ter conhecido seu pai. Antes de as coisas darem errado.

— É só que... isso tudo foi muito ruim.

Os olhos castanhos de Myra estavam úmidos. Ela levou a mão coberta pela luva de látex ao coração, como se estivesse prestes a fazer o juramento de lealdade à bandeira e à república norte-americana. Uma minúscula gota de líquido cor-de-rosa manchou sua blusa.

Stella desviou o rosto, tentando evitar o olhar fixo de Myra.

— Eu estou bem. Juro.

Em comparação com Lola, ela estava realmente bem. Lola não tinha conversado mais com o pai desde o último inverno. Todas as vezes em que ele ligava para o celular dela, caía direto na caixa postal. Antes de partirem para Nova York, os três tinham comido no Pasha, o restaurante turco que Lola sempre amara, mas ela não abrira a boca nem uma vez, recusando-se a falar, até mesmo quando o pai deu a ela uma caixinha pra transportar gato da Burberry para Heath Bar. Por fim, ele acabou ficando tão frustrado que cancelou o pedido da sobremesa.

— Eu meio que entendo — prosseguiu Myra. — Minha mãe se casou de novo faz alguns anos. Somos só eu e meu pai. Ele inventou a lanterna subaquática, sabe?

Myra esperou que Stella respondesse. Ela fez um movimento com a cabeça, como se quisesse dizer *Ah, claro! A lanterna subaquática!* Myra abriu um sorriso, parecendo ainda mais feliz que no dia anterior, quando a Sra. Perkins anunciou que dissecariam corações de porcos. Stella estava começando a entender o que acontecia com Myra: as meias 5/8 com listras nas cores do arco-íris que ela usava sob a saia do uniforme, as sobrancelhas quase invisíveis, ou a forma como a divisão do cabelo estava sempre torta (e não de um jeito legal e intencional). A maioria das mães teria arrumado para a filha um kit de depilação com cera antes de deixá-la sair de casa com o buço loiro descolorido. Mesmo que o pai de Myra *realmente* tivesse inventado a lanterna subaquática, ou o secador de cabelos subaquático, o micro-ondas e a pipoqueira... havia algumas coisas que os homens simplesmente não eram capazes de fazer.

— De qualquer forma — continuou a dizer Myra, voltando a fazer cortes no coração do porco —, você acha que tenho chance?

Stella observou a sala, que cheirava a formaldeído e alvejante. Analiegh Price olhou horrorizada para a colega de laboratório quando ela pegou o coração do porco e fez com que "dançasse". A Sra. Perkins estava sentada com as pernas cruzadas no canto de sua mesa, passando mais batom.

— Chances de quê? — perguntou Stella, confusa.

— De entrar para a irmandade de vocês?

Myra tirou as luvas. O coração do porco estava preso e aberto na bandeja de cera.

Stella tentou sorrir, mas a pele parecia dura como plástico. Falando em termos estatísticos, as chances de Myra não chegavam nem a 0,1% de 0,1%. Cate preferiria deixar que Heath Bar usasse sua bolsa Balenciaga como caixa de areia a permitir que Myra Granberry, presidente dos Atletas da Matemática e orgulhosa dona de um furão chamado Pitágoras, entrasse na Chi Sigma.

Stella abaixou o olhar para o coração do porco. Imaginou Myra comendo seu jantar congelado à mesa da cozinha, iluminada por uma única lâmpada... sem lustre. O pai dela ficaria falando sem parar sobre o processo de criação e desenvolvimento da mais recente invenção, fazendo pausas de vez em quando para jogar algumas migalhas para Pitágoras comer.

— Você tem as mesmas chances que todo o resto — respondeu Stella.

— Ó, céus! — disse Myra, batendo palmas. — Obrigada!

Myra envolveu Stella num abraço de urso.

Stella fechou os olhos e pediu que Cate nunca descobrisse que havia estendido o convite a Myra. No entanto, mais do que isso, Stella tinha esperanças de que Myra arranjasse uma reunião dos Atletas da Matemática de última hora, ou fosse atacada por um resfriado repentino, ou recebesse uma visita de surpresa de algum primo vindo de Albuquerque... Qualquer coisa realmente a impedisse de aparecer no dia.

PARA: Cate Sloane
DE: Blythe Finley
DATA: Quarta-feira, 19h22
ASSUNTO: Muito desesperada?

Eu vi seu flyer circulando pela escola hoje. Ouvi dizer que Liza Bartuzzo (sabe a líder das agitadoras de bandeiras da banda marcial da escola?) estava particularmente animada com o recrutamento. Você realmente deu às renegadas da Ashton algo pelo qual lutar.

Estou indo para a casa da Sophie agora. A Beta Sigma Phi terá hoje a primeira festa do pijama de meio de semana. Boa sorte com a seleção feita a partir das sobras.

Blythe
Blythe Finley
Presidente da Beta Sigma Phi

"Com um grande poder vem uma grande responsabilidade." — F.D.R.

PARA: Blythe Finley
DE: Cate Sloane
DATA: Quarta-feira, 19h26
ASSUNTO: Sentindo muito minha falta?

Caríssima Blythe,

Sei que isso é difícil para você. E sei que esses e-mails são apenas uma tentativa tosca de sua parte para falar comigo. Posso ver que está se sentindo solitária. Quem pode culpá-la por isso? Ninguém sabe como você está sobrevivendo, agora que não tem quem te dê constantes dicas de moda, e nem quem decida o que você vai comer no almoço.

Porém, não posso mesmo ficar te enviando e-mails. Stella e eu temos de finalizar os planos para a seleção das meninas, e preciso decidir o que vou vestir amanhã. Eli convidou-me para ir ao jogo dele (sabe o Eli Punch? O mais novo integrante do time de basquete da universidade de Haverford?).

Cate Sloane
Copresidente da Chi Sigma

Chi sigma... Alfa?

Andie acertou a peteca de badminton com sua raquete, fazendo-a sair voando por cima da rede. Era aula de ginástica na manhã de quinta-feira e a Sra. Taft a tinha colocado para jogar em dupla com Hannah Marcus. Andie sempre odiara badminton. Era como uma versão tosca de tênis para pessoas com 75 anos de idade ou simplesmente preguiçosas. Hannah se encaixava na segunda categoria. Jogar com aquela garota era como jogar com uma estátua: ela se recusava a se mover até mesmo 15 centímetros que fossem para dar continuidade ao jogo.

Hannah girou a raquete e errou a peteca, que caiu mais ou menos a 1 metro de seus pés. Andie voltou o olhar contemplativo para Cindy, que corria em volta do canto da quadra, num bate e volta com Addison Isaacs.

— Então... — disse Hannah enquanto andava para recuperar a peteca. Ela se movia com tanta lentidão que era como se estivesse soterrada na lama. — Parece que Cate está se saindo bem sem Blythe.

Quando Hannah se curvou para pegar a peteca do chão, a regata roxa enrolou-se e subiu, deixando à mostra a gordurinha das costas.

— É — respondeu Andie, que ouvira dizer que Cate e Blythe não eram mais amigas. *Todo mundo* tinha ouvido isso.

— Ela está ótima.

A verdade era que a maior parte das garotas da Ashton Prep (até mesmo aquelas de quem Cate *não era* amiga) eram bem mais qualificadas para responderem àquela pergunta do que Andie. Hannah bateu com a raquete na peteca sem muita vontade, e Andie acertou-a de volta na hora, fazendo-a quicar no chão reluzente do ginásio, sem nem chegar perto da raquete de Hannah.

Andie e Cate eram próximas quando eram mais novas, antes de a mãe delas morrer. Faziam festas de aniversário para a boneca de Andie, Molly, até mesmo embrulhavam abotoaduras de punho da Tiffany do Winston como presentes. Encenavam elaboradas peças de teatro no gabinete do pai e pegavam emprestadas as pérolas e os broches de diamantes da mãe para fingirem que eram princesas presas no castelo de um ogro. E, quando a mãe ficou doente de verdade, foi Cate quem usou uma de suas perucas, fingindo se tratar apenas de mais uma peça, para que Andie não ficasse tão assustada com aquilo. Mas fazia anos que as coisas entre as duas não eram mais assim.

Hannah bufou, foi até o canto mais afastado da quadra de badminton e acertou a peteca, jogando-a por cima da rede de volta para Andie.

— Todo mundo está falando sobre isso. Algumas garotas roubaram uns flyers da escola secundária.

— Como assim?

Andie pegou a peteca na mão e ficou segurando-a.

— *Não* venha me dizer que você não ouviu falar nisso!

O cabelo castanho de Hannah era uma bagunça de cachos frisados, e a garota tinha uma verruga no queixo que era do tamanho de um apontador de lápis. Cindy só se referia a ela como "Santa Verruguenta". Hannah colocou a raquete de lado, como se tivesse desistido completamente do jogo.

— Ela e Stella farão uma seleção hoje para encontrar a terceira integrante da Chi Sigma.

Andie puxou as mechas tingidas da franja. Sabia que não existia mais Chi Beta Phi. Mas não sabia que Cate e Stella estavam começando a formar a *própria* irmandade... e procurando por mais uma garota para fazer parte dela. Nos últimos anos, não havia espaço para ela na vida de Cate. Todos os fins de semana, a irmã ficava enfurnada no quarto com "as verdadeiras irmãs", as Chi Beta Phi, assistindo a maratonas de *The City* e cantando todas as trezentas músicas da máquina de karaokê. Andie costumava ouvi-las pela saída de ar do aquecedor em seu banheiro, desejando, nem que fosse apenas uma vez, que pedissem a ela que se juntasse à irmandade.

— Quando vai ser isso? — quis saber Andie.

— Depois das aulas. Achei que você iria.

Hannah começou a sentar-se na quadra, mas a Sra. Taft soprou o apito, chamando sua atenção.

— Vamos voltar ao jogo, Hannah, esse período está quase acabando — disse ela.

A professora estava parada ao lado das portas do ginásio, com a prancheta nas mãos. As pernas grossas estavam cobertas por um moletom cinza da Ashton Prep, parecendo um par de chouriços.

— Quero dizer, é mais que óbvio que você vai ser a terceira garota — prosseguiu Hannah enquanto Andie lhe jogava de volta a peteca. — Você é *da família*.

Andie olhou para o rosto pálido de Hannah e decidiu, ali, naquele momento, que ela era mais agradável que as pessoas achavam.

— Talvez eu vá.

Ela e Cate sempre se deram bem nas férias, quando as únicas opções da irmã eram sair com ela ou ficar sozinha. No último inverno em Killington, Cate tinha saído da banheira quente porque Andie a desafiara a fazer isso, rolando na neve até que a pele ficasse cor-de-rosa. Na Austrália, mergulharam juntas na Great Barrier Reef, de mãos dadas porque estavam morrendo de medo de tubarões. Andie queria que *aquela* Cate fosse sua irmã... Aquela irmã que conseguia passar mais de uma hora sem se irritar com ela, ou sem bater uma porta em sua cara. Para Andie, as férias sempre pareciam a prova de que as duas podiam se dar bem. Cate só tinha de estar disposta a dar uma chance a ela.

— Tudo bem, meninas — disse a Sra. Taft, acenando em direção às portas do vestiário com os armários. — Nossa sessão de tortura chegou ao fim.

Enquanto Andie jogava a raquete dentro de uma gigantesca lata vermelha, Hannah puxou uma folha de papel cor de lavanda da bolsa LeSportsac florida e entregou-a a Andie.

— Aqui está, encontrei um flyer a mais na quadra. Se quiser, pode ficar com ele.

Andie virou o papel em suas mãos.

— Obrigada, Hannah — disse ela.

As garotas foram entrando no vestiário, mas Andie demorou-se um pouco mais. Imaginou-se caminhando até a escola com Cate e Stella, dando uma paradinha para tomar lattes no Starbucks da rua 87. Cate analisaria o horário de aulas para ela em junho, explicando quais professores deveria evitar e por qual motivo, e reveriam juntas as falas de seus personagens em *Um conto de Natal* ou *Huck Finn*. Ficariam acordadas até tarde, fazendo as próprias festas do pijama com karaokê. Andie daria o melhor de si ao cantar "Girls Just Wanna Have Fun", e ninguém se importaria com o fato de que era completamente desafinada.

Ela enfiou o flyer dentro do bolso e dirigiu-se ao vestiário, com um levíssimo sorriso surgindo em seu rosto. Havia chegado o momento de não ser mais a C.C., a Cópia da Cate, e nem o grude irritante de quem ela estava sempre querendo se livrar.

A estrada para o topo é pavimentada com homenzinhos gordos

Quando as portas do elevador se abriram, dando para a Suíte Real do Waldorf Towers, Lola bateu palmas de animação. As antiguidades do século XVIII e a coroa dourada fizeram com que se sentisse numa casa de bonecas de tamanho real. As cortinas cor-de-rosa e azul-turquesa de tecido adamascado estavam abertas, revelando uma vista espetacular do Central Park, com os prédios que se erguiam a seu redor cintilando ao sol da tarde. "New York Sit-aaaay", sussurrou Lola, curvando os lábios num sorriso. Era terrível o quanto ela sentia falta de Londres, com as ruazinhas singulares e as vielas, mas num momento como esse era impossível ficar triste. Ali estava ela, num hotel chique, prestes a encontrar-se com Gunther Gunta, designer de moda mundialmente famoso.

Duas modelos estavam sentadas em sofás dourados de madeira e mal ergueram os olhares quando Lola entrou. Uma jovem folheava uma *Vanity Fair* em cuja capa estava uma amiga da mãe de Lola, a atriz inglesa Harley Cross. Lola analisou a garota, sentindo-se um pouco aliviada. A pele dela era tão branca que quase parecia albina, e os cabelos, vermelhos como a cabeça de um pica-pau. Uma outra modelo falava em voz alta ao celular, reclamando sobre alguém chamado Panchito. Havia uma imensa saliência em seu nariz, como se houvesse uma bola de gude alojada bem ali no meio dele. Todas tinham aparências diferentes, mas eram... *belas*... Cada uma do seu jeito. Lola relaxou no sofá e admirou as próprias pernas, que realmente pareciam bronzeadas em comparação com as da modelo ruiva.

— Tem alguma folha de presença que a gente precisa assinar? — perguntou Lola para a garota, que, em resposta, apenas balançou a cabeça negativamente, mal erguendo o olhar da revista. A outra garota ainda falava ao celular.

— Panchito deveria saber disso. Tenjune já era, agora é só a ponte e o túnel.

Lola tirou o iPhone de dentro da sacola da Gap. Depois que leu o artigo inteiro sobre Gunther Gunta, ligou para Abby em Londres e contou a ela sobre Ayana e a reunião com o designer. Abby soltou um grito estridente tão alto que sua mãe achou que o quarto da garota estivesse sendo invadido por alguém. No entanto, ainda havia uma pessoa que *não* sabia sobre sua nova carreira, e Lola mal podia esperar para ver a cara dele quando lhe contasse sobre isso. Ela digitou uma mensagem.

LOLA: O Q VC VAI FZ + TARDE?

KYLE: DEVER DE CASA. DESCULPE.

Dever de casa... de novo? Lola enfiou o iPhone de volta no bolso, sentindo como se tivesse comido sushi estragado. Kyle vinha agindo de um jeito estranho durante a semana inteira. Mesmo que ela o tivesse praticamente empurrado porta afora de sua casa no sábado enquanto Andie flertava com ele, Kyle não precisava evitá-la por completo. No dia anterior, quando falaram pela internet, Kyle demorou vinte longos minutos para responder (não que ela estivesse contando o tempo que levou...), dizendo que estava teclando com outra pessoa também. *Com quem?*, escreveu ela, mas ele não respondeu. Lola imaginou uma garota igualzinha a ela, mas com orelhas menores, um nariz mais reto e cabelos loiros brilhosos, como fios de seda. A Garota Imaginária nunca derrubaria sorvete na camisa de Kyle, não tropeçaria no meio da rua e nem ficaria tão nervosa a ponto de as orelhas ficarem vermelhas.

Uma porta no canto mais afastado da sala abriu-se com tudo, e uma garota saiu de lá cambaleando. O rosto dela estava cor-de-rosa e as bochechas brilhavam por causa das lágrimas derramadas. Todo mundo ficou encarando-a.

— Ele me disse que preciso fazer uma cirurgia para trocar meus olhos! — disse ela, entre choro e soluços.

Lola analisou o rosto dela. Os olhos da garota eram *extremamente* juntos. Ainda assim, aquilo não era algo legal de ser dito.

A ex-amiga de Panchito consolou-a enquanto a modelo ruiva desaparecia para dentro da sala. Lola arrumou a faixa de cabelo, subitamente nervosa. O artigo da *Vogue* mencionava que Gunther Gunta era notório pelas oscilações de humor, sugerindo de um jeito sutil que tinha dupla personalidade, como em *O médico e o monstro*. Gunther insistira que uma modelo ganhasse uns três quilos e depois teve uma explosão de raiva quando seu suéter de alta-costura não coube nela. Certa vez jogou Diet Coke na cabeça de uma modelo depois que ela revirou os olhos para ele. Porém, agora, supostamente, ele estava diferente... *Melhor.* A repórter da *Vogue* disse que dois anos num *ashram* na Índia, fazendo um retiro religioso, haviam transformado o homem. Recentemente, ele doara cinquenta por cento de sua renda para as Modelos Sem Fronteiras, uma instituição de caridade que realizava desfiles de moda nas partes mais remotas do mundo.

Poucos minutos depois, a modelo ruiva saiu intempestivamente da sala, balançando a cabeça.

— Ele me disse que eu deveria quebrar meu próprio nariz! — disse ela, gritando e cobrindo o rosto com a mão.

— Você pode ser a próxima — disse a garota com a saliência no nariz, lentamente pegando a bolsa amarelo-brilhante e o suéter. — Não tenho a menor chance.

Lola apertou uma das mãos contra a outra. A última coisa de que precisava era que "Gunther Gunta: Homem. Mito. Maníaco?" puxasse sua faixa de cabelo e lhe dissesse que tinha orelhas de elefante, ou exigisse que removesse as sardas com alvejante. Lola inspirou fundo, lembrando-se das palavras de Andie. *Você tem cara de editorial. Gunther vai amar você.* Lola tinha esperanças de que Andie estivesse certa.

Ela abriu a pesada porta de carvalho. Os móveis haviam sido retirados da sala de jantar, e as grossas cortinas estavam abertas. Estava escuro no ambiente, exceto pela iluminação de um único refletor aceso na parede, como se fosse uma perfeita lua brilhante.

— Fique sobre o "X" — sibilou uma voz baixinho, vinda da extremidade mais afastada da sala, onde duas sombras estavam sentadas em poltronas. Lola não conseguia distinguir seus rostos. — Non diga nada — disse o homem, com um sotaque muito forte.

— Lombriga armada? — Lola franziu a testa, imaginando duas lombrigas armadas, uma virada para a outra.

Ela deu um passo à frente e pisou na marcação com fita em forma de "X" no chão, alisando a saia do vestido de chiffon preto da Gap que tinha comprado para ir à festa de casamento de seu tio Simon no ano anterior. Andie havia ajudado Lola a escolhê-lo, insistindo que era a roupa que estava "mais alinhada com a sensibilidade de Gunther".

— Xiiiiiiiuuuuu! — sibilou a voz.

A luz do refletor era tão brilhante que parecia que Lola estava olhando direto para o sol. Ela protegeu os olhos com as mãos, tentando ver quem falava com ela.

— Zeixe-me ver o zeu rosto!

Lola abraçou-se, esperando que Gunther atirasse o primeiro insulto, como uma pedra. Ele mandaria que ela fizesse uma cirurgia de redução de joelhos, que quebrasse os pés para que não ficassem tão virados para dentro ou que injetasse gordura nos braços. Ele torceria o nariz, com repulsa, sentindo-se insultado até por ela ter tido a audácia de aparecer ali. Lola ficou esperando. Uma poça de suor formando-se na base das costas. Só houve silêncio.

No fundo da sala, Lola viu a chama de um isqueiro, e depois o brilho de um cigarro sendo aceso. Ela tossiu quando a fumaça fez sua garganta arder. Queria sair correndo porta afora, descer pelos corredores ornamentados do Waldorf Towers, e subir a Park Avenue, sem parar, até que estivesse em sua casa com Heath Bar, aninhada na segurança da própria cama. Ela fora tão idiota. Gunther Gunta estava procurando uma top model, não alguém que não conseguia andar até o banheiro sem tropeçar nos próprios pés.

— Hummm — murmurou Lola, com o olhar fixo no carpete. — Lamento por fazer você perder seu tempo. Eu vou...

— Não! — rosnou a voz do homem. — Evette. As luzes! — Ele estalou os dedos no ar. A sombra com o cigarro na mão foi andando e clicou um interruptor na parede.

Lola piscou algumas vezes, e aos poucos a sala foi entrando em foco. Havia um aparador de carvalho a seu lado, decorado com duas topiarias de hera. A mulher que estava na parede mais distante dela vestia uma calça de cintura alta e uma boina azul, e estava envolta numa nuvem de fumaça. Ela fez com que Lola se lembrasse daquelas mulheres dos filmes legendados que a mãe gostava de assistir. E então Lola o viu.

Um homem redondo, só um pouco mais alto que Andie, caminhava em direção a Lola. O cabelo formava um topete duro e preto, como se tivesse sido colocado para trás com cimento emborrachado. Com a camiseta azul listrada e o jeans, parecia levemente um daqueles performistas de rua do Covent Garden, só que mais velho... e mais gordo. E não estava fazendo malabarismos com pinos de boliche.

Gunther deu a volta em torno de Lola três vezes, erguendo o olhar para ela através dos óculos Prada, que tinham mais de um centímetro de espessura e faziam com que os olhos negros parecessem minúsculos como ervilhas.

— Tirar esso! — disse ele, sibilando e estalando os dedos enquanto apontava para a faixa de cabelo de Lola.

Lola mal a havia tirado desde a semana passada, quando a comprara em algum lugar chamado Duane Reade, que, como Andie tinha explicado, era uma versão nova-iorquina da Boots. O acessório mantinha no lugar as partes de cima de suas orelhas. Agora que Lola tinha essa faixa, não conseguia viver mais sem ela.

— Humm... eu prefiro...

— Ago-ora! — arrulhou Gunther, lançando os braços curtos no ar.

Lentamente Lola obedeceu, na esperança de que o cabelo loiro-sujo cobrisse suas orelhas. Gunther ficou analisando-a, olhando para um dos lados do rosto dela, e depois para o outro. Ela batia os pés, esperando que aquilo acabasse logo. Sempre que alguém olhava para ela durante tanto tempo como ele estava fazendo, só podia ser por um motivo: estavam formulando mentalmente uma piada.

— Esso! Ser você! — sussurrou ele, segurando o queixo de Lola. — Você ser minha sarjeta e minha luz!

Lola corou tanto que até as orelhas ficaram vermelhas. Não sabia exatamente o que ele queria dizer com aquilo, mas soava como algo bom: pelo menos era melhor que precisar de uma cirurgia de substituição de olhos.

— Ah, bem! — disse Lola. — Eu acho...

— Você é a Sarjeta e a Luz dele — explicou Evette, exalando fumaça de seu cigarro. — É esse o nome da nova campanha! — Ela fuzilou Lola com um olhar que dizia: *Você faz* alguma *ideia que seja do motivo pelo qual está aqui?*

— Sim! — gritou Gunther, batendo com os pés no chão, com um par de botas de pele de jiboia. — Eu esteve na sarjeta e agora vejo a luz!

Ele lançou a mão em direção ao teto e ficou com o olhar fixo ali por um longo minuto, revirando os olhos até expor a parte branca. Lola ergueu o olhar, mas tudo que viu foi uma saída de ar do ar-condicionado.

— Evette! — gritou Gunther, mesmo com a mulher estando apenas a pouco mais de um metro e meio dele. — Mandar as outras embora. Encontrei minha modelo!

Evette saiu da sala, e Gunther continuou andando em volta de Lola, como se ela fosse uma espécie rara de pássaro exótico.

— Vozê tem um ar tããããão estimulaaaanteee! — disse ele quase assobiando, e seu sorriso expôs um dente da frente lascado. — Estou tããããããããão apaizonado pelas suas orelhas!

Ele esticou a mão para cima e deu uma puxadinha rápida numa das orelhas de Lola.

Ela não conseguiu mais se conter. Começou a saltitar, batendo palmas de tanta animação. *Gunther Gunta* amava as orelhas dela! *Gunther Gunta* achava que *ela, Lola,* tinha um visual estimulante! Ela não precisava de redução de lábio, de cirurgia nas orelhas e nem de cirurgia de substituição de cabelo. E, se Gunther Gunta, um dos mais duros críticos do mundo, adorava Lola, todo mundo adoraria.

Gunther apanhou duas pequenas xícaras de um líquido verde que estavam sobre o aparador e bebeu tudo, uma depois da outra. Lola reconheceu o cheiro como sendo de suco de germe de trigo, aquela gosma orgânica que a mãe dela bebia quando estava tentando ser saudável.

Evette voltou e entregou uma prancheta a Lola, contendo todos os detalhes da sessão de fotos. Às quatro horas, no sábado, ela teria de comparecer a um armazém na Canal Street. Evette apontou para o que estava escrito em letras miúdas. "Só mais duas coisas: você precisa que um responsável assine isto e não pode, em hipótese alguma, tomar banho até lá."

— Não posso tomar banho? — perguntou Lola.

Aquilo parecia um pedido estranho. Sua mãe era modelo fazia mais de vinte anos e nunca mencionou nada em relação a não poder tomar banho.

— Naaada de baaaanho! — guinchou Gunther, batendo no ar com os punhos cerrados. — Vozê tem de estar *au naturale*, na sarjeeta! — Lola podia sentir o cheiro do suco de germe de trigo no hálito dele, como se o homem tivesse acabado de comer um saco inteiro de grama cortada. — Tinha esses garotas, elas vinham com spray nos cabeeeeloos, e cheiravam a perfuuuume. Elas pazavam talco debaixo dos braços, talco! — Ele puxou os óculos para baixo no nariz e olhou para ela com um ar austero. — Eu eztive na sarjeeetaaa, Lola. Vozê zabe o que esso zignifica?

— Não — murmurou Lola, balançando a cabeça em negativa.

— Izo quer dizer que estive em meio à imundízie. Eu roía um pão velho como ze fosse um ratinho. Então... nada de baaaaaaaanho! — Ele socou o ar com o punho pequeno. — No spray! No spray! Nada de taaalco, nada de perfume! Entenda?

— Completa-plena-mente! — assentiu Lola.

A sessão de fotos seria dentro de apenas dois dias. Ela não precisaria tomar banho, nem usar spray nos cabelos e perfume. Rolaria numa caçamba de lixo se Gunther Gunta lhe pedisse. Ele era seu chefe agora, e ela era sua Sarjeta e sua Luz. O homenzinho jogou os braços em volta dela uma última vez antes de empurrá-la porta afora.

— Záááááááábado! — gritou ele por cima dos ombros dela. — Záááááááábado!

Da Mesa De Cate Sloane

Perguntas para a entrevista da Chi Sigma

- Você já se associou, fora da escola, a Blythe Finley? Se a resposta for afirmativa, qual era sua função?
- Se você pudesse usar roupas de um único designer de moda pelo resto da vida, de quem seria? Por favor, elabore.
- A Barneys está pegando fogo e sua melhor amiga foi pisoteada por uma mulher tentando sair de lá com as coisas que comprou na liquidação. Ela está bem ferida e não consegue andar. Você a deixa lá e vai buscar ajuda ou fica com ela até que o socorro chegue? Explique sua resposta.
- Você já foi a um show da Disney-on-ice? Já sugeriu alguma vez na vida a suas amigas que fossem a um show da Disney-on-ice? Se a resposta for afirmativa, queira especificar as datas e quais shows.
- Você ouviu, por acaso, uma garota chamando um integrante de sua irmandade de "metida".

  Você...

  a) imediatamente confronta a garota;

  b) volta até onde suas amigas estão e conta a elas o que aconteceu;

  c) convence a si mesma de que isso não aconteceu, de que você deve ter entendido errado o que ouviu;

  d) finge que está realmente enfurecida, mas depois acena para a garota no ginásio quando suas irmãs da irmandade não estão olhando.

  Explique sua resposta.
- Qual é sua maior fraqueza?

A seletividade está próxima à divindade

Na quinta-feira depois das aulas, Cate e Stella sentaram-se atrás de uma longa mesa de carvalho no anfiteatro da Ashton Prep, um salão com painéis de madeira que cheirava levemente a lustra-móveis. Algumas candidatas estavam sentadas ao grande piano que ficava num dos cantos, como se estivessem prestes a participar de um show. Cate folheava seu Moleskine, conforme mais garotas entravam no anfiteatro, esperando demonstrar que era segura de si e profissional. Ela e Stella tinham ficado acordadas até tarde, redigindo as perguntas da entrevista e decidindo como fariam para parecerem intimidadoras e acessíveis ao mesmo tempo. Cate pegou emprestado um martelo de presidente da equipe de debate, e Stella roubou os óculos Kate Spade vermelhos de leitura de Margot.

Cate analisou a sala, que agora estava cheia, com mais de quarenta garotas. Stella tinha deixado Cate preparada para inevitáveis decepções, já que os flyers haviam sido colados em toda a escola, para que todos os vissem. No fim das contas, é claro que Liza Bartuzzo e as garotas da banda marcial da escola compareceram, assim como Kimberly Berth, a única garota que era integrante do clube do mascote da Ashton. Veio arrastando uma mala de lona roxa atrás de si. No entanto, com essas poucas exceções, até que era uma visão bem agradável.

Eleanor Donner estava lá, com o cabelo negro caindo sobre os ombros em brilhantes cachos feitos com modelador. Shelley DeWitt usava um vestido de festa metálico sem alças, que fazia com que a pele pálida parecesse radiante. Até mesmo Paige Mortimer, que estava na antiga lista negra da Chi Beta Phi, tinha dado o melhor de si no visual. Usava o cabelo castanho puxado para o lado, preso num rabo de cavalo impressionante. Cate girou o anel de safira em seu dedo, pensando na época em que a mãe a levara até o FAO Schwarz, quando era uma garotinha. Ela passou duas horas vagando pelas alas, tentando escolher a boneca de porcelana perfeita. As garotas à sua frente precisavam de alguns *ajustes* para que se tornassem merecedoras da Chi Sigma. Ainda assim, aquele era um comparecimento consistente.

Cate avistou um rosto familiar no fundo da sala. Andie estava em pé, parada atrás de Kimberly Berth, tentando não ser notada. Cate apertou os olhos azuis em direção a Andie. No ano passado, havia descoberto que Andie e Cindy estavam se escondendo em seu closet numa festa do pijama da Chi Beta Phi, ouvindo às escondidas os planos para a viagem do fim de semana para os Hamptons. Sempre foi assim: se Cate comprasse botas de camurça da Sigerson Morrison na cor cinza, no dia seguinte Andie estaria usando um par idêntico, só que preto, insistindo que se tratava de uma coincidência.

E quando Cate fez um permanente no Frédéric Fekkai, Andie começou a usar o cabelo ondulado também. Ela achava que os dias de Andie de fazer cópias malfeitas dela tinham acabado, mas ao que tudo indicava, estava errada. Talvez a imitação *fosse* uma forma de bajulação. Mas, quando a imitação vinha da irmã mais nova, aquilo parecia mais uma forma de tortura.

Cate bateu com força com o martelo na mesa de madeira, o que fez com que todas as garotas que estavam reunidas no anfiteatro dessem um pulo.

— Obrigada a todas por virem — disse, num tom que parecia qualquer coisa, menos de agradecimento.

— Esperamos que estejam preparadas para nos dizer por que deveriam ser a terceira garota da Chi Sigma — disse Stella. — Se trouxeram seus currículos, vamos pegá-los agora. O restante de vocês pode formar uma fila.

Paige Mortimer colocou uma pasta de couro preta na frente de Cate e de Stella.

— Está tudo aqui. — Ela deu um tapinha de leve na pasta. — Currículo, meu certificado da Junior Honor Society, a foto em *close* que foi tirada quando eu era atriz mirim, junto com um DVD do comercial da Welch do qual participei, três recomendações de alunas do penúltimo ano da Ash...

— Sua irmã mais velha não conta — interrompeu Cate.

Era impossível confiar em Paige Mortimer, infame por ser duas caras. Ela mudava de lado mais rápido que um ator de teatro trocando de roupa entre os atos de uma peça. Na última primavera, ela chegou a chamar Cate de "metida".

— *Duas* recomendações de alunas do penúltimo ano da Ashton — corrigiu Paige, puxando um pedaço de papel da pasta e amassando-o.

Stella olhou por alto o currículo dela. Em termos técnicos, Paige tinha todas as credenciais certas. Porém, a última coisa de que a Chi Sigma precisava era alguém que insistiria que usassem blusas de botões floridas da J. Crew iguais toda sexta-feira, ou que discutisse com Cate sobre qual metrô deveriam pegar para ir ao Columbus Circle. Precisavam de uma seguidora, de alguém que ficaria feliz fazendo qualquer coisa que ela e Cate decidissem. E, segundo o currículo de Paige (*capitã da equipe de natação da Ashton Middle School, editora-chefe do jornal da escola*), ela estava acostumada a ficar sob os holofotes.

— Agora — Stella tentou bater o martelo, apenas por diversão —, agradecemos por vocês todas terem vindo até aqui, mas temos critérios muito específicos para a escolha.

Ela puxou os óculos de Margot até a ponta do nariz. O grau dos óculos era tão forte que fazia com que o anfiteatro parecesse uma pintura de Monet: tudo mesclado num borrão.

— Sim — prosseguiu Cate, baixando o olhar de relance para o caderno, como se ele contivesse informações importantes. — Não podemos, sob hipótese alguma, considerar a entrada de nenhuma garota do ensino médio na irmandade.
— Andie cruzou os braços, e era óbvio que estava irritada.
— Sinto muito, C.C.

Andie saiu do anfiteatro, seguida por uma garota que tinha uma verruga triste, além de duas alunas do quinto ano, tão minúsculas que pareciam estar na pré-escola.

— E sinto muito — acrescentou Stella —, mas não podemos aceitar a filiação de nenhuma garota ligada à banda marcial e nem ao clube de mascote da Ashton Prep.

Liza Bartuzzo e companhia pegaram lentamente suas bandeiras e seguiram porta afora, mas não antes de Liza murmurar algo baixinho, que soava como "processo por discriminação". Kimberly "Kimmy-Kim" Berth também saiu, arrastando a mala de lona roxa atrás de si. O rabo da fantasia de lince estava saindo pela abertura traseira da bolsa, como se ela tivesse acabado de voltar de um safári.

Stella baixou o olhar para a lista de perguntas, buscando a frase perfeita para dar início aos trabalhos.

— O que a Cara de Lesma está fazendo aqui? — sibilou Cate.

A cabeça de Stella estalou para trás como se fosse a tampa em forma de bicho de um tubo de balas Pez. Myra Granberry tinha entrado sorrateiramente pela porta lateral, juntando-se à fila ao lado de Paige Mortimer. O fino cabelo loiro estava alisado para trás e preso num rabo de cavalo, e vestia uma blusa roxa de botões.

— É uma audição *aberta* — sussurrou Stella, subitamente nervosa.

Stella tinha sido parceira de Myra no laboratório de biologia nessa mesma manhã, nomeando todas as diferentes câmaras do coração na folha de exercícios. Myra havia conversado com ela sobre várias coisas: o treino dos Atletas da Matemática, o programa especial da ABC que vira sobre insônia em ratos e o protótipo do pai para a guitarra subaquática... Mas não mencionara nada sobre a audição para a Chi Sigma. Stella tinha esperanças de que ela se esquecesse disso.

— Desculpem-me, eu me atrasei! — disse Myra toda animada, acenando de leve para Stella. Myra puxou para cima as meias 5/8 com listras vermelhas e brancas, sorrindo.

Stella encolheu-se. Não tinha como mandar a garota embora... Não agora. Mas se não fosse por sua causa, Myra sequer teria aparecido ali para início de conversa.

— Então vamos começar. — Stella ajustou os óculos. — Por que você...?

— Espere! — interrompeu-a Cate, com um sorriso amarelo. Ela cravou os profundos olhos azuis em Myra. — Lamento, mas não podemos aceitar nenhuma candidata com pelos faciais.

Paige Mortimer riu alto. Myra olhou de relance de Cate para Stella, e as lágrimas iam se acumulando em seus olhos.

— Ela não... — Stella tentou encontrar as palavras certas, mas antes que pudesse dizer mais alguma coisa, Myra cobriu os lábios com a mão e saiu correndo da sala.

— Cate... — sibilou Stella sob um coro de risadinhas. — Você não precisava ser tão cruel.

— Desde quando você é amiga da *Lesma*? — Cate tirou o cabelo castanho-escuro da frente dos olhos, encarando Stella com seu maior ar de inocência, do tipo *Foi alguma coisa que eu disse?*

— Ela é minha parceira de laboratório — disse Stella irritada.

Stella sabia que parceira de laboratório não era sinônimo de melhor amiga, mas, de repente, não conseguia tolerar a ideia de que Myra estivesse sentada sozinha no banheiro, secando os olhos com papel higiênico barato. — Eu já volto. — Stella saiu correndo porta afora, sentindo o olhar de Cate queimar suas costas.

— Myra! — chamou Stella. — Myra!

O corredor estava vazio, exceto por algumas sinistras esculturas em papel machê, cujas imagens abstratas lembravam vagamente crianças sem cabeças.

— Myra? — perguntou uma voz que lhe era familiar.

Stella virou-se rapidamente e viu Blythe e as Beta Sigma Phi virando o corredor. Elas vestiam calças vermelhas Juicy Couture combinando e os cabelos estavam puxados para trás, presos em rabos de cavalos suados.

— Vocês a viram? — perguntou Stella, espiando para dentro da sala de fotografia. Molly Lambert, a única garota gótica da Ashton, estava pendurando fotos de um garoto vestindo um longo trenchcoat preto. — Ela estava agorinha mesmo lá na audição.

— Você está brincando? — Blythe colocou a mão nos quadris e empinou os peitos, algo que sempre fazia quando se sentia ameaçada, que nem os porcos-espinhos, que atiram dardos, ou os gambás, que borrifam uma fétida secreção. — Você acha que a Cara de Lesma faz o estilo das Chi Sigma?

— Por que não? — perguntou Stella, já sabendo a resposta. Havia regras não faladas na escola secundária. Não se usa meias com listras vermelhas e brancas, não se fala em voz alta sobre seu ferret de estimação e, definitivamente, não se anda por aí com um espesso bigode branco.

— Ah, não vem com essa! — Priya inclinou a cabeça de modo que o piercing de nariz brilhasse sob a luz. — Ontem ouvi quando ela falou com a Sra. Perkins sobre os camarõezinhos de aquário dela. A garota é bizarra!

— Bem, *eu* gosto dela — disse Stella, com as mãos na parte de cima da saia do uniforme cinza.

Myra não era um caso perdido. Ela só precisava de um pouco de... *orientação*. Em vez de sair para fazer compras com o pai inventor, e escolher meias esquisitas e suéteres estampados feios, precisava ir a algum lugar como a Bloomingdale's ou a Saks.

— Com alguns ajustes, ela *poderia, sim, fazer* o estilo das Chi Sigma.

— Só acredito vendo — disse Blythe, dando risada.

Stella apertou os olhos. Aquilo soava como um desafio e ela *nunca* recuava diante de um! Quando Robin Lawrence lhe disse que ela era nova demais para ter uma pintura sua numa galeria em Londres, Stella passara duas semanas arrastando seu autorretrato abstrato por Chelsea, até encontrar um pequeno lugar que o exibisse numa exposição de "Artistas Emergentes".

— Apenas assista. — Stella sorriu. — Vou transformar Myra Granberry numa das garotas mais populares da Ashton.

Com isso, Stella girou nos calcanhares, e os cachos loiros subiam e desciam enquanto ela voltava a passos largos ao anfiteatro. Stella usaria uma sombra verde para realçar os olhos castanhos de Myra e faria com que ela depilasse o buço com cera. Elas encontrariam um vestido Cynthia Rowley perfeito para seu porte mignon. A transformação seria fácil.

Já convencer Cate a permitir que Myra fosse a letra Mu da Chi Sigma? *Essa* seria a parte difícil.

Eli Punch é o melhor partido da Haverford

Depois da audição aberta, Cate foi sentar-se no ginásio lotado da Haverford. Todas as fãs estavam segurando pompons vermelhos e azuis ou bandeiras, como se tivessem acabado de saquear a loja da escola. O Diabinho da Haverford, um garoto magricela com um collant bem justo vermelho, mirava a multidão com algo que parecia um lançador de granadas. Uma fileira inteira de garotos do sexto ano socava o ar com os punhos cerrados, e seus rostos estavam pintados com um vermelho brilhante.

— Por aqui! — gritou um deles, abrindo as mãos. — Eu!

Uma mulher com óculos de tartaruga estava sentada na frente de Cate, olhando tudo aquilo com um ar de desaprovação. Ela pegou no braço do marido e disse: — Não sei de quem foi a ideia de ele usar aquela bazuca de ar comprimido. Ele vai acabar matando alguém. — Enquanto os jogadores desciam pela quadra, o Diabinho deu um tiro com a tal bazuca mirando a arquibancada dos torcedores. O projétil passou por cima das cabeças dos garotos, atingindo um homem de cabelos brancos bem no meio do peito. Ele ergueu a camiseta azul da Equipe de Basquete da Haverford e a multidão foi ao delírio. — Eu deveria chamar o diretor — continuou falando a mulher. — Ah, se deveria! — Cate desejou que Stella estivesse ali, mas a diretora da Ashton a tinha chamado para uma reunião idiota para ver como ela estava se ajustando à escola depois da história da audição. Cate precisava de alguém que lhe fizesse companhia e ficasse revirando os olhos diante de algumas cenas... Alguém que estivesse sentada a seu lado quando Eli erguesse o olhar de relance para as arquibancadas.

Cate imaginou-se usando uma camiseta da Equipe de Basquete da Haverford no próximo fim de semana, quando estivesse no quarto de Eli, o ajudando a desencaixotar a mudança. Eli a puxaria para perto e a beijaria na testa, em agradecimento por seu apoio ao time. — Não sei. — Cate inclinou-se para a frente, interrompendo a conversa deles. — Poderia ser meio que... *divertido*. — A mulher balançou a cabeça como se Cate tivesse acabado de lhe dizer que apoiava o bungee jumping patrocinado pela escola.

Lá embaixo na quadra, Eli passou a bola com o peito para Braden Pennyworth, os braços brilhando de suor. Cate abriu um sorriso. Ela usaria seu jeans de lavagem escura J Brand com a regata de seda vermelha Madison Marcus, que, ela esperava, passariam uma mensagem clara a Eli: *Estou altamente empolgada com suas atividades esportivas, mas também me ligo em moda.*

Ela só tinha ido uma vez a um jogo de basquete na Haverford, aos 12 anos, e isso porque o pai a havia arrastado até lá. Embora ela amasse fazer parte do clube de teatro da

Ashton ou ser a líder do comitê do baile de outono, Cate sempre achou que as atividades relacionadas a esportes nunca foram a sua cara. No entanto, enquanto observava Eli arremetendo a bola de basquete pela quadra, com os braços tonificados flexionados e o cabelo negro formando uma massa suada adorável, ela soube que estivera errada. No mínimo, ela poderia desfrutar da vista.

Eli fez um movimento com a bola, arremessando-a com uma das mãos e acertou a cesta. Enquanto ele trocava *high-fives* com os colegas de equipe, as arquibancadas irrompiam em gritos de animação. Os garotos com seus rostos vermelhos batiam nos peitos uns dos outros, e o Diabinho balançou sua bunda ossuda para a multidão, o rabo pontudo girando para a frente e para trás

— Isso aí! — Cate deu um grito estridente e balançou a bandeira da Haverford com tanta rapidez que quase a enfiou no olho cheio de Botox da mãe de alguém que estava ao lado. — Vai, Eli! Isso!

Quando Cate se sentou, a mulher, cuja pele era completamente lisa, como se não tivesse esboçado nenhuma expressão facial em anos, ficou encarando-a.

— Aquele é meu vizinho, ele mora na casa ao lado da minha — explicou Cate.

Ela mal podia esperar pelo momento em que pudesse, oficialmente, chamar Eli de namorado. Era apenas uma questão de tempo. Mais cedo Danny tinha ouvido por acaso quando Eli mencionou "uma caloura bonitinha da Ashton Prep". A partida estava praticamente ganha.

O relógio exibiu o último segundo do primeiro tempo, e os jogadores do time ficaram dando tapinhas leves uns nas costas dos outros. Eli saiu andando da quadra e tomou um grande gole de sua garrafa de água. Ele passou os olhos pelas arquibancadas.

— Ele está procurando por você — sussurrou a mulher, apontando com uma unha manicurada para Eli.

Cate sentiu como se o corpo inteiro estivesse em chamas. Cada momento que passara pensando em Eli, analisando a pasta do "Green Club", memorizando seu cronograma, ou pesquisando seu endereço em Westport no Google Earth... Tudo aquilo tinha valido a pena, podia ver isso agora. Porque em todos os momentos que passou pensando em Eli, *ele* estivera pensando *nela*.

Viu os olhos castanhos de Eli fazendo sua busca no oceano de rostos que havia ali. *Estou aqui,* pensou. Ajeitou a postura e colocou um pouco de cor nos lábios. *Aqui.* O Diabinho da Haverford pegou a bazuca de ar comprimido e mirou a arquibancada novamente. Ele puxou o gatilho, mandando uma bola vermelha na direção de Cate, que viu ali sua oportunidade e levantou-se, sentindo que Eli a observava da quadra lá embaixo. O projétil da bazuca de ar passou perto dela, que esticou a mão para cima, pronta para pegá-lo quando passasse voando.

— Peguei! — gritou ela.

Todas as pessoas a seu redor, até mesmo a mulher com os óculos de tartaruga, se empolgaram na torcida quando a bola passou bem perto de Cate. Ela foi ficando nas pontas dos pés conforme o objeto ia se aproximando mais, porém por fim passou voando por entre suas mãos.

— Não... *Eu* peguei! — Cate ouviu alguém dizer. Ela se virou rapidamente e viu que Blythe, a ultrabronzeada e peituda Blythe, estava nas arquibancadas apenas algumas fileiras atrás. Sophie e Priya estavam ao lado, e juntas elas formavam uma confusão de parafernálias da Haverford. Não usavam apenas moletons da Haverford, como também todos os acessórios que poderiam estar à venda: pompons, dedos de espuma e bandeirolas. Blythe estava com chifres de diabo, o que lhe caía muito bem.

— Eli! — gritou ela, segurando no alto o projétil da bazuca. — Se liga!

Cate virou-se de novo para a quadra, onde Eli estava parado, em pé, sorrindo e acenando para Blythe. Cate afundou as unhas na palma da mão. Aquele sorriso! Tão genuíno, tão adorável e tão... *não* direcionado a ela.

Blythe soprou um beijo para Eli.

— Ele não é o melhor? — perguntou ela, encarando Cate ao fazer a pergunta. — Temos um encontro amanhã. — Ela inclinou-se para a direita, tentando olhar em volta de Cate. — Dá licença? Você está bloqueando minha visão.

Cate cerrou os punhos com bastante força. Blythe tinha um encontro com o vizinho *de Cate*, com a paixonite *de Cate*, com o futuro namorado *de Cate*. Ela já tinha Priya e Sophie. Agora estava tomando Punch também?

Mentirinhas inocentes são as piores da espécie

Na quinta-feira à tarde, Andie estava sentada à escrivaninha, com as mãos tremendo de animação. Pelo terceiro dia consecutivo, estava conversando com Kyle Lewis pela internet. Acabou descobrindo que Kyle também ia para Killington praticar snowboard em todos os invernos, e ambos tinham obsessão pela sopa de mariscos de New England que era servida no hotel. Ambos concordavam que o pior álbum do Killers era o *Sam's Town*, tirando a "Read My Mind", que era de longe a melhor música que o grupo já tinha feito. Eles até foram à mesma colônia de férias de futebol em New Hampshire no último verão, apenas em semanas diferentes. Andie estava começando a achar que Kyle era uma versão masculina de si mesma.

STRIKER15: O Q VC VAI FZR AMANHÃ?
SLOANE28: NADA IMPORTANTE. PQ?

STRIKER15: VC PODIA VIR AO ENSAIO DA MINHA BANDA
STRIKER15: ENSAIAMOS NA LIVING ROOM
STRIKER15: VC VAI PODER OUVIR TODAS AS NOSSAS MÚSICAS NOVAS
SLOANE28: ADOREI A IDEIA

Andie sentiu as pernas ficarem sem força. A Living Room era uma casa de espetáculos no Lower East Side sobre a qual Andie apenas tinha lido nas páginas da *New York*. Ela visualizou-se com Kyle, sentada a uma mesa depois do fim do ensaio, quando todo o pessoal da banda tivesse ido embora. Ele se inclinaria por sobre o ombro dela, com a mão sobre a de Andie, mostrando-a como tocar um acorde G. Caminhariam juntos, dando uma volta pela vizinhança, e fariam uma parada na Sugar Sweet Sunshine para comprar a torta de manteiga de amendoim que Andie adorava. Seria o primeiro encontro oficial dos dois.

— Andie! — A voz de Lola ecoou pelas paredes do banheiro.

SLOANE28: TENHO Q IR AGORA

Andie fechou o laptop com força, sentindo como se tivesse acabado de ser flagrada assaltando o closet de Cate. Ainda havia um problema em relação a seu encontro com Kyle: Lola. Porém, mesmo que eles *tivessem* ido até o Madame Tussauds, mesmo que Lola *tivesse* ficado "a fim" dele, ela não mencionara mais nada a respeito desde a briga no sábado... Nem uma palavra sequer. Andie estava começando a achar que Lola havia se esquecido da coisa toda. Afinal, se fosse

Andie quem estivesse se encontrando com Gunther Gunta e com seu séquito de socialites franceses, ou trocando telefonemas com Ayana Bennington, definitivamente não estaria obcecada pelo melhor amigo de infância.

— Você estava certa! — gritou Lola, irrompendo no quarto de Andie.

Lola ainda estava usando o vestido de chiffon preto e a sombra branca brilhante da MAC que Andie havia conseguido aplicar, mesmo com Lola se encolhendo de pavor quando o pincel chegava a uns dois centímetros de seu olho.

— Gunther me adorou! Sou a sarjeeeeta e a luz dele!

Lola bateu palmas enquanto imitava o sotaque de Gunther.

— Uau!

Andie fez um esforço enorme para sorrir, mas as bochechas estavam dormentes, como se tivesse acabado de fazer uma obturação. Ela havia se preparado para o encontro de Lola com Gunther, mas não para o fato de que Gunther faria de Lola a próxima Kate Moss. A maior parte das modelos passava anos fazendo campanhas de propaganda menores, trocando de agentes, e até mesmo depois de tudo isso, eram poucas as que acabavam tendo uma reunião com alguém tão renomado como Gunther Gunta. A carreira de modelo de Lola havia ido de zero a dez em menos de uma semana, enquanto a de Andie estava no mesmo lugar em que sempre estivera: lugar nenhum.

— Parabéns.

Andie envolveu a irmã postiça num abraço, tremendo como uma gelatina.

— Não acredito que vai trabalhar para Gunther Gunta.

Ela inspirou fundo, tentando manter um tom de voz estável. Conversar com Kyle foi oficialmente a única coisa boa que aconteceu com ela o dia todo. Depois que Cate a expulsou da audição aberta para a Chi Sigma, Andie ficou tão enfurecida que pegou dois dos vestidos favoritos de Cate de dentro do closet dela e os escondeu sob sua penteadeira. Depois, escreveu, com uma esferográfica, *Cate esteve aqui* em cima da escrivaninha com tampo corrediço de seu pai, algo que ele só descobriria quando voltasse da lua de mel. Às vezes Andie só queria que o pai visse que Cate não era perfeita. Suas notas podiam até ser melhores que as de Andie, ela podia ter feito o papel principal na peça da escola e podia ser a presidente da Junior Honor Society, mas Cate tinha mais facetas que um octógono. E ela podia ser cruel... até mesmo com a própria irmã.

— Ah, ele é completamente maluco! — disse Lola ainda.

Ela se jogou na cama queen size de Andie e rolou, ficando de bruços, espalhando as pequenas almofadas com bordados vermelho e laranja para todos os lados.

— Ele ficou falando sem parar que era para eu não tomar "baaaaaaaanhoo", e sobre o quanto minha aparência é "revigorante". E ele é até mais baixo que você!

Andie sentou-se de novo na cama, um pouco mordida com o comentário. Sabia que Lola não teve maldade ao dizer que ela era baixa. Era um fato. Andie tinha 1,49m e Lola, 1,70m. Mesmo assim, Andie não precisava que ninguém lhe lembrasse disso.

Lola apertou a almofada em suas mãos.

— E isso vai mudar toda a minha situação com Kyle.

— Kyle?

Andie apertou um punhado das cobertas com uma das mãos. O nome dele soava subitamente estranho ao sair da boca de Lola. Era como se Andie a tivesse pegado usando seu jeans predileto da J Brand ou se Lola falasse para as pessoas que *ela* jogava futebol.

— Assim que ele me vir naqueles anúncios, com o cabelo feito e com um vestido Gunther Gunta, Kyle vai realmente gostar de mim. — Lola fixou o olhar do lado de fora da janela, como se estivesse visualizando Kyle erguendo o olhar para o outdoor na Times Square. — Mas mal falei com ele desde sábado. Toda vez que o chamo para dar uma volta comigo ele está fazendo dever de casa ou indo jantar com os pais. Perguntei se poderia ir ao ensaio da banda na sexta-feira, mas ele me disse que provavelmente eu ficaria entediada se fosse.

— É mesmo? — perguntou Andie num tom bem agudo.

Ela esticou a mão e mexeu no rabo de cavalo, mas todos os seus movimentos pareciam lentos e forçados. Ali estava sua resposta: Lola ainda *estava* interessada em Kyle.

Lola puxou uma almofada amarelo brilhante para junto do peito.

— Não sei o que foi que eu fiz. Tudo estava o máximo até sábado. Sei que não deveria tê-lo empurrado porta afora, mas... ainda assim...

— Provavelmente não foi nada que você fez.

As palmas de Andie estavam pegajosas com o suor. A sala parecia quente, que nem no último mês de agosto quando o ar-condicionado central ficou quebrado por dois dias.

— Por que não vamos comprar frozen yogurt? — Andie propôs, tentando mudar de assunto.

Lola ignorou-a, os olhos verdes concentrados num ponto no teto.

— É como se ele agora estivesse namorando ou algo assim. — Ela franziu a ponta do nariz cheio de sardas. — Você acha que eu deveria perguntar isso a ele?

— Não! — disse Andie com rispidez. Ela puxou a gola da blusa verde-menta de botões Lacoste, sentindo-se sufocar. — Definitivamente não. Só... dá um tempo pra ele.

Lola olhou para a irmã postiça apertando os olhos verdes.

— Você está esquisita.

Lola nunca tinha visto Andie tão nervosa antes, nem mesmo quando foram até a Ford Models para o encontro com Ayana. As bochechas de Andie estavam brilhando de tão vermelhas e ela não tirava os olhos dos sapatos baixos de verniz. Lola tinha visto um especial na BBC certa vez, sobre como os investigadores determinavam se alguém estava ou não mentindo.

O segundo sinal de que a pessoa estava mentindo, segundo eles, era evitar contato visual, sendo o primeiro deles rigidez nos movimentos corporais. Lola viu, logo atrás de Andie, um moletom com capuz de menino jogado na ponta da cama. Lola ficou olhando para aquilo, ficando subitamente cheia de suspeitas. Parecia o moletom que Kyle tinha usado para ir ao Madame Tussauds.

— Por que você tem um moletom masculino aqui no quarto? De quem é?

— Isso?

Andie ergueu o casaco nas mãos. Havia se esquecido completamente do moletom com capuz de Kyle. Estivera ligada a ele desde a terça-feira, usando-o de vez em quando antes de dormir. Andie olhou para Lola, com o coração pulsando forte, como se tivesse acabado de correr dez sprints, um após o outro, após o outro.

— Isso é... — Ela buscou na cabeça, tentando pensar em algo... Qualquer coisa que fosse. Não poderia contar a Lola sobre Kyle, não agora, não depois de ter ficado tão óbvio que a irmã ainda era obcecada por ele. — Isso é de... *Clay Calhoun.*

— Clay Calhoun? — Lola franziu a testa. Por que você está com o moletom de *Clay Calhoun*?

Ela só estava na Ashton Prep havia uma semana e meia, mas tinha ficado sabendo quem era Clay Calhoun antes mesmo de saber qual era sua sala de chamada. Todas as garotas da Ashton Prep ficavam falando dele como se fosse o Príncipe Harry ou algo do gênero.

— Ele é... — Andie se ouviu dizendo — meu novo namorado.

Então olhou para Lola e abriu um sorriso como quem diz *Que coisa doida, não é?* Então, não era a verdade. Não era nem uma pequenina parte da verdade. Mas como poderia explicar a presença daquele moletom ali?

— Você está com *Clay Calhoun*? — perguntou Lola, batendo palmas. — Desde quando?

— Desde terça-feira. — Andie abraçou o moletom junto ao peito. — Eu não queria dizer nada...

Uma mentira foi saindo atrás da outra, pulando de sua boca. Não dava mais pra parar agora.

— Não acredito que você não me contou. — Lola jogou os braços pálidos em volta de Andie. — E eu aqui falando sem parar em Gunther Gunta. Isso é o máximo!

Enquanto Lola a apertava a ponto de tirar todo o ar dos pulmões, Andie tinha o olhar fixo no porta-retratos digital sobre a escrivaninha, que mostrava uma foto dela com Lola na festa do casamento dos pais, as duas segurando os buquês de damas de honra, com os braços em volta uma da outra como se desde sempre se conhecessem. Andie sentiu um peso imenso no estômago por causa da culpa.

— Mal posso esperar para conhecê-lo — disse Lola. — Ouvi dizer que é o cara que tem o melhor físico da Haverford.

— É... Ele é ótimo — mentiu Andie.

Tecnicamente, Clay *era* “o cara com o melhor físico da Haverford”. E era um especialista em soltar peidos com as axilas, cumprimentava o parceiro Brandon O’Rourke dando uma bundada no cara e era filho de Scooter Calhoun, que de alguma forma tinha conseguido se tornar o CEO de um grande banco de investimentos, apesar do nome ridículo de moto para principiantes. Clay Calhoun era muita coisa, mas não era namorado de Andie. Não chegava nem perto de ser.

A vida da festa é... *Myra Granberry*?

Stella e Cate estavam sentadas à mesa redonda de cerejeira da cozinha, com os olhares fixos na lista de candidatas da chamada aberta. Margot tirava coisas do refrigerador. Estava com bobes no cabelo e cantarolava para si como se fosse alguma princesa apaixonada de um filme da Disney.

— Lindseu Krauss? — Stella leu o nome que estava no Moleskine à sua frente.

— Quem?

Cate encostou a cabeça na mesa. Não conseguia exibir entusiasmo algum quanto à Chi Sigma, não depois de seu encontro com Blythe no jogo de basquete. Elas estavam numa séria guerra de panelinhas, e nesse exato momento tudo o que Cate queria fazer era acenar a bandeira branca e se render. Blythe tinha Priya, Sophie *e* Eli Punch. Estava ganhando em tudo.

— Bem, acho que essa é nossa resposta. Ela é quieta, acabou de ser transferida de uma escola pública. Meio que parece ter sido atingida no rosto com uma frigideira, sabe?

— Stella ergueu uma sobrancelha como se quisesse dizer *Não caiu a ficha ainda?*

— Ela é obviamente esquecível.

Cate rabiscava em seu caderno espiral. Fez um desenho rudimentar de Blythe com direito a chifres de diabo e presas. Tudo de que ela precisava era um crayon cor de laranja para colorir o tom da pele no desenho.

Margot jogou um abacate inteiro, leite e um pouco de mel no liquidificador.

— Espero não estar incomodando vocês! — gritou ela acima do som eletrônico de coisas se misturando. — Estou só fazendo minha máscara secreta antienvelhecimento! Eu a uso desde a década de 1980!

— Tudo bem, vo.

Stella pressionou as têmporas com os dedos até o liquidificador ser desligado. Margot tinha ido a "Capri" e passara lá três semanas no ano anterior, voltando com uma pele impecável três tons mais clara que o pescoço. Ainda assim, insistia que devia tudo à gosma feita com abacate.

— Sim, a Lindsey é esquecível demais — continuou falando Stella. — Nós duas dizemos que não, então. Mas também não queremos alguém que precise ser o centro das atenções.

Stella estudou a expressão no rosto de Cate, dando um tempinho para que ela absorvesse suas palavras. Stella ainda não havia trazido à tona a transformação de Myra. Em primeiro lugar, queria mostrar a Cate que todas as outras candidatas eram inadequadas... Uma tarefa que parecia cada vez mais fácil a cada nome da lista citado. Havia mais "nãos" do que marcas de ferraduras de cavalos no Central Park. Cate nem mesmo tinha dito seu "não" oficial para

Shelley DeWitt, mas simplesmente se encolheu de dor, como se alguém a estivesse cutucando com ferro quente.

— Tendo dito isso, não creio que Paige Mortimer seja uma boa candidata. Eu digo que não.

— Eu também. Não!

Cate pegou o caderno das mãos de Stella e olhou a lista até o fim.

— No ano passado, Corynne Handler espalhou um rumor de que eu tinha piolhos, e Marissa Marks faz um barulho muito alto enquanto mastiga.

Cate riscou dez nomes de uma vez.

— Não, não, não, não! Não gosto de nenhuma dessas opções. Sem chance. Blythe vai namorar Eli, e todo mundo vai sempre pensar na Chi Sigma como minha tentativa tosca depois que ela me expulsou de sua irmandade.

Cate bateu a testa com força na mesa. Imaginou-se indo ao baile de inverno com Stella como par. Ficariam rondando a mesa de bebidas e canapés, enchendo a cara com queijo brie e torradinhas, enquanto Blythe dançaria música lenta com Eli, envolvendo seu pescoço com os braços. Ela e Stella se sentariam juntas durante as aulas de inglês do segundo ano, vendo a cobertura do *Ashton News* sobre o segundo mandato de Blythe como presidente da classe. Na graduação, seriam forçadas a ouvi-la fazer o discurso de despedida enquanto Cate ficava em terceiro lugar, aquela que chegou perto em todos os anos, mas não conseguiu ganhar. *Eu gostaria de agradecer às minhas melhores amigas, Priya e Sophie,* Blythe diria, *e ao meu adorável e incentivador namorado, Eli Punch.* Os olhos cinza se fixariam em Cate. *Eu não teria conseguido isso sem vocês três.*

— Não é *tão* terrível assim — disse Stella.

Ela mascava a ponta da caneta. Desde o jogo de basquete, Cate não tinha parado de falar no encontro de Blythe com Eli, ou sobre como Priya e Sophie olharam para ela como se Cate fosse apenas mais uma mãe acenando com o pompom no jogo de basquete. Pior ainda: Cate ainda estava usando aquele maldito medalhão da Tiffany sob a blusa de botões Lacoste, e o ursinho de pelúcia que Blythe tinha comprado para ela ainda estava sobre a cama. Sim, ela havia colocado fogo e queimado a maioria das recordações da Chi Beta Phi. Mas Stella estava preocupada com o fato de ela ter se esquecido de como a Chi Beta Phi queimara *a própria Cate*. Se as coisas continuassem assim, não demoraria muito até que Cate estivesse implorando a Blythe para tê-la de volta na Beta Sigma Phi, conseguindo uma posição de vice-presidente. Stella chegaria na escola na segunda-feira e estaria sem amigas, de novo, condenada a passar o tempo nas salas de estudo conversando com a Sra. Perkins sobre as férias recentes no Mohegan Sun.

— Vocês têm de experimentar isso — disse Margot, ignorando o desespero de Cate. Ela misturou a pasta verde numa tigela e aplicou pequenas quantidades no próprio rosto. Parecia que alguém tinha espirrado catarro nela.

— Eca! Não, obrigada. — Stella encolheu-se de pavor.

— Tudo bem, mas é ótimo para a pele. Tenho um encontro no sábado à noite e preciso estar com uma aparência renovada.

Stella suprimiu a necessidade urgente de revirar os olhos. Depois que o avô morrera, há cinco anos, a avó tinha perdido totalmente a cabeça. Stella e Lola passaram o último verão com ela em Florença, observando, horrorizadas, enquanto ela dava em cima de garçons italianos na Piazza della Signoria. — Meu encontro é com o Walter Hodgeworth... aquele magnata do petróleo aposentado.

Ontem mesmo, Stella tinha visto Walter Hodgeworth na capa da revista *Time* da avó, sob a manchete "O novo Rockefeller". Mesmo que fosse o solteiro mais bem de vida em Manhattan, o velho tinha uma entrada na testa em formato de M que se prolongava até chegar ao cabelo branco... E o rosto parecia uma maçã enrugada.

— Walter vai me levar ao Masa. Vou precisar que vocês, meus amorzinhos, fiquem de olho em Lola e Andie pra mim. Se tudo correr bem, não estarei de volta até bem tarde.

Margot deu uma piscadela para Stella antes de sair da cozinha, com a mistura lamacenta verde numa das mãos e um dirty Martini na outra.

— Que nojo — murmurou Cate bem baixinho. Mas Stella estava sorrindo como se Margot tivesse acabado de lhes oferecer uma viagem de uma semana à Espanha. — Que foi?

— Isso é *perfeito*! — sussurrou Stella.

Também não queria pensar na avó dando beijos de língua numa ameixa seca ambulante, mas essa era a oportunidade que elas precisavam.

— Vamos dar uma festa. Vamos convidar todas as alunas do nono ano, e você pode convidar Eli.

Cate de repente se animou.

— Prossiga...

— Vamos usar isso para mostrar à Ashton Prep como é a Chi Sigma. Imagine só... — Stella virou-se para a parede, cuja vista das janelas dava para o jardim. Esticou as mãos no ar de um jeito dramático, emoldurando os móveis de teca do quintal. — Você está sentada no jardim, lotado de meninas da Ashton e carinhas da Haverford, todos conversando sobre o quão ótima é a Chi Sigma... sobre o quão ótima é *Cate Sloane*. Eli Punch entra e vê você em seu novo vestido Kate Spade...

— Nah — corrigiu Cate, erguendo um dedo no ar. — Vestidos da Kate Spade me fazem parecer careta demais.

— Certo... seu novo vestido Philip Lim, então... E ele se esquece totalmente de Blythe Finley. É como se... *puf!*... ela não existisse!

Stella analisava o rosto de Cate, que considerava a possibilidade. Ninguém prestaria atenção nelas se estivessem comendo hambúrgueres de peru no Jackson Hole, nem caminhando pela Quinta Avenida em meio às outras oito milhões de pessoas na cidade de Nova York. Se quisessem fazer a Chi Sigma decolar, precisariam de uma grande exposição: independentemente de quem fosse a terceira garota na irmandade. Precisavam fazer algo que dissesse: *Aqui estamos. Preparem-se para nos idolatrar.*

— Eu acho — Cate sorriu —, que você é um gênio!

Stella rabiscou a palavra *Festa* na parte de cima da página e sublinhou-a com um floreado rápido. Ainda no último fim de semana, ela e Cate tinham planejado uma festa de casamento pequena e de bom gosto no jardim depois que Winston e Emma cancelaram a festa original (o que foi em parte culpa dela mesma e de Cate, mas mesmo assim...). Elas conseguiram o bufê, um florista, até mesmo uma banda, tudo isso em menos de 24 horas. Se a festa da Chi Sigma tivesse até mesmo a metade do sucesso da festa de casamento,

Stella ficaria conhecida na Ashton Prep como mais do que "a garota nova com sotaque engraçado". Se todos fossem à mansão *delas* no sábado, à festa *delas*, ela seria Stella Childs novamente: a garota que já estudava as pinturas de Vermeer antes dos dez anos de idade, a garota que aparecera na revista *Allure* por seus designs de moda, a garota que todos na escola (incluindo os seguranças e as moças do refeitório) conheciam pelo nome. E, com Stella na Chi Sigma, Cate perceberia que nunca precisou de Blythe para ser popular. Precisava de *Stella*.

— Ainda temos um problema. — Cate tamborilou na mesa com as unhas manicuradas. — Não podemos fazer uma festa sem uma terceira garota na irmandade. Seria simplesmente vergonhoso.

— Estive pensando nisso... — começou a dizer Stella. — E a Myra Granberry?

Stella murmurou o nome de forma que saísse parecendo algo como "cranberry".

— *Myra Granberry?* — Cate esperou que Stella risse ou dissesse que era brincadeira. Mas os olhos verdes de Stella ficaram focados em Cate. — A mesma Myra Granberry que chutei da nossa chamada aberta porque não consegui ficar olhando para os lábios adornados por uma lagarta? — Até onde Cate sabia, só havia uma Cara de Lesma. Stella ficou louca de vez? — Retiro o que disse. Você não é um gênio. Isso seria suicídio social.

Elas poderiam muito bem parar de depilar as axilas, começar a usar calça de moletom todos os dias e simplesmente se resignarem a viver como habitantes do submundo da Ashton Prep. Talvez, se dessem sorte, Blythe permitiria que ficassem na chapelaria no próximo sarau da Beta Sigma Phi.

— Só me ouça — começou a dizer Stella, ignorando o ataque de Cate. Já tinha pensado em todos os argumentos possíveis que viriam contra sua sugestão. — Myra é como uma tela em branco. Vai fazer tudo o que mandarmos. Você nunca vai precisar se preocupar com a possibilidade de ela ter ciúme ou tentar um golpe de estado. E ela é realmente esperta e legal e... — Stella acrescentou, erguendo a voz antes que Cate apresentasse alguma objeção —, tudo de que precisa é uma transformação completa.

— Não tenho tempo para fazer transformação em ninguém. — Cate passou os dedos pelo cabelo castanho-escuro, como se estivesse prestes a arrancá-lo pela raiz. — Tenho um vizinho para *stalkear*!

— Faça isso! — insistiu Stella. — Eu cuido de tudo para a transformação. Dentro de dois dias, vou fazer de Myra a melhor-amiga-para-sempre que você nunca achou que precisaria ter!

Stella olhou nos olhos profundos e azuis de Cate. Sim, estava forçando a situação porque havia jurado a Blythe que apresentaria ao mundo uma nova Myra, mas isso seria algo bom para Cate também. Ela precisava de alguém que não fosse discutir se quisessem ir até o Lower East Side para o *brunch* de domingo. Precisava de alguém que não somente se lembrasse de seu aniversário, mas que também faria um "bolo" de pão de banana porque sabia o quanto Cate odiava doces. Myra Granberry era uma boa escolha... A melhor escolha.

Cate balançou a cabeça em negativa.

— Não topo isso, não.

— Bem, é uma pena — começou a dizer Stella. Se *ela* não conseguisse convencer Cate, havia uma pessoa que conseguiria. Não queria ter de usar essa carta, mas momentos de desespero pedem medidas desesperadas. — Porque encontrei a Blythe hoje, e ela ficou falando sem parar sobre como nunca conseguiríamos transformar Myra Granberry em material para nossa irmandade.

— A *Blythe* disse isso? — O rosto de Cate contorceu-se de raiva, como se alguém tivesse jogado tinta em suas botas Antik Batik. — O que ela pensa que sabe sobre as habilidades da Chi Sigma?

— A maior satisfação do mundo é a de fazer bem o que Blythe disse que não conseguiríamos fazer de jeito nenhum. — Stella inclinou-se para a frente. — Myra poderia ser a letra Mu da nossa irmandade.

— Nossa Mu — repetiu Cate. Ela imaginou Myra descendo as escadas numa festa usando um vestido Marc Jacobs, com o cabelo loiro puxado para trás e preso num coque apertado. Ela seria como aquelas garotas das histórias de transformação bem-sucedida do programa *Esquadrão da Moda*, e a Chi Sigma seria responsável pela execução desse *makeover* de sucesso. — *Seria* impressionante se você conseguisse fazer mesmo isso. Se conseguirmos transformar a Cara de Lesma na nova *it girl* da Ashton Prep, imagina como subiríamos no conceito do pessoal?

— É só confiar em mim — disse ainda Stella, com a caneta erguida no ar. — Vou fazer isso acontecer. No sábado, na festa, vai ser a grande estreia dela.

Cate enrolou o cabelo castanho-escuro no dedo, considerando a ideia. Myra fora uma pária desde o terceiro ano, quando a mãe a mandou para a escola usando aquelas horríveis meias 3/4. Era algo que Cate jamais questionara, como o fato de a grama ser verde ou de o céu ser azul. Porém, além das coisas óbvias (como a mochila e o buço descolorido), não havia nada *tão* errado assim com Myra. Tecnicamente, ela era o motivo pelo qual a equipe de simulado de julgamento de Cate tinha sido vitoriosa na aula de estudos sociais do Sr. Hertz. Com ou sem meias 3/4, ela havia apresentado os argumentos finais mais persuasivos que Cate já ouvira em sua vida.

— OK. — Cate concordou por fim. — Confio em você.

Stella escreveu o nome *Myra Granberry* no topo do caderno, só porque pareceu uma coisa gratificante a fazer. Estudou sua caligrafia, toda animada. Blythe poderia ir a um encontro com Eli. Poderia implorar que Cate voltasse à Beta Sigma Phi sem Stella. Nada disso importaria. Stella e Cate finalmente estavam falando a mesma língua, e Blythe não conseguiria fazê-las parar agora.

Uma hora depois, Cate andava de um lado para o outro na sala de estar com o conjunto de moletom Juicy Couture.

— Sim, pai — disse ela no iPhone. — Estamos sendo boazinhas com Margot. — Ela olhou de relance para Stella e deu uma piscadinha. — Aham, eu também te amo. — Com isso, desligou o telefone. Fazia dez minutos que Winston havia ligado para ela, como se pudesse sentir que elas planejavam uma festa, mesmo estando no Taiti.

— O que ele falou? — perguntou Stella, nervosa.

— Só que ele e sua mãe foram mergulhar hoje. Contanto que tenhamos limpado tudo antes que Margot chegue em casa, não teremos problema algum. — Cate estava em pé entre a espreguiçadeira e a lareira. — Agora... Vamos ver.

Podemos colocar a base portátil de som Bose aqui; só precisamos trazê-la de lá do gabinete.

Cate e Stella tinham feito, meticulosamente, uma lista de convidados, e foram mais seletivas que uma vegana que não come glúten num bufê liberado. Elas até encontraram uma padaria on-line que fazia chocolates em formato de letras gregas. Se era para o primeiro sarau oficial da Chi Sigma Mu estabelecer o domínio delas, todos os detalhes, até mesmo os M&M's customizados, precisavam estar perfeitos.

— Se tivermos comida na cozinha, podemos manter todo o pessoal no térreo e no jardim.

— Excelente ideia! Então podemos usar o gabinete como a área VIP. Toda festa precisa de um lugar onde rola o burburinho — concordou Stella, que estava usando um short da Topshop, com o cabelo ondulado preso num rabo de cavalo.

— Festa? — perguntou alguém.

Cate virou-se e viu que Lola e Andie estavam na entrada, as duas comendo barrinhas de chocolate com granola. Lola bateu palmas rápidas, mais agitada que uma aluna do quinto ano com Distúrbio de Déficit de Atenção.

— Não passou da hora de vocês estarem dormindo? — perguntou Cate, apoiando-se na cornija da lareira. Ela olhou para o pijama de Lola, estampado com as insígnias de Hogwarts.

— Quando vocês vão dar uma festa? — quis saber Lola, ignorando a pergunta de Cate.

Mesmo que Kyle não tivesse sido o melhor dos amigos durante a semana inteira, uma festa seria a desculpa perfeita para convidá-lo a ir até sua casa.

— No sábado — foi a resposta de Cate.

Lola bateu palmas de novo, toda animada. Sábado era o dia da sessão de fotos para Gunther Gunta! Ela entraria em casa, depois de voltar do compromisso, com o cabelo reluzente e escovado para trás, toda maquiada, usando um vestido de noite de alta-costura. Seria o momento perfeito para que Kyle conhecesse a versão nova e melhorada de Lola Childs: a top model.

— Mas é uma festa para o pessoal da escola secundária — disse Cate. — Pode sair daqui agora.

Ela fez um gesto com a mão como se estivesse enxotando um animal, o mesmo que Emma fazia para espantar Heath Bar quando o gato estava cravando as unhas nos móveis. Lola se jogou de encontro à parede, desapontada.

— Lamento — disse Stella, dando de ombros.

Andie deu uma mordida na barrinha de granola e engoliu o pedaço com dificuldade. Ela não via a irmã desde que a tinha humilhado na chamada aberta da Chi Sigma. Às vezes ficava difícil acreditar que essa era a mesma pessoa que tinha lido para ela *The Very Hungry Caterpillar*, na biblioteca da mãe delas, inventando quaisquer palavras que não reconhecesse no texto. Se Cate não queria ser sua amiga, tudo bem. Nunca seriam amigas. Mas Andie não seria tratada como se fosse uma hóspede em sua própria casa.

— A Margot sabe disso? — perguntou em tom de desafio.

— A Margot não vai se incomodar — disse Cate, pegando um caderno de cima do mantel da lareira e começando a escrever.

Andie apertou a barrinha de granola que tinha em mãos, quase fazendo com que saísse voando da embalagem. Era assim que Cate punha fim às suas conversas: começando a fazer alguma outra coisa.

— Então talvez eu conte a ela — disse Andie, que girou nos calcanhares, o rabo de cavalo brilhante indo para a frente e para trás enquanto andava. Ela chegou até o vestíbulo e subiu os dois primeiros lances de escada antes de ouvir a voz de Cate.

— Tudo bem! — gritou ela. — Você pode vir.

Andie esgueirou-se de volta até a entrada, sentindo-se mais satisfeita do que quando marcou um gol contra Tricia Kipps, a goleira metida do Donalty que sempre ficava insultando os adversários antes de os jogos começarem.

— *E* podemos convidar amigos — negociou ela.

— Você está forçando a barra — disse Cate com raiva. As bochechas pálidas estavam com manchinhas vermelhas, algo que sempre acontecia quando ficava alterada.

— Margot! — gritou Andie escada acima.

Mas antes que Andie pudesse dizer mais alguma coisa, Cate a interrompeu.

— Tudo bem... mas nada de convidar *losers*!

Andie entrou no vestíbulo, sentindo um acesso repentino de energia.

— Você é o máximo! — gritou Lola, que subiu voando as escadas, puxando Andie pela mão. — Agora pode convidar Clay. Mal posso esperar para conhecê-lo.

O corpo inteiro de Andie começou a se mover em câmera lenta; sentia-se como se fosse feita de chumbo. Três horas haviam se passado desde sua mentirinha inocente e ela não estava nem um pouco perto de ter Clay Calhoun como namorado. Precisava de um plano... E rápido.

PARA: Clay Calhoun
DE: Andie Sloane
DATA: Quinta-feira, 22h05
ASSUNTO: Ei...

Ei,

Esqueci de dizer o quanto estava ótimo no treino de futebol na última terça-feira. Aquele gol que você fez veio do nada. Eu estava dizendo a Kyle, meu amigo, que você é um dos melhores jogadores no time da Haverford. Muito melhor que Austin Thorpe.

Você estará disponível amanhã? *Definitivamente* nós deveríamos sair juntos.

xoxo
Andie

PARA: Andie Sloane
DE: Clay Calhoun
DATA: Quinta-feira, 22h08
ASSUNTO: Re: Ei...

Ei, Sloane,

Eu estava me perguntando qual era a daquele mala. Ele frequenta o Donalty, não é? O Austin detesta aquele moleque.

É, estarei disponível amanhã sim. Vamos sair, claro. Eu e o Brandon vamos jogar Ultimate Frisbee no Great Lawn mesmo, então posso passar na sua casa por volta das 16h30.

Clay

Adeus, Cara de Lesma, olá, Myra Granberry!

— Myra! — Stella bateu com força na porta de madeira. — Por favor... abra a porta!

— Eu te disse — ecoou uma voz de dentro do banheiro —, que não quero ver sua cara!

Era uma tarde de sexta-feira e a escola estava praticamente vazia. Mas Stella estava em pé, parada do lado de fora do banheiro do oitavo andar, esperando que Myra saísse de lá. Desde a chamada aberta, Myra não respondia a nenhum dos e-mails de Stella, que tentou de tudo: explicando (*Fui atrás de você, mas não te encontrei*), fingindo que nada de errado tinha acontecido (*Está livre amanhã para almoçar?*), e, por fim, defendendo-se (*Não é minha culpa que Cate tenha dito aquilo*). Então, hoje de manhã, na aula de biologia, Myra tinha ido sentar-se a uma mesa no canto da sala, dizendo a Sra. Perkins que preferia aprender sobre mitose sozinha. Stella havia ficado tão ocupada convencendo Blythe e Cate de que poderia transformar Myra em material para a Chi Sigma que não chegou a falar da ideia para a própria Myra.

Stella olhou de relance para o relógio da parede. Eram 16h16, o que queria dizer que Myra já estava usando o banheiro como barricada há 12 minutos, desde que Stella a havia seguido até lá depois do treino dos Atletas da Matemática. Myra tinha de sair dali em algum momento, pelo menos para comer. E quando fizesse isso, Stella imploraria a ela, diria que o comentário de Cate sobre os pelos faciais era apenas a forma de Cate de demonstrar afeto (*Ela adora provocar as pessoas!*) e seria um deleite para a Chi Sigma tê-la como a terceira garota na irmandade. Myra entenderia que tudo tinha sido um terrível mal-entendido.

Ou não.

A porta se abriu com tudo, quase acertando o rosto de Stella.

— Fique longe de mim! — rosnou Myra, descendo o corredor intempestivamente.

Havia um retrato de Lady Harriet Ashton pendurado na parede mais ao longe. Ela observava o desenrolar da cena, com os lábios franzidos, desapontada.

Stella conseguiu segurar Myra pelo braço, mas ela ficou se debatendo como louca para se soltar. Missy Hurst, uma aluna do penúltimo ano, que Stella reconheceu da aula de Artes, estava sentada num sofá de couro na sala de espera. Ela olhou de relance para o telefone de emergência vermelho brilhante que havia na parede, incerta quanto ao que deveria fazer.

— Mas que droga, Myra! — gritou Stella. — Não foi culpa minha!

Ao ouvir aquelas palavras, Myra ficou paralisada e apontou um dedo para o rosto de Stella.

— Não foi sua culpa? *Foi você* quem me disse para aparecer lá. *Você* disse que eu tinha boas chances de ser escolhida!

Os olhos castanhos de Myra estavam úmidos. Sob a blusa branca de botões, estava usando uma camiseta com os dizeres πRADA POR MATEMÁTICA, as palavras pouco legíveis.

— Você curtiu assistir enquanto todo mundo ria de mim?

Stella lembrou-se da cara que Myra fez no anfiteatro, de como ficara pálida quando Cate mencionou os pelos faciais.

— Não...

Seu estômago se revirou, como se ela fosse vomitar ali no chão o sushi com arroz marrom que comera.

— Só não pensei que...

— Não. — Myra cortou Stella. — Você não pensou. — Tendo dito isso, saiu andando pelo corredor.

Stella ficou olhando enquanto Myra se afastava, com a mochila L.L. Bean monogramada balançando para cima e para baixo nos ombros. Com exceção da própria mãe, ninguém falava com Stella daquele jeito. Nem Pippa. Nem Bridget. Nem mesmo Lola, durante as brigas mais horrendas das duas. Mas, tecnicamente, a culpa *era* dela. Stella sabia como seria a reação de Cate e dissera a Myra para aparecer mesmo assim. Ela reconheceu algo inesperado nas palavras de Myra, algo de que ela nem mesmo tinha se dado conta de que sentia falta: a verdade.

— Espera! — gritou Stella, torcendo as mãos uma na outra, pensando, em busca da coisa certa a dizer. — Sinto muito. — Myra ficou paralisada no lugar. — Sinto muito mesmo. — Myra virou-se e olhou nos olhos de Stella, com uma expressão mais suave no rosto, melhor do que antes.

— Queremos que seja a terceira garota da nossa irmandade — prosseguiu Stella. — Vamos fazer nossa primeira festa amanhã à noite e queremos você lá, como nossa Mu.

— O quê? — Myra franziu a testa, confusa, como se Stella tivesse acabado de argumentar que E não era igual a MC ao quadrado. — O que você quer dizer com isso?

— Chi Sigma... Mu. Analisamos as candidatas. Queremos você. — Stella desceu o corredor em direção a Myra. — E Cate... sente muito pelo que disse.

— *Cate Sloane* disse que lamenta por ter tirado onda com a minha cara? Não sei por quê, mas não acredito nisso. — Myra cruzou os braços.

Stella inclinou-se mais para perto dela, de forma que somente Myra pudesse ouvir o que estava prestes a dizer.

— Olha, não vamos deixar nem Paige Mortimer e nem Corynne Handler entrarem na nossa irmandade... Elas vêm tentando detonar Cate nos últimos três anos.

Stella estava sendo honesta. Myra nunca espalharia mentiras, dizendo que a Cate tinha piolhos, nunca chamaria Cate de metida, nem ameaçaria contar à escola inteira sobre o lance do pai de Stella com Cloud McClean. Myra era alguém em quem podiam confiar.

— Isso não é algum tipo de pegadinha, é? — perguntou Myra, analisando a expressão no rosto de Stella.

Stella pensou no desafio de Blythe, em como ela insistira que conseguiria fazer com que Myra se tornasse alguém que fizesse o estilo da Chi Sigma. Não era nenhuma pegadinha. A aposta era mais uma forma de... *inspiração*... do que qualquer outra coisa. Ainda assim, era melhor que Myra não soubesse disso.

— De jeito nenhum — disse Stella, dando o braço a Myra enquanto desciam o corredor juntas. — O que você acha? Está dentro?

Myra concordou lentamente com um aceno de cabeça.

— Estou dentro.

— Que bom — disse Stella, curvando os lábios num sorriso. — Agora só tem uma coisa que precisamos fazer antes da festa de amanhã...

Stella sentou-se sob o secador de cabelos que parecia uma peneira, com o ar soprando forte e rápido e sibilando ao redor de sua cabeça coberta com papel alumínio. Todos os lugares no Red Door Salon estavam cheios. Uma velha senhora enrugada recebia tratamento com pedra-pomes nas solas amareladas dos pés enquanto um homem, cheio de Botox e com uma camisa de gola olímpica azul-marinho Christian Dior, examinava as próprias unhas com base transparente. Stella olhou de relance, nervosa, para o relógio de pulso delicado da Movado.

— Por favor... — perguntou ela, acenando para uma estilista moderninha, que usava uma versão século XXI dos *mullets*. Mesmo agora, aquilo continuava feio. — Você viu aonde minha amiga Myra foi? Cabelo loiro-branco... E está com uma camiseta com os dizeres πRADA POR MATEMÁTICA? — A estilista balançou a cabeça em negativa.

Depois das aulas, Stella tinha levado Myra ao salão Elizabeth Arden. A depiladora havia sumido com Myra fazia quase uma hora. Stella encolheu-se ao imaginar a garota numa das salas dos fundos, contorcendo-se de dor enquanto uma equipe a mantinha parada no lugar e tirava todos os pelos de seus braços. Myra saiu de lá pequenininha, reluzente e cor-de-rosa, como um Chihuahua recém-nascido e sem pelos.

Uma mulher espiava por detrás de uma porta onde se lia MAQUIAGEM. A tal mulher tinha um tufo megabranco em meio ao cabelo preto de franja curta, como se fosse Pepe Le Gambá.

— Sua amiga... está pronta — disse ela.

Stella, que de súbito ficara nervosa, colocou no colo a *Vogue* que estava lendo.

Pepe Le Gambá abriu a porta e dali saiu a prima bonita de Myra. Os finos cabelos loiros tinham um corte chique, curto que nem o da Katie Holmes, o que deixava as maçãs do rosto pronunciadas mais à mostra, assim como os lábios carnudos em formato de coração. Os profundos olhos cor de âmbar brilhavam sob as sobrancelhas, que repentinamente estavam visíveis depois de terem sido preenchidas com lápis marrom. O rosto ainda estava cor-de-rosa por causa da depilação, mas Myra estava totalmente impecável. Todos os pelos descoloridos sobre os lábios não estavam mais lá.

Stella levantou-se, batendo a cabeça no domo de plástico. Myra ainda era Myra, com as meias 3/4, nas cores do arco-íris, e a camiseta πRADA POR MATEMÁTICA, mas ela parecia... diferente. Estava com uma aparência... incrível!

— Caramba, você está lindíssima! — gritou Stella.

Myra abriu um sorriso tímido, e os lábios cobertos de gloss captavam a luz. Ela viu o próprio reflexo no espelho da parede e girou uma vez, pondo a mão na parte de baixo do cabelo curto.

— Gosto dele assim... Gosto mesmo.

Stella nunca tinha visto Myra daquele jeito antes. Ela não estava corcunda, com o olhar fixo nos tênis Vans como costumava fazer quando caminhava pela Ashton Prep. Os ombros estavam para trás, fazendo com que parecesse pelo menos uns sete centímetros mais alta. E não parava de sorrir.

— Quando você entrar naquela festa amanhã, aqueles caras da Haverford vão se curvar a seus pés!

Myra continuou se olhando no espelho, indo cada vez mais para perto dele, do mesmo modo como Stella fazia quando ficava examinando os poros. Não havia escutado nenhuma palavra do que Stella havia dito.

— Nunca me senti tão... *bonita* — sussurrou ela, os olhos castanhos úmidos por causa das lágrimas.

Stella sentia algo se remexendo dentro dela, algo que a deixava animada e com um nó na garganta ao mesmo tempo. Havia planejado fazer com que Myra tivesse um novo corte de cabelo, talvez um novo par de sapatos e uma camiseta meio transparente sem nenhum slogan de matemática escrito na frente. Mas tinha feito melhor do que isso: Myra estava *feliz*.

— Você sempre foi bonita — corrigiu Stella. — Só precisava de uma ajudazinha para que as pessoas pudessem notar.

Myra puxou Stella para junto de si num abraço apertado.

— Obrigada — disse ela num tom suave, com a bochecha de Stella pressionando o cabelo coberto por papel laminado. — Obrigada!

INFORMAÇÕES DE INTELIGÊNCIA DE HAVERFORD PARA CATE SLOANE

REPORTADAS POR DANNY PLIMPTON: DE SUA MAJESTADE DO SÉTIMO ANO

Quarta-feira, 9h16: A Águia foi avistada no banheiro assoando o nariz. A Águia pode estar com um leve resfriado.

Quarta-feira, 11h49: A Águia conta a um amigo não identificado que se perdeu ontem ao voltar para casa caminhando pelo Central Park.

Quarta-feira, 12h30: A Águia revela à Sra. Hearth, a bibliotecária de Haverford, que *O apanhador no campo de centeio* é seu livro predileto.

Quarta-feira, 16h42: A Águia foi avistada no MoMA, com o olhar fixo numa pintura de Dalí.

Quarta-feira, 18h22: A Águia foi avistada andando com um labrador amarelo na rua 77. Ele estava carregando algo que se parecia com uma sacola plástica amarela com cocô de cachorro.

Quinta-feira, 10h36: Três alunas do décimo ano referem-se à Águia como "um cara legal".

Quinta-feira, 1h53: A Águia parece estar completamente recuperada do resfriado. Não espirrou e nem assoou o nariz o dia inteiro.

Batalha dos namorados

Kyle inclinou-se tão perto do microfone que estava praticamente beijando-o. *And you say*, cantava ele, tocando a guitarra elétrica de um jeito selvagem, *It's o-kaay... and that's okay with meeee.* Atrás dele, o baterista, um garoto corpulento que vestia um casaco com capuz Brooklyn Industries, detonava os címbalos. O cabelo castanho-escuro de Kyle estava ensopado de suor, e ele continuava sacudindo a cabeça, tentando tirá-lo dos olhos.

— Então é por isso que ele usa o Ray-Ban Aviator e a faixa na cabeça! — sussurrou Andie, enfiando os dedos no braço de Cindy.

Elas tinham ido ao Living Room depois das aulas para verem o ensaio do Wormholes. Andie escolhera um vestido *racerback* verde-azulado Cynthia Rowley, e Cindy havia colocado seu "modelo *hipster* para andar no Lower East Side": um *shift dress* vintage sem estampa, botas Sigerson Morrison na altura do tornozelo na cor marrom, e um chapéu fedora com uma pena vermelha. No sexto ano, ela ouviu uma estilista de celebridades dizer que "Apenas pessoas confiantes usam chapéus", e desde então tentava incorporá-los ao visual.

A sala de um laranja brilhante estava repleta de mesas vazias. Na parte de trás do lugar havia um homem com um moicano verde varrendo o chão, deixando o local preparado para os shows da noite. *And that's okay with meeee*, cantava Kyle, segurando a última nota, deixando-a um pouco mais longa que as outras. Ele olhou para Andie e sorriu, formando a covinha no rosto. Ela sentiu o sangue colorindo as bochechas. Andie estava ouvindo os Wormholes: a mesma banda que ela e Cindy tinham escutado repetidamente durante todo o mês de junho. Elas costumavam ficar no sofá de veludo vermelho de Andie e analisavam todas as fotos no site dos Wormholes, tentando decidir qual dos garotos da banda era o mais bonitinho e fofo. As decisões eram unânimes: *K.L.* E agora ela estava saindo com ele.

— Viu como ele acabou de olhar para você? — perguntou Cindy com uma voz estridente e depois apertou os olhos para olhar para o baixista, que tinha um pomo de Adão excepcionalmente grande.

— Talvez eu pudesse sair com *o baixista*... Ele parece misterioso. — Ela tentou soltar um pigarro, mas acabou começando uma tosse seca. — Acho que estou ficando doente. Devo ter pegado alguma coisa do Mike.

Andie revirou os olhos. Cindy teve um namorado durante a semana que passou no Maine no último verão. Era ajudante de garçom no Lobster Tale.

— Vocês só ficaram de mãos dadas — sussurrou Andie, cutucando Cindy de um jeito brincalhão.

No palco, Kyle desligou a guitarra do amplificador. Enquanto a banda reunia os equipamentos, ele foi caminhando até a mesa delas, ainda com um sorriso no rosto.

— Ei.

Kyle sentou-se ao lado de Andie. Ele usava uma camiseta CBGB azul surrada.

— O que vocês acharam das músicas novas?

— Elas são o máximo — disse ela, tentando manter a voz uniforme. — *Você* estava o máximo. — Andie continuou com o olhar fixo na própria mão, que estava descansando na mesa apenas a uns dois centímetros da dele. Queria agarrá-lo, entrelaçar os dedos dele nos dela como se fossem um casal de verdade.

Andie se imaginou em meio à multidão num dos shows de Kyle, e as outras *groupies* se roendo de ciúmes quando se davam conta de que ele estava com o olhar fixo nela, que cada canção era dedicada a ela. Mal podia esperar pelo momento em que Cate os avistaria jogando pebolim no gabinete e percebesse que Andie tinha algo que ela não possuía: um namorado. Sob a mesa, o joelho de Kyle esbarrou na lateral de sua perna e ela se encolheu, ficando nervosa de repente.

Kyle puxou a guitarra para o colo.

— Que máximo que você veio! — Ele dedilhava o instrumento lentamente, cobrindo as cordas com uma das mãos, produzindo um som metálico abafado. — O que vocês vão fazer agora? Todos nós vamos ao loft de Mark. — Kyle indicou o baixista com um aceno de cabeça, o cara que usava um boné do Mets com a aba para trás sobre o cabelo loiro na altura dos ombros. — Vocês deviam vir também.

Andie olhou para o relógio de pulso, arrasada. Já eram quase 16h, o que significava que em meia hora ela teria de estar em casa para o "encontro" com Clay Calhoun. Se quisesse chegar no Upper East Side a tempo, deveria ter saído dali fazia cinco minutos.

— Na verdade, temos de ir embora... — Andie levantou-se e puxou Cindy junto.

— Tudo bem. — Kyle fixou o olhar no tênis Vans branco quadriculado, como se ela tivesse acabado de falar para ele que preferia passar a tarde com o pessoal do clube de xadrez de Haverford. — Bem, posso dar uma passada na sua casa amanhã? A Lola falou que você e suas irmãs vão dar uma festa. — Ele parou de dedilhar a guitarra e ergueu o olhar, esperando que Andie dissesse algo para quebrar o silêncio que se instalara subitamente.

Andie ficou torcendo, nervosa, a mecha clara em sua franja. Kyle já tinha ouvido falar da festa. Se ela não o convidasse agora, poderia esquecer as conversas pela internet hoje à noite, amanhã... ou em qualquer outra ocasião. Não importava que ela, supostamente, estava namorando Clay, ou que Lola havia começado a alisar os cabelos para impressionar Kyle. Ele simplesmente acharia que Andie não estava a fim.

— É... você deveria ir à festa, claro. — Ela se pegou dizendo.

Kyle tirou os fios de cabelo ensopados de suor que caíam na testa e abriu um sorriso.

— Legal — disse ele. — Vejo você lá então.

Andie engoliu em seco. Acabaria se escondendo no quarto, se fosse preciso, ou inventaria uma gastrite terrível. Ela não *tinha* de ir à festa. E agora ela *não podia ir à festa*... não com Lola e Kyle lá.

— Você é completamente louca — sibilou Cindy, jogando o cabelo longo e muito negro por sobre o ombro. Elas viraram na Madison Avenue, quase derrubando no chão uma criancinha bochechuda que havia fugido da mãe. — Quando Lola vir vocês dois juntos, vai te matar.

Era uma tarde fresca, com uma brisa agradável, mas Andie sentia a pele quente, como se estivesse com uma queimadura de sol de segundo grau.

— O que eu deveria fazer? Não podia deixar de convidar Kyle!

Cindy balançou a cabeça em negativa.

— Você deveria ter dito a ele que não iria à festa... qualquer coisa. Agora ele estará lá amanhã, e Lola também. Ela vai descobrir que vocês dois andam conversando. Isso é ruim. Realmente, muitíssimo ruim.

Ela tossiu baixinho. Cindy era ótima em fazer com que Andie se sentisse tão inteligente e talentosa quanto Cate, tirando fotos de simulação de ensaio de moda com sua Nikon Coolpix, ou consolando-a quando o time de futebol da Ashton perdia um jogo. No entanto, em situações de crise, ela entrava no modo de pânico total.

Cindy tirou o chapéu fedora e alisou o cabelo.

— Você tem de contar à Lola... ela não pode ficar com raiva de você. Ela vai ser modelo de Gunther Gunta!

— Eu tentei — murmurou Andie. — Não deu muito certo.

— Tente de novo! — disse Cindy, balançando a cabeça. — Ela vai saber que algo está errado no momento em que Kyle ficar vagando pela festa atrás de *você*.

Cindy soprou um beijo para Andie antes de seguir em direção a seu prédio, o Stagecoach, em cujo saguão ficava uma escultura de vidro de um cavalo puxando uma carroça.

Andie virou na rua 82. As palavras de Cindy ainda soavam em seus ouvidos quando ela avistou Clay na frente de casa, apoiado na cerca de ferro, chutando uma lata amassada de Coca-Cola.

— Sloane! Onde você estava?

Andie tentou, fez um tremendo esforço para sorrir, mas não conseguiu. Agora mesmo Kyle estava num loft no SoHo, provavelmente conversando sobre os Shins ou jogando boliche no Wii com o baixista de sua banda, Mark.

Ela empurrou e abriu o portão de ferro, que parecia pesar mais de 200 quilos.

— Ei... desculpe, acabei me atrasando — disse ela, não lamentando nem um pouquinho, na verdade.

— Ei, sem problemas.

Ele puxou para baixo o boné dos Yankees para cobrir o cabelo loiro bagunçado.

— Eu falei para o Brandon que ia sair com você. Pode ser que ele dê uma passada aqui mais tarde.

— Claro — murmurou Andie. — Eu adoro o Brandon.

A única coisa pior do que passar a tarde com Clay era passar a tarde com ele *e* Brandon. Eles provavelmente ficariam cumprimentando um ao outro com bundadas bem no meio da cozinha, e Margot olharia horrorizada.

Eles entraram no vestíbulo no exato momento em que Lola descia as escadas aos pulinhos, vestindo uma boxer xadrez vermelha feminina Gap e uma blusa de moletom da Sherwood Academy. O cabelo, de um tom de loiro sujo, parecia exatamente isso: *sujo*. Em vez de estar com a textura costumeira, seco e encaracolado, parecia ensebado, como se ela o tivesse lavado com óleo vegetal. Lola olhou de Clay para Andie, com um brilho nos olhos verdes.

— Olá! — disse ela com o sotaque britânico, um pouco animada demais.

Andie expirou fundo, lembrando-se de que Lola era o motivo pelo qual Clay estava ali, para início de conversa. Como aspirante a modelo, ela sabia como canalizar todas as emoções, como parecer... feliz, assustada, misteriosa ou ousada. Mas hoje ela seria posta à prova. Hoje fingiria estar apaixonada... *por Clay Calhoun*.

— Lola! — disse ela, dando uma piscadinha por trás das costas de Clay. — Este é Clay. — Ela falou o nome *Clay* praticamente cantando.

Lola alisou a faixa de cabelo de tecido vermelho.

— Ah, oi! Ouvi falar muito de você!

Os lábios de Clay curvaram-se num sorriso.

— Sabia que Clay é um dos melhores jogadores do time de futebol da Haverford? — perguntou Andie. — Você deveria contar à Lola aquela história sobre você e Brandon no Burger Joint.

Ela deu um soquinho de brincadeira no braço de Clay.

— Bem... — Clay começou a dizer. — Eu e meu amigo tínhamos uma competição para ver quem conseguia comer mais hambúrgueres. Brandon vomitou nos sapatos de um turista.

— Ele não é a pessoa mais engraçada do mundo? — indagou Andie, com o olhar fixo nos olhos verdes de Clay.

— Obrigado, Sloane — disse ele, e depois pegou na mão dela, apertando-a levemente. Andie queria soltá-la, mas ele continuou encarando-a. Sentia-se envergonhada por Clay, como se tivesse acabado de pegá-lo aparando os pelos do nariz. Era mais fácil fingir que era namorada dele quando pensava em Clay como o garoto que fazia imitações ruins de Will Ferrel e cuja página no Facebook era checada cinco vezes por dia por todas as garotas da Ashton. Não gostava de ser lembrada de que ele *não estava* fingindo... Para ele, isso era *real*.

Lola arrumou a faixa de cabelo, tentando imaginar como seria ter alguém olhando para ela como Clay olhava para Andie. Ultimamente parecia que só a notavam quando estava fazendo algo idiota, como deixar o bumbum aparecendo numa sala cheia de modelos. Pior ainda foi quando convidou Kyle para vir à festa na noite anterior, e ele agiu como se fosse um total estranho. *Obg por me convidar,* ele escreveu no e-mail, *vc é uma ótima amiga*. Ela queria que ele aparecesse vestindo uma daquelas camisetas fofas e a olhasse como Clay tinha olhado para Andie. Pelo menos uma vez na vida, Lola queria saber qual a sensação de ter alguém olhando para ela.

— Você vem pra nossa festa? — quis saber Lola, olhando de relance de Andie para Clay.

— Que festa? — Clay voltou-se para Andie, cuja garganta se fechou. Ela não conseguia respirar. Deu um passo para trás, posicionando-se atrás de Clay, e balançou a cabeça em negativa, tentando chamar a atenção de Lola. Mas ela só continuou falando.

— A festa no sábado à noite. Você tem de vir! — Lola bateu palmas. — Teremos doces e ponche, e nossas irmãs convidaram vários carinhas da Haverford.

— Parece o máximo — disse Clay, olhando de Lola para Andie. Ele franziu a testa. — Por que você não me falou dessa festa, Sloane?

Andie sentiu os olhos dele fixos nela.

— Lola... é só que... — murmurou ela. — Meio que prometi a Cindy que ela poderia vir.

— Ah, não tem problema — gritou Lola. — Stella e Cate nunca vão ficar sabendo se você tiver mais um convidado.

— Certo... — murmurou Andie. E engoliu em seco. Na noite do dia seguinte, Clay, Kyle e Lola estariam, os três, na festa em sua casa. Esconder-se de Kyle não seria difícil, mas se esconder de Kyle, de Lola *e* de Clay seria impossível.

PARA: Lola Childs
DE: Ayana Bennington
DATA: Sexta-feira, 5h02
ASSUNTO: Seu contrato com Gunther

Oi, Lola,

Fiquei feliz em saber que sua reunião com Gunther rendeu bons frutos. Eu tinha a sensação de que você era exatamente a modelo que ele estava procurando. É por isso que estou escrevendo...

Acabei de falar com Gunther sobre o contrato. Sei que a assistente dele deu uma cópia para que você e seu responsável assinassem. Queria salientar, mais uma vez, o que está escrito em letras pequenas: você não deve tomar banho antes da sessão de fotos. Ao que parece, Gunther estava falando sério quanto a isso. Ele tem uma abordagem estética específica nessa campanha, então sua cooperação é essencial. Me ligue na segunda-feira para contar como foi tudo. Boa sorte... Estou ansiosa para saber dos detalhes depois.

Atenciosamente,
Ayana

Situações desesperadas pedem por medidas de sabotagem

Cate deu uma olhada no Great Lawn. Estava repleto de gente, todo mundo se divertindo. Um grupo de garotos jogava um Frisbee de um lado para o outro enquanto grupos de meninas estavam sentados em cobertas, pegando dumplings tailandeses de recipientes de comida para viagem. Um homem com uma calça baggy vermelha de moletom andava com o carrinho de hot dog e passou por Cate, olhando para a extensão de banco vazia ao lado dela.

— Tá olhando o quê? — perguntou ela irritada.

O homem acelerou, olhando, nervoso, para ela.

Não conseguia evitar. Passara a tarde inteira sem Stella (sem ninguém) e nunca se sentira tão constrangida antes. Desde o quarto ano, nunca havia passado mais de uma ou duas horas sem uma amiga a seu lado, especialmente não durante o ano escolar. Ela se sentava com as Chi Betas Phi na hora do almoço, grata por não ser uma daquelas pessoas que comiam sozinhas ou então conversava com as meninas sobre o quão triste era o fato de Molly Lambert nunca ter ninguém com quem bater papo enquanto descia o corredor. Mas então as coisas haviam tomado um rumo que fez Cate acreditar em carma. Stella tinha levado Myra para passar por sua transformação, e Cate escolhera as lembrancinhas para a festa... sozinha. Havia ligado para 15 serviços de bufê diferentes... sozinha. Fez até mesmo o rascunho do e-mail em massa que enviariam anunciando a primeira festa da Chi Sigma Mu, também sozinha. Era horrível ficar sem amigas. Cate sentia como se tivesse saído de casa pela manhã e esquecido algo essencial, como o celular, a carteira ou a blusa.

Cate pregou o olhar no iPhone, desejando que tocasse. Stella deveria mandar fotos do progresso da transformação visual de Myra: uma tão logo tivessem tirado o bigode de lagarta da garota, outra depois de terem feito um corte naquele cabelo loiro fibroso, e algumas da Lesma experimentando roupas de festa, para que Cate pudesse votar na opção que gostasse mais. Uma coisa era *falar* sobre a transformação da Lesma, mas outra era *fazer* isso. Duas horas haviam se passado e Cate ainda não tivera confirmação nenhuma de que aquilo estava funcionando.

Danny Plimpton vinha em sua direção.

— Danny! — gritou Cate, mais feliz ao vê-lo do que nunca. Exceto pela mulher na Papyrus, ele era a única pessoa com quem Cate tinha falado a tarde inteira. — Sente-se, por favor. — Ela bateu de leve no banco.

Ele ergueu uma das sobrancelhas espessas, como se não tivesse certeza de que aquela era Cate Sloane. Então ele passou a ela um envelope de papel pardo.

— Está tudo aqui, mas é melhor eu sair correndo. A Águia estará aqui a qualquer instante. Eu estava bem na frente dele.

Cate enfiou a mão na bolsa Balenciaga preta e branca.

— Isto daqui é pra você.

Cate entregou a Danny uma pilha de coisas que ela havia encontrado na escrivaninha de Lola. Um ensaio de inglês cujo título era "Minhas primeiras impressões de Nova York", uma carta de uma amiga chamada Abby, e o horário das aulas na Ashton Prep. Enquanto Lola tomava café da manhã mais cedo, Cate entrou sorrateiramente em seu quarto e escreveu rapidamente algumas coisas a mais: *nome completo Lola Evelyn Childs, nascimento 31 de julho, toca viola, tem um estoque de doces na mesinha de cabeceira, tem as obras completas de Beethoven em CD.*

— Lola estará na minha festa amanhã, e você está oficialmente convidado. Só pega leve, não converse demais com ela, ou ela vai se tocar que você está a fim dela.

— Não vou exagerar. — Danny passou os dedos pelos papéis como se fossem feitos de ouro. — Obrigado, Cate.

Ele caiu fora, com a mochila preta JanSport balançando no ombro.

Cate deu uma espiada na pasta, encolhendo-se logo na primeira página. *Lamento informá-la de que o encontro com Blythe Finley está confirmado. Hoje à noite, às 8h. No Jackson Hole.*

Desde o jogo de basquete, Cate não conseguia pensar em Blythe sem desejar quebrar alguma coisa. É claro que ela havia ido atrás de Eli... Era tão típico dela! No ano anterior, quando Cate comprou sapatos baixos Tory Burch na cor azul-marinho, Blythe saiu no dia seguinte e comprou o mesmo modelo, só que na cor preta. Quando Cate decidiu virar vegetariana por duas semanas, Blythe começou a fazer pregações sobre as condições dos matadouros. Então, Blythe foi a primeira a marcar um encontro com Eli Punch, o que não queria dizer que o encontro seria um *sucesso*. Ao menos não se Cate pudesse impedir.

Ela enfiou a pasta na bolsa e tirou de dentro O *apanhador no campo de centeio*. Ela enrolara a quarta capa e quebrara a lombada para dar a entender que tinha lido o livro cinco vezes.

— Oi, vizinha — disse uma voz familiar. Eli caminhava em sua direção, ainda usando a calça de moletom azul da Haverford.

Cate acenou para ele com o livro. Sob o sol do fim de tarde, a pele impecável de Eli brilhava com o suor.

— Ah, você me assustou. Eu só estava aqui lendo.

Eli sorriu ao ver a capa do livro.

— Esse é meu livro predileto.

— É o meu também. — Cate inclinou-se para perto dele e ergueu uma sobrancelha. — Então é por isso que você está em Nova York? Você é fugitivo de algum internato?

— Quem dera minha vida fosse assim tão emocionante. — Eli riu. — Não consigo nem achar o caminho para sair do Central Park, que dirá ir a algum hotel barato. Se importa se eu te acompanhar até em casa?

Você pode me acompanhar até onde quiser, pensou Cate enquanto deixava o ombro roçar o dele. Começaram a descer o caminho em direção ao Met, com as árvores formando um dossel de folhas acima de suas cabeças. Em todos os lugares para onde Cate olhava, as pessoas estavam em pares. No caminho à frente, um casal de idosos estava de mãos dadas, com as costas encurvadas por causa da idade. Uma garotinha com um rabo de cavalo dividia seu pirulito com um garoto dentuço. Até os cachorros estavam no cio. Na grama, do lado de fora do Templo de Dendur, um golden retriever lambia freneticamente o traseiro de um poodle.

Pela primeira vez em toda aquela tarde, Cate sentiu-se à vontade. Não estava andando por aí sozinha, fingindo ter uma conversa superimportante no iPhone. Estava andando com *Eli Punch*, com a mão dele balançando pertíssimo da dela. Estavam juntos, e ela era *alguém* de novo.

— Bom jogo o de ontem — disse ela por fim.

— Eu procurei você depois que acabou, mas aquele lugar estava tão lotado que não consegui te encontrar.

Eli tirou os espessos cabelos pretos da testa.

— Vi Blythe Finley por lá. — Cate fez uma pausa quando disse o nome, esperando que Eli desse um sorriso amarelo ou torcesse o nariz... Qualquer coisa que revelasse como ele se sentia em relação a Blythe. Mas ele não fez nada. — Ela me disse que vocês iam sair hoje...

— É. — Eli apenas deu de ombros. — Eu a conheci outro dia, ela e as amigas, no Sheep Meadow. — Cate encolheu-se ao ouvir aquelas palavras: *ela e as amigas*. Priya e Sophie não eram amigas de Blythe: eram prisioneiras de guerra. — Acho que ela conhece alguns dos caras do time de basquete. Parece ser legal.

Cate chutou uma pedra com o sapato baixo Sigerson Morrison, fazendo com que deslizasse pelo caminho. Quando ela e Stella estavam brigando para ver qual das duas seria a presidente da Chi Beta Phi, Stella tinha impressionado as amigas ao apresentá-las para o time inteiro de basquete da

Haverford. Cate sabia que aquilo voltaria para assombrá-la algum dia, que nem aconteceu com a foto do livro do ano, no quarto ano, onde ela aparece espirrando.

Eles viraram na 5ª Avenida e passaram pelo Met, onde um homem vendia rosas por um dólar. Cate olhou de relance para Eli, na esperança de que ele fosse pegar uma para ela, mas eles simplesmente continuaram caminhando.

Cate cerrou os punhos enquanto imaginava Blythe e Eli abraçados num canto do Jackson Hole, dando colheradas de sorvete de morango um para o outro. Eli tinha de saber que não havia nada de "legal" em relação a Blythe. Ela acabaria usando-o assim como fizera com Cate... para chegar até o topo.

— Sabe... eu era muito amiga de Blythe, mas então me dei conta de algumas coisas sobre ela.

Eli franziu as sobrancelhas escuras.

— Que tipo de *coisas*?

— Bem. — Cate fez uma busca em suas lembranças. A história com Blythe tinha quase dez anos. Havia mais do que "coisas" suficientes a serem trazidas à tona. — Teve uma vez em que ela roubou um bracelete da Ralph Lauren da Bloomingdale's. Foi realmente desnecessário. — Bem, aquela não era exatamente a verdade. Blythe tinha experimentado o bracelete, esqueceu-se de que ainda o estava usando e foi andando até em casa com ele no pulso. E depois ficou envergonhada demais para devolvê-lo. Foi um acidente, mas, ainda assim, tecnicamente era roubo.

— Isso é realmente bizarro...

Eli enfiou os polegares sob as faixas da mochila.

Cate achou que ele fosse falar que aquilo era perturbador, imperdoável ou deprimente, mas não *bizarro*. Bizarro não seria o bastante para impedir que Eli gostasse de Blythe.

— E isso não é tudo. — Cate podia sentir as palavras transbordando de sua boca, uma a uma. — Teve uma vez em que ela deu um chute num filhote de labrador. Estávamos descendo a Madison e... bum! — Cate imitou um chute numa bola. Eli encolheu-se de pavor. — Bem. Na. Cabeça.

Eli ergueu as sobrancelhas, em choque.

— Eu sei... — prosseguiu Cate. — Aquela pobre... criatura. — Cate confirmou com a cabeça, solenemente. Se fosse entrar em detalhes, Blythe realmente *tropeçara* por cima do filhote, que estava correndo em círculos na calçada, perseguindo o próprio rabo. Mas Cate poderia ter jurado que viu a plataforma de Blythe acertando o cachorrinho na cabeça.

Cate virou na rua 82, e num pulo subiu um degrau da porta de casa. Ela havia passado metade do verão deitada no terraço com Blythe, planejando como seria o nono ano. Elas deveriam pegar um trem para visitar Veena, a irmã de Priya, em Yale. Deveriam passar as noites de sábado na piscina aquecida de Sophie, e as manhãs de domingo fazendo a coreografia para o show de talentos da Ashton. Cate deveria estar com as Chi Beta Phi, mas Blythe a traíra. Todos os momentos em que conversaram, todos os abraços, todas as risadas: era tudo mentira. De agora em diante, a sorte estava lançada. — E isso é nojento, mas uma vez ela passou uma semana inteira sem escovar os dentes.

Cate parou na frente de casa e ficou olhando enquanto Eli balançava a cabeça com repulsa. Talvez Sophie tivesse feito um desafio, dizendo que Blythe não deveria escovar os dentes, mas esse era só um detalhe *mínimo*.

— A propósito — disse ainda Cate, olhando fixamente nos olhos escuros de Eli. — Eu e minhas irmãs vamos dar uma festa amanhã à noite. Seria legal se você viesse.

Os lábios dele curvaram-se num sorriso.

— Vou aparecer, sim. — E depois Eli subiu correndo os degraus da entrada da casa dele, com as chaves tilintando nas mãos. Parou um pouco antes de entrar. — E obrigado por me avisar sobre Blythe.

— Imagina!

Cate apertou as mãos enquanto sumia dentro de casa. Amanhã, Eli estaria em *sua* casa, em *sua* festa, como *seu* acompanhante. Ficariam sentados sozinhos à luz de velas, e Cate mencionaria, ao acaso, como protagonizou *Annie* e *South Pacific*, e como fora presidente da classe por três anos seguidos. Faria uma piada sobre o time de basquete da Haverford, dizendo como todos, literalmente, adoravam fazer joguinhos. *Não sou esse tipo de cara*, Eli diria, com os perfeitos lábios cor-de-rosa chegando cada vez mais perto dos dela. Por fim, acabariam se beijando, sem se importar em parar até que a festa acabasse, até que, um a um, todos os convidados saíssem e todos, inclusive Blythe, tivessem ido embora.

Amigas não deixam que as amigas sejam chamadas de "lesma"

— Nunca vim aqui antes — disse Myra, olhando em volta do quinto andar da Saks, na 5ª Avenida. Havia um candelabro pendurado sobre a seção Elie Tahari, que iluminava três manequins com vestidos de noite. — É tão... *glamouroso*.

Os braços de Stella e de Myra estavam carregados com pilhas de suéteres Theory, vestidos Nanette Lepore e saias Marc Jacobs, como se estivessem competindo para ver quem conseguia carregar mais roupas de grife.

— Também nunca vim aqui antes — disse Stella. — Esse lugar me lembra a Harrods.

Stella apertou as roupas junto ao peito, pensando no balcão de doces da imensa loja de departamentos londrina, que ficava cheio de corações de chocolate amargo, balas de caramelo e pretzels com cobertura de iogurte. Às vezes, ela passava meia hora lá dentro só tentando escolher trufas.

As duas se aproximaram dos racks com vestidos Diane von Furstenberg, e Stella descansou sua pilha de roupas em cima do balcão da caixa registradora. Atrás dele, uma mulher com lábios exageradamente delineados estava de costas, tentando, disfarçadamente, tirar um pedaço de molho *pesto* preso nos dentes.

— Ah, olá! — gritou ela um pouco alto demais, dando-se conta de repente da presença de Myra e Stella. A mulher foi então registrando os preços dos itens, um por um.

E naquele exato momento o celular de Stella deu sinal de vida.

— Quem é? — quis saber Myra, tentando dar uma espiada no nome que aparecia na tela, mas Stella puxou o celular para perto de si enquanto lia a mensagem.

CATE: E AÍ?! ?! ?! COMO ESTÁ INDO A TRANSFORMAÇÃO?! ?! ?! KD AS FOTOS?! ?! ?

— É Cate... Ela está animada porque você é nossa Mu — mentiu Stella.

Em segredo havia tirado uma foto de Myra depois do novo corte de cabelo e outra quando ela saiu do vestiário com o vestido-blusa azul-marinho Marc Jacobs. Contudo, acabou não conseguindo realmente enviá-las a Cate porque não queria que ela fizesse julgamentos com base em algumas imagens pixeladas de celular: havia muita coisa em jogo. Myra sabia que elas tinham de ficar prontas para a festa do dia seguinte, mas não sabia que, se ela não estivesse pronta... estaria fora da irmandade. E Stella ouviria, pelos próximos dez anos de sua vida, como tinha arruinado a Chi Sigma.

Myra deu risada.

— Nunca achei que seria amiga de Cate Sloane. Nunca.

Sempre que ela sorria, os olhos castanhos ficavam momentaneamente com ruguinhas nos cantos.

Stella fez um grande esforço para sorrir. Tecnicamente, elas não eram amigas... *ainda*. Ela imaginou Cate andando em círculos em volta de Myra, avaliando-a como se fosse uma antiguidade da Sotheby. Cate inspecionaria as cutículas da garota e olharia o cabelo em busca de pontas duplas, tentando decidir se Stella tinha feito uma transformação boa o bastante.

Enquanto a vendedora registrava o último vestido Diane von Furstenberg, Stella deslizou seu AmEx gold sobre o balcão.

— O total é...

— Espere — interrompeu alguém.

Stella virou-se e viu Blythe, com Sophie e Priya paradas bem perto, atrás dela, todas ainda vestindo as saias cinza do uniforme. Blythe fixou os olhos, também cinza, em Stella enquanto jogava um punhado de pacotes de plástico sobre o balcão.

— Você se esqueceu *disto daqui.*

Em cada um dos pacotes coloridos, dava para ver uma tanga de malha brilhante. Stella ficou paralisada, sentindo como se tivesse engolido uma bola de boliche. Ela não via o rosto de Cloud McClean desde o ano passado, quando Lola, sem querer, assistiu ao clipe de "Love Cancer" na MTV. Mas ali estava Cloud, piscando para ela da foto na frente de cada uma das embalagens, com o cabelo de um loiro branco preso de um jeito sensual.

— Você queria isso? — perguntou a vendedora, erguendo uma das tangas na cor fúcsia.

Stella ficou encarando o pacote. Cloud McClean: a Cloud McClean que usava collant, defensora das tangas reluzentes, ladra de pais... Essa mulher havia surgido na vida de Stella como uma granada no ano passado, destruindo sua família. Toda vez que Stella se sentia livre, capaz de esquecer, Cloud aparecia. Não tinha como fugir dela, nem mesmo em Nova York, numa loja de departamento há milhas de distância de Londres.

Myra tirou a tanga das mãos da mulher e colocou as restantes nos braços. Seu rosto estava contorcido, furioso, como se alguém tivesse acabado de pisar no rabo de Pitágoras só por diversão.

— De jeito nenhum! — disse Myra com raiva. — Isto daqui é feito por lixo, para lixo. A única pessoa que vai comprálas é *você*! — Myra jogou as tangas nos braços de Blythe.

O rosto de Blythe ficou num tom de rosa profundo.

— Tanto faz... Lesma — murmurou ela, obviamente desconcertada. Blythe girou nos calcanhares dos sapatos Tory Burch. Jogou as tangas reluzentes numa mesa da Theory, derrubando com isso uma enorme pilha de suéteres azul-bebê.

Stella agarrou Myra pelo braço. Ela nunca tinha visto Blythe ficar sem fala antes.

— Obrigada — murmurou ela enquanto a vendedora passava seu cartão.

As duas ficaram olhando enquanto Blythe e as Beta Sigma Phi sumiam de vista, descendo as escadas rolantes.

— Não tem de quê — disse Myra. — Eu sei como é ser provocada.

De repente Stella sentiu uma necessidade urgente de pedir desculpas a ela... por tudo. Pode até ser que nunca tivesse chamado Myra de "Cara de Lesma" na frente dela, mas definitivamente dera risada quando outras pessoas faziam isso. Passara tanto tempo encarando o bigode branco de Myra, ou revirando os olhos ao ver o chaveiro dela onde estava escrito BEBIDA E DERIVAÇÃO NÃO COMBINAM, que nunca tinha percebido como Myra era divertida... e realmente legal. Enquanto todas as outras garotas da Ashton Prep tratavam Stella como se fosse lixo tóxico, Myra sentou-se a seu lado na hora do almoço e ficou feliz em ser sua parceira de laboratório.

Myra deu o braço a Stella e disse:

— Vamos. — Elas desceram as escadas rolantes, com as sacolas de compras balançando nos braços. — Tenho de me preparar para meu primeiro desfile de moda.

— *Voilà*! — disse Myra, abrindo de forma dramática a porta do closet de Stella. O cabelo loiro estava preso atrás das orelhas, deixando expostas duas argolas achatadas de ouro. O vestido envelope azul Diane von Furstenberg parecia ter sido feito sob medida para a estrutura mignon dela. Quando Myra deu uma voltinha, parecia mais bonita que Blythe, mais bonita que qualquer uma das garotas que tinham rido dela na Ashton Prep.

— Você está maravilhosa! — gritou Stella.

Myra deu uma volta e sua saia rodopiou, deixando à mostra as meias 3/4 nas cores do arco-íris. Os olhos de Stella pararam nos dedos dos pés de Myra, cada um deles enfiado num dedo colorido da meia.

— Ah — Myra seguiu o olhar contemplativo de Stella. — Acho que eu deveria jogar essas meias fora...

— Não — disse Stella, balançando a cabeça e sorrindo. Ela não podia mandar Myra se livrar das meias. Seria como falar para Cindy Crawford se livrar de sua pinta. — Definitivamente não. Elas são tão... *sua cara*.

— Bem, talvez eu vá usá-las sob minhas novas calças jeans de agora em diante. — Myra abriu um sorriso para seu reflexo no espelho de corpo inteiro na porta de Stella. — Ah, minha nossa! Os Atletas da Matemática vão morrer quando me virem!

Stella deu risada, visualizando Myra em meio a um enxame de caras segurando transferidores e blocos de papel quadriculado. E então, alguém bateu à porta. Stella abriu só um pouquinho.

Cate estava parada no corredor, e parecia prestes a arrombar a porta.

— Hum... lembra-se de mim? — disse ela, sibilando. — O que aconteceu? Onde ela está?

Stella olhou de relance para trás, para Myra, que estava em pé no meio do quarto, alisando com a mão o cabelo loiro curto. Estava tão pronta quanto sempre estivera.

— Apresento a você... Myra Granberry: nossa Mu!

Stella escancarou a porta.

— Oi — disse Myra com timidez.

Cate inspirou fundo, sentindo como se tivesse ficado presa debaixo d'água e só agora viesse à tona respirar. Stella estava certa. Myra *fazia o tipo* das Chi Sigma; ela só precisava de um pouquinho de ajuda. A pele pálida era impecável, e as maçãs do rosto estavam com uma leve coloração rosa-claro do blush. Agora que haviam transformado a garota numa clone de Chlöe Sevigny, não havia nada que a Chi Sigma não fosse capaz de fazer.

— Você está maravilhosa! — gritou Cate.

O rosto de Myra abriu-se num sorriso. Cate colocou as mãos nos quadris e analisou a garota uma última vez.

— Bem-vinda à Chi Sigma, Lesma!

Stella viu quando a expressão animada no rosto de Myra se foi, e os olhos castanhos perderam o brilho repentinamente. Era a mesma expressão que ela vira no rosto de Myra naquele dia no anfiteatro, quando Cate tirou sarro de seus pelos faciais.

— Cate — disse ela entredentes. — Posso falar com você lá fora um minutinho?

— Que foi? — Cate deu de ombros, e o cabelo castanho-escuro caía em seu rosto.

Stella puxou Cate para o corredor, fechando a porta depois de saírem do quarto.

— Se Myra vai fazer parte da Chi Sigma, você não pode continuar agindo assim.

— Assim como? — Cate ficou com o olhar fixo no teto, como se estivesse procurando pela resposta em algum lugar além das sancas da casa.

— Corta essa de ficar zoando com ela com isso de "Cara de Lesma"... Não é mais pra ficar chamando a garota de feiosa e boba. Ela é uma de nós agora.

Stella colocou as mãos nos quadris. Mesmo que ela e Cate fossem originalmente as criadoras da irmandade, precisava haver regras de conduta. Ela não tinha feito aquela transformação em Myra para que Cate a torturasse durante o resto do ano.

Cate ficou mexendo na unha pintada de vermelho.

— Está bem. Mas só me faça um favor. Tenha certeza de que ela não vai ficar falando sem parar de plano cartesiano na festa amanhã. Não quero que ela me faça passar vergonha na frente de Eli.

E então Cate desceu a estreita escadaria.

— Ela não vai fazer isso — disse Stella. — Você vai me agradecer!

Stella esgueirou-se de volta para dentro do quarto. Myra estava sentada na beirada da cama queen size de Stella, batendo os calcanhares no suporte preto para os pés.

— Myra, sinto muito. Ela não falou aquilo a sério.

— Tudo bem — murmurou Myra, mas Stella sabia que não estava tudo bem. A testa de Myra estava franzida. Ela estava concentrada, ao que parecia, em um grande esforço para não chorar.

Não, pensou Stella. *Não chore!* Ela queria dizer a Myra que Cate era dura com todo mundo. Cate tinha dito a Lola que ela precisava engordar uns 13 quilos, que Andie precisava tomar hormônios de crescimento e, toda vez que olhava para Heath Bar, Cate sentia repulsa e o chamava de "coisa com obesidade mórbida". Stella queria dizer a Myra que na semana anterior *ela mesma* estava sendo insultada por Cate Sloane, que tinha feito de tudo contra ela, menos mandá-la de volta para Londres. Para sobreviver à amizade com Cate, havia uma regra a ser seguida: Não levar nada para o lado pessoal.

— Não ligue para Cate. Ela só é um pouco... temperamental — disse Stella, por fim. Talvez *temperamental* não fosse bem a palavra, mas Stella não queria que Myra pensasse que Cate era uma pessoa horrível. Elas ainda tinham de ser amigas. — Agora eu tenho mais uma surpresa. Estava reservando isso para a festa, mas... — Ela entrou em seu closet, fazendo um gesto para que Myra a seguisse, e puxou da prateleira superior uma caixa da Saks. — Isto é para você.

Myra colocou o cabelo atrás da orelha e olhava fixamente para a caixa preto e branca, enrolada com um laço de seda vermelha.

— Pra mim? — perguntou, arregalando os olhos castanhos.

— Achei que você pudesse gostar. — Stella abriu um largo sorriso, dando um apertozinho de leve no ombro de Myra.

Myra abriu a caixa e segurou no ar a bolsa Marc Jacobs como se fosse um troféu.

— Tem as minhas iniciais na bolsa! — gritou ela, passando rapidamente os dedos sobre as letras *M.G.* Enquanto Myra estava experimentando sutiãs novos, Stella tinha escolhido a bolsa hobo e mandara gravar em relevo as iniciais de Myra. Era a alternativa perfeita para a mochila L.L. Bean que usava.

— Ah, minha nossa! — Myra jogou os braços em volta de Stella, puxando-a num abraço. — Essa é a coisa mais legal que alguém já fez por mim!

Stella esperava que ela estivesse exagerando, mas vendo Myra a abraçar com tanta força, teve a desconfortável sensação de que a garota não estava exagerando. Nas últimas três horas, o celular de Myra não tinha tocado nenhuma vez. Ninguém havia nem enviado sequer uma mensagem de texto para saber onde ela estava ou quais seriam seus planos para a noite de sexta-feira. Na hora do almoço, Stella sempre via Myra do outro lado do refeitório, enquanto ela ficava sentada sozinha, lendo uma cópia surrada de *A República*, de Platão. Era como se Myra tivesse passado anos na Ashton Prep como um fantasma, vagando pelos corredores, sem amigos, visível apenas para os professores, os Atletas da Matemática e para qualquer um que estivesse em busca de alguém para atormentar.

— Você merece — disse Stella, sorrindo. — Você é uma boa amiga.

Stella lembrou-se do rosto complacente de Blythe, e das tangas brilhantes, e de como Myra a tinha defendido prontamente, sendo mais legal que um cão de guarda. De todas as coisas que ela disse a Myra naquela tarde, *você fica ótima de vermelho, a sombra verde realça seus olhos, você deveria sempre usar brincos*, essa era a mais verdadeira.

PARA: CSMGuestList@gmail.com
DE: Cate Sloane
CC: Stella Childs
DATA: Sexta-feira, 5h33
ASSUNTO: Festa para apresentação da Mu da Chi Sigma Mu

Vocês observaram. Esperaram.
Vocês se perguntaram.

E agora... não vão acreditar
no que verão.

Juntem-se à irmandade mais incrível da
Ashton Prep para a apresentação
da terceira garota em nossa irmandade:

Myra Granberry

Festa de apresentação da Mu da
Chi Sigma Mu
Neste sábado, às 20h
Na casa dos Sloane
Número 50 da rua 82
Serviremos as bebidas.
Esteja lá ou morra de inveja.

O cheiro do sucesso

Na sexta-feira à noite, o garçom no Tao colocou uma tigela de sopa de milho com caranguejo na frente de Lola, tentando, com a outra mão, discretamente, tampar o nariz. Lola afundou ainda mais na cadeira, olhando ao redor, para as irmãs e a avó que também estavam à mesa, para ver se alguém tinha notado isso. A última coisa que queria era ir a algum lugar público, mas a avó havia insistido em levá-las para jantar fora. Naquela tarde, um táxi havia jogado uma sujeira verde-elétrico direto da sarjeta para cima dela. A princípio, se convencera de que isso tornaria a sessão de fotos da "sarjeta" mais autêntica, mas quatro horas depois, Lola estava cheirando a uma mistura fétida de terebintina e pepperoni velho.

Lola puxou o moletom até bem perto do pescoço. Ela havia tentado disfarçar o fedor usando um recém-lavado agasalho com capuz da Gap, mas parecia que qualquer pessoa que chegasse a um raio de 30 centímetros dela precisava usar uma máscara de gás.

Na outra ponta da mesa, Margot arrumou o aparelho auditivo (que era do tamanho de uma ervilha) e deu uma piscadinha para Lola. Ela havia assinado o formulário de liberação para a sessão de fotos com Gunther Gunta, insistindo que Emma ficaria animadíssima com o fato de Lola trabalhar como modelo. No entanto, quando sua mãe ligara ontem do Taiti, e Lola tentara contar a ela sobre isso, a conexão, que estava ruim, ficava caindo o tempo todo. Lola imaginou que a mãe devia estar numa praia em algum lugar com Winston, bebericando drinques com aqueles guarda-chuvinhas bobos. Ela queria que a mãe fosse feliz, queria de verdade, mas desejava que ela estivesse em Nova York. Precisava dela *ali*, para lhe contar coisas da época em que fora modelo na Atlantic Ocean em janeiro, ou sobre quando teve de andar pela passarela usando um vestido de gala de couro de jacaré, com o rosto pintado de verde-neon. A mãe seria a única pessoa capaz de entendê-la.

— Tin-tin! — disse Margot para as meninas quase assobiando, erguendo o dirty martini. — Ao meu encontro com Walter Hodgeworth. — Ela tomou um gole generoso do líquido turvo.

Stella expirou fundo, não se dando nem ao trabalho de erguer o copo de Diet Coke. Era ruim o suficiente que a avó usasse calça de couro para um jantar, mesmo tendo um sério caso de bumbum quadrado. Mas agora ela passara meia hora falando sem parar sobre o "físico jovial" de Walter. Stella olhou de relance ao redor do restaurante lotado, analisando uma estátua de quase dois metros que se agigantava sobre uma piscina reflexiva com carpas vivas. Em duas mesas mais além, um grupo que tentava ser como as personagens de *Sex and the City* discutia sobre as aventuras em um tom um pouco alto demais.

Naquele exato momento, três garçons circundaram a mesa, colocando sobre a toalha pratos com costeletas de porco Dragon Tail e bolinhos de caranguejo tailandeses.

— Já recebi 31 respostas ao nosso convite — sussurrou Cate a Stella enquanto afundava o garfo no salmão mergulhado em gengibre e molho de soja. — Betsy Carmichael quer cobrir a transformação da Myra para o *Ashton News*. — Cate enfatizou o nome *Myra*, como se estivesse dizendo *Viu? Estou tentando.* — Ela até quer fazer uma entrevista exclusiva sobre minha separação das Chi Beta Phi.

Stella enfiou um dumpling de lagosta na boca e praticamente o engoliu inteiro. Ela mesma estava começando a passar por uma separação de seu grupo. Finalmente, Pippa e Bridget tinham enviado um e-mail, mas só para dizerem que Bridget fizera mechas nos cabelos ruivos, e que Pippa agora estava saindo com Robin Lawrence, que (há pouco tempo, na primavera passada) era alguém de quem *Stella* gostava. Elas haviam assinado o e-mail com um "Sentimos sua falta!", mesmo que não tivessem feito pergunta alguma sobre a escola nova, ou sobre Winston, e, na verdade, pergunta alguma sobre nada. As vidas das duas em Londres estavam indo de vento em popa sem Stella, e parecia que elas não estavam nem aí para ela.

—- Vimos Blythe na Saks hoje — mencionou Stella.

Mas Cate nem respondeu. Estava olhando para o prato com um ar de suspeita, com o nariz torcido, como se tivesse acabado de sentir cheiro de perfume barato.

— Acho que meu salmão está estragado.

Cate ergueu a mão delicada no ar, fazendo um sinal para o garçom.

Lola sentiu como se estivesse sentada numa saída de aquecedor. Do outro lado da mesa, Andie a encarava, com os olhos arregalados. Stella e Cate não sabiam sobre o lance com Gunther... e era melhor assim. A última coisa que Lola queria era que Cate ficasse listando todos os motivos pelos quais ela não estava qualificada para ser modelo, ou que Stella ficasse fofocando com a mãe delas da próxima vez em que Emma ligasse do Taiti. Lola queria ela mesma contar a novidade a sua mãe.

— Tenho certeza de que o salmão está excelente — insistiu Lola um pouco alto demais, mas o garçom já estava lá.

— O salmão está com um cheiro estranho — disse Cate, empurrando o peixe com o garfo e oferecendo o prato ao garçom, mas ele não o pegou.

Em vez disso, o garçom estreitou os olhos pequenos e brilhantes e voltou-os para Lola.

— Sinto muito — disse ele, balançando a cabeça. — Mas não é o salmão.

Lola puxou o capuz, tentando ocultar o fedor, mas Cate já estava se inclinando em sua direção, cheirando-a como faria com um potinho de iogurte cuja data de validade tivesse expirado.

— Lola, é *você*?

Na outra extremidade da mesa, Margot tentava mudar de assunto.

— Cheguei a falar que Walter correu numa maratona no ano passado? Ele é *muito* ativo. — Ela bateu de leve no cabelo loiro e duro.

— Lola — sibilou Stella, agarrando a irmã pelo braço e erguendo-o. — Você está cheirando a lata de lixo!

— Tudo bem, queridas, não vamos fazer uma cena aqui. Margot soltou uma risada que mostrava como estava se sentindo desconfortável. Na mesa ao lado da delas havia um casal na casa dos quarenta anos que olhava horrorizado enquanto Stella enfiava o nariz sob a axila de Lola.

— Você está mais *dirty* do que o martini de Margot — disse Cate. Stella deu uma risada alta e algumas pessoas em outras mesas se viraram para olhar na direção delas. — É melhor que você tome um banho antes de amanhã, porque não vou querer que fique espalhando seu fedor pela minha — ela olhou de relance para Margot — *casa.*

Lola torceu o nariz quando se afastou da mesa. Ela sabia que Cate estava falando da maldita festa, só não se importava mais. Kyle estava on-line mais cedo, mas quando perguntou a ele se realmente iria à festa no dia seguinte, ele tinha desconectado. Ela visualizou Kyle aninhado num sofá de dois lugares, assistindo a *Harry Potter e o cálice de fogo* com a Garota Imaginária, abraçando-a forte durante a parte mais assustadora do filme, quando Harry está no cemitério com Voldemort. *Amo seu cheiro*, ele sussurraria, inspirando o perfume Clinique Happy.

Andie ficou observando os olhos de Lola se encherem de lágrimas. Também havia notado o cheiro podre, mas sabia que era melhor não falar nada.

Na noite passada, Lola confessara que parte da sessão de fotos de Gunther Gunta envolvia não tomar banho. Enquanto Andie lavava o rosto, Lola ficou a um metro de distância da pia, como se fosse a Bruxa Malvada do Oeste prestes a derreter se uma gota de água a atingisse.

— Ela não pode tomar banho — disse ela por fim, incapaz de aguentar mais aquela situação. Talvez Lola não quisesse contar, mas a única forma de fazer com que Cate calasse a boca seria impressionando-a. — Porque *Gunther Gunta* mandou... Já ouviram falar nele? Lola vai posar como modelo para o cara amanhã. — Ela olhou de relance para Lola e sorriu.

Cate apontou um dedo na direção do rosto de Lola.

— *Você* vai ser modelo de *Gunther Gunta*?

— Sim — disse Andie com orgulho, respondendo a pergunta no lugar de Lola.

Lola sentou-se mais ereta em seu lugar. Mesmo que estivesse cheirando a uma caixa de areia de gato, havia algo gratificante na reação de Cate. Só pelo fato de haver uma reação em si. Cate só falava com Lola para reclamar de Heath Bar vomitando pedaços de Fancy Feast em sua nova bolsa Botkier. Quando ficavam na cozinha juntas, ou no gabinete (ou em qualquer lugar que fosse), Cate mal dizia uma palavra, movendo-se ao redor de Lola como se ela nem estivesse lá.

— Uau, Lola — disse Stella baixinho. — Por que você não me contou?

— Por favor, não diga nada à nossa mãe — sussurrou Lola para Stella. — Quero que seja uma surpresa.

Na semana anterior, Emma tinha passado tanto tempo planejando a festa de casamento que Lola mal a tinha visto. Ela cresceu tendo a mãe sempre ocupada com o trabalho, mas agora era ainda pior. Emma tinha um novo contrato com a Ralph Lauren, um novo marido e duas novas filhas. Lola mal podia esperar para que Emma voltasse da lua de mel, e pudessem ficar sozinhas. Ela mostraria à mãe as fotos da sessão com Gunther e elas conversariam sobre ele e seu sotaque imbecil. Talvez elas até aparecessem em outdoors da Ralph Lauren juntas: como modelos, mãe e filha.

Stella tampou o nariz com os dedos enquanto colocava um dumpling de lagosta na boca.

— Ah, ela vai ficar surpresa. — A voz dela saía como se estivesse resfriada. — Mas você tem de tomar um banho, ou vamos colocá-la de quarentena.

— Vamos só comer, OK? — disse Andie, dando uma mordida nas costeletas que tinham sobrado em seu prato. Cate revirou os olhos, em sinal de protesto, mas por fim todas voltaram a saborear o jantar.

Lola expirou fundo, sentindo-se aliviada. Ela não se importava que Cate a chamasse de Diva do Lixo, ou que Stella a forçasse a usar uma roupa de proteção contra riscos biológicos para andar pela casa. Não importava. Só a opinião de uma pessoa contava: Gunther Gunta. E amanhã, com a ajuda dele, ela seria uma top model.

Tarde naquela noite, Lola estava se revirando sob as cobertas, pois não conseguia dormir. Quando entrara em seu quarto depois do jantar, Heath Bar tinha bufado para ela e corrido para se enfiar debaixo da cama, como se ela fosse uma ladra invadindo a casa. Uma ladra sem qualquer noção de higiene pessoal. O fedor agora tinha se somado a um leve odor de frutos do mar, provavelmente um efeito colateral da sopa de milho com caranguejo. Era tão terrível que ela havia tentado colocar plugues de ouvido no nariz, mas eles ficavam caindo.

Lola ficou rolando de um lado para o outro na cama, e por fim tirou sua toca de banho. Tinha esperanças de que ao usá-la fosse manter as fronhas limpas, mas agora as raízes dos cabelos estavam escorregadias por causa do suor. Sua perna coçava tanto quanto da vez em que foi queimada por uma água-viva em Mykonos.

Naaadaaa de baaaaanho. A voz de Gunther ecoava em sua cabeça. *Unida à sarjeeeta.* Ela enfiou as unhas em sua panturrilha e coçou o lugar, mas ficou ainda pior. Acendeu a luz do abajur na mesa de cabeceira e foi ao banheiro. Ficou com o olhar fixo na banheira que tinha pés em forma de garras. Poderia só lavar a perna e voltar para a cama. Só a perna. Gunther não seria capaz de dizer que sua panturrilha estava menos "imunda" que todo o resto de seu corpo.

Lola abriu a torneira e entrou na banheira, puxando as pernas da calça do pijama até os joelhos. A água morna corria pelas suas canelas. Ela cobriu as mãos de espuma, sentindo o cheiro doce do sabonete líquido corporal de melão e pepino da Bath & Body Works. *Nada de baaaaanho!*, dizia a voz dele de novo em sua mente. Ela visualizou Gunther Gunta de braços cruzados sobre aquela barriga roliça, encarando-a com desaprovação através das grossas lentes dos óculos. *Unida à sarjeeeta!!*

Ela sabia que não deveria... Não podia. Mas o cheiro do sabonete líquido corporal era tão convidativo, e a água morna tinha um efeito tão bom sobre a pele. Tirou o pijama e jogou-o no chão. Com um rápido giro da torneira, a água do chuveiro começou a sair, enxaguando a nojenta água verde de sarjeta, tirando o cheiro da sopa de caranguejo e o fedor horrível que a acompanhara o dia inteiro. *Eu dizee para não tomar baaaanho!*, sibilava a voz dele em sua cabeça. Mas Lola ignorou-a quando sentiu o aroma fresco do xampu de alecrim e menta da Aveda de Andie. Tomar banho era *tão* bom! Amanhã, antes da sessão de fotos, só precisaria arrumar um jeito de ficar *unida à sarjeeeta.*

PARA: Cindy Ng
DE: Andie Sloane
DATA: Sábado, 21h46
ASSUNTO: Festa hoje à noite...

Huumm... novos acontecimentos em relação a Lola. Eu ia contar a ela sobre Kyle, ia mesmo, mas então ela falou para Clay aparecer hoje na festa... como meu namorado. Então não posso voltar atrás em relação ao convite agora.

Você pode, por favor (é sério, estou te implorando, por favor) distrair Lola quando Kyle chegar aqui? Clay tem de sair para o show do Ludacris com Brandon. Você só teria de manter Lola no quarto dela durante uma hora mais ou menos enquanto eu fico um tempo com Kyle.

Andie

PARA: Andie Sloane
DE: Cindy Ng
DATA: Sábado, 23h08
ASSUNTO: Re: Festa hoje à noite...

Putz, acabei de acordar e parece que fui atropelada por um ônibus. Meu nariz está entupido, estou com uma tosse horrível e, ainda por cima, fico tonta sempre que me levanto rápido demais. Se você precisar que eu vá à festa, eu vou, mas pode ser que tenha de me arrastar de um lado para o outro numa cadeira de rodas.

bjbjbj
Cindy

PS: Ainda acho que você está dando uma de louca. É só contar pra ela a verdade!

Festejar é uma doce tristeza

Stella desceu as escadas pulando, saltando degrau sim, degrau não. Ela deveria se encontrar com Myra na Bliss, para fazerem as mãos e os pés, e estava atrasada. Na noite passada, depois do jantar, ela passou uma hora na Barneys, escolhendo um par de *talonnettes* que combinassem com o novo vestido de Myra. Enquanto dava voltas na seção de sapatos pela quarta vez, tentando decidir se Myra acharia cafona um par de Manolo Blahniks de penas, se deu conta de que Myra não tinha nem mesmo *usado* sapatos de salto antes. Ela era o completo oposto de qualquer garota de quem Stella já tinha sido amiga, e, no fim das contas, aquilo era uma coisa muito boa.

Depois do e-mail que recebera de Bridget e Pippa, Stella não conseguia parar de pensar na "amizade" delas. Quando os tabloides publicaram uma foto da mãe de Stella chorando depois do divórcio, ela passou uma semana inteira no quarto de Bridget e ficou furiosa só de ver aquela mesma revista debaixo da cama da amiga. Quando quebrou o braço no rinque de patinação no gelo do Kew Gardens, Lola foi a única que correu para buscar ajuda. Pippa e Bridget só ficaram lá paradas, entre risinhos, convencidas de que Stella estava de onda. Agora continuava revendo em sua mente aqueles momentos na Saks, com Blythe, e imaginando o que Pippa e Bridget teriam dito se *elas estivessem* lá. A única resposta que vinha à mente de Stella era... as duas não teriam dito nada.

Stella virou no corredor e correu na direção da ampla escadaria de mogno.

— Timing perfeito! — Ouviu Cate dizer quando surgiu do gabinete. — Consegue ficar pronta em dez minutos? — Ela olhou de relance para o caderno que Cate tinha em mãos. — Precisamos ir ao Dylan's Candy Bar para comprar os M&M's, e eu quero fazer um banner com os dizeres "Chi Sigma Mu". Depois, pensei em comprar algumas câmeras Polaroid para que todo mundo possa tirar fotos. O que me faz lembrar de que... vamos precisar de um lugar onde as pessoas possam pendurá-las... — A voz dela foi sumindo enquanto escrevia algo no caderno. — Talvez um quadro de cortiça ou algo do gênero? Isso é muito tosco? — Cate ficou mascando a ponta do lápis e encarando Stella.

— Parece... uma ótima ideia! — disse Stella por fim, e olhou de relance para baixo, para a caixa de sapatos que tinha em mãos. — Mas fiz planos pra hoje com Myra. Deveria ter ido me encontrar com ela há cinco minutos.

Stella achou que ela e Cate tinham um acordo não declarado: Stella prepararia Myra para a festa, e Cate faria todo o resto. Dividir e conquistar.

— Myra? — disse Cate, irritada. — Eu falei pra você. Ela está incrível. Seu trabalho foi ótimo. Agora temos coisas mais importantes a fazer.

Cate enfiou a unha do polegar no lápis, sentindo a madeira ceder. O propósito da Chi Sigma Mu era permitir que ela tivesse um novo grupo de amigas: duas pessoas que a acalmassem antes de apresentações musicais, ou que lhe dissessem quando estivesse sendo malvada demais com Andie. Pessoas que ficariam ao seu lado quando Blythe, Sophie e Priya passassem no corredor, encarando-a da cabeça aos pés como se ela fosse uma espécie de delinquente juvenil em condicional. Ela não fundou a irmandade para planejar festas sozinha.

— Cancele. — Stella encolheu-se, como se para dizer que aquela opção não era possível. — Ou convide-a para vir com a gente. Seja como for, *preciso* de você.

Stella imaginou a cena: Myra esperando-a no saguão da Bliss, nervosa, olhando para o celular. Elas tinham ficado tão ocupadas com a transformação que Stella decidira que hoje seria o dia em que elas simplesmente relaxariam. Myra faria seu primeiro pedicure, e elas tomariam o *brunch* na Sarabeth's, o restaurante aconchegante pelo qual Stella sempre passava na Madison Avenue, e que cheirava a panquecas. Stella planejava conversar com Myra sobre Bridget e Pippa, e talvez até mesmo falar com ela sobre Cate, que era bem capaz de chamar Myra de Lesma de novo, ou de ficar olhando obsessivamente para o lábio superior da garota, como se ela tivesse plantado feijões ali e Cate estivesse esperando os primeiros sinais de crescimento dos brotos. Tira-se a garota da Chi Beta Phi, mas não a Chi Beta Phi da garota. — Prometi a ela que estaria lá — disse, devagar, Stella.

Cate ficou paralisada.

— Você está falando sério? — perguntou.

— Vou ajudar você hoje à tarde. Juro! — Stella ofereceu a Cate um leve sorriso. Se quisesse ter alguma chance de chegar a tempo na pedicure, tinha de sair agora. Desceu as escadas, olhando de relance para Cate, por cima do ombro. — Volto logo. Não é grande coisa. — Mas enquanto ela passava correndo pelo vestíbulo, e porta afora, não conseguia se livrar da sensação de que, para Cate, aquilo era sim, grande coisa.

Só de estar no Dylan's Candy Bar, Cate ficou com dor no estômago. Havia gigantescos pirulitos de plástico empilhados até o teto, cadeiras de bar projetadas de forma que parecessem balas de menta e todas as paredes estavam cobertas de arco-íris de jujubas, ursinhos de gelatina e M&M's. Cate *odiava* doces. Odiava bolo de chocolate, cookies de aveia com uvas-passas, balas de limão e qualquer outra coisa que tivesse açúcar. E agorinha mesmo ela odiava Stella por fazer com que ela tivesse ido ali sozinha, naquele covil de Willy Wonka.

Depois que Stella saiu para ir até a Bliss, Cate tinha ficado sentada no gabinete, sentindo-se mais rejeitada que um *cross-dresser* desafinado no *American Idol*. Ela reviu a lista do que precisava fazer e tentou traçar uma estimativa de quanto tempo, exatamente, demoraria para Stella chegar lá, fazer as unhas dos pés e das mãos e voltar. Porém, depois de passadas duas horas e zero mensagens de texto, finalmente Cate desistiu e saiu. Os M&M's não seriam customizados sozinhos.

Cate estava parada no final de uma longa fila de turistas, cujos braços estavam repletos de pilhas de barras de chocolates recheadas, tubos de Disney Pez, e latas de bolinhas de chocolate recheadas. Uma garotinha vestindo uma blusa onde se lia, em letras brilhantes, DIVA, chupava um pirulito espiralado com as cores do arco-íris do tamanho da cabeça dela. Cate desviou o olhar, tomada pela repulsa ao ver a boca da menina cheia de gosma azul. Foi nesse momento que ela as viu. No canto da parte de trás da loja, comendo sundaes a uma mesa perto da janela. Lá estavam elas: Blythe, Priya e Sophie. Estavam rindo.

Sophie puxou a colher de plástico para trás e mirou, como se estivesse prestes a lançar um pouco de sorvete de chocolate bem na cara de Blythe.

— Não se atreva, Sophie! — disse Blythe num silvo, tão alto que as pessoas na mesa ao lado se viraram para olhar.

Cate tentou se esconder atrás de uma gôndola giratória com barras de chocolate recheadas. Já era ruim o bastante ela ter descido a 3ª Avenida sozinha... A última coisa de que precisava era as Beta Sigma Phi ficarem sabendo disso.

— Joga! — gritou Priya, encorajando Sophie.

Blythe estava sorrindo quando afastou a cadeira da mesa.

— Juro, Sophie. É melhor você não fazer isso.

Cate ficou olhando com saudades para a cadeira vazia ao lado delas. Fazia apenas poucas semanas que era Cate quem Sophie estava perseguindo com um copo de Crystal Light, ameaçando despejar o conteúdo em sua cabeça. Uma vez Sophie esperou por ela debaixo da própria cama de Cate durante uma hora inteirinha, apenas para deixá-la assustadíssima ao pegar seus tornozelos. A imaturidade de Sophie sempre pareceu essa coisa irritante que Cate precisava tolerar, mas agora sentia muita falta disso. Era algo que tornava tudo (as festas do pijama, o *brunch* e até a aula de ginástica) mais divertido.

Por fim, Sophie virou a colher em sua própria direção, jogando o sorvete dentro da boca. Enquanto limpava os lábios com um guardanapo, notou que Cate estava espiando por detrás da gôndola. Tanto Blythe quanto Priya seguiram seu olhar.

Cate pegou uma barra com cobertura de amendoim e ficou lendo as informações nutricionais do produto, sentindo-se como se tivesse acabado de ser flagrada espionando as meninas pela janela do quarto de Priya. Não importava mais que estivesse sozinha: elas já a tinham visto. E se ela não queria parecer uma versão sinistra de algum *voyeur*, precisava livrar sua cara agora.

Inspirou fundo e foi caminhando até a mesa à qual as meninas estavam sentadas.

— Imaginei que eram vocês quando as vi — disse ela, tentando soar animada. Descansou a mão no encosto da cadeira vazia. Mesmo tendo ficado vagando por aí sozinha a manhã inteira, Cate havia passado os últimos três anos no clube de teatro da Ashton. Atuar era algo que sabia fazer. — Eu estava comprando os doces para hoje à noite. Todo mundo está dizendo que nossa festa vai ser a festa do ano. Nem consigo acreditar em todos os e-mails que recebi. — Cate deu de ombros, tentando parecer entusiasmada.

— Por que *você* está comprando doces? — Blythe estreitou os olhos cinza ao encarar Cate. — Você odeia doces. Onde estão a Lesma e Stella? — Ela procurou ao redor da loja. Dois garotinhos estavam dopados de tanto açúcar e perseguiam um ao outro pela seção de chocolates.

Cate engoliu em seco. Quando era amiga das Chi Beta Phi, sabiam onde cada uma estava o tempo todo. Priya mandou mensagens de texto em massa quando quebrou o pé no treino de ginástica e teve de ir ao pronto-socorro do St. Vincent. Sophie escrevia e-mails regularmente dos Hamptons no último verão, reclamando dos carteados da avó, coisas como *bridge* e *pinochle*.

E Blythe e Cate viviam em contato direto. Quando não estavam juntas, ligavam uma para a outra três vezes ao dia para se consultar sobre compras na Barneys ou fofocar sobre o medo patológico de sujeira e germes de Eleanor Donner, ou para conversar sobre como o pai de Cate estava agindo como um aluno do sétimo ano sofrendo de paixonite aguda. Mas com Stella as coisas eram diferentes.

Stella e a Lesma (corrigindo... *Myra*) poderiam estar num voo de volta para Londres da British Airways a qualquer instante. Cate não fazia ideia. Às vezes parecia que Stella nem precisava dela.

— Há tanta coisa a ser feita para hoje à noite que tivemos de nos separar. Myra e Stella realmente não queriam, mas eu insisti.

— Bem, vamos esperar que Myra esteja à altura da festa. — Priya enfiou a colher na banana split. — Em nossa espiadinha de ontem na prévia, ela ainda deixava muito a desejar.

— Ela estará, sim — disse Cate. — Não se preocupem.

Cate ficou ali parada por um bom tempo, tentando se lembrar de que Blythe tinha saído com Eli na noite passada. *Seu* Eli. Disse a si mesma novamente que Priya e Sophie eram como ovelhas, que seguiam qualquer uma que fosse a líder. Elas três *não* eram mais suas amigas: eram um peso morto.

— Isso é tudo? — perguntou Blythe, que olhou de relance para as mãos de Cate, ainda segurando o encosto da cadeira vazia.

— Não — disse Cate com raiva, deixando escapar. Ela se endireitou, procurando as palavras certas a dizer. Não deixaria Blythe Finley, viciada em bronzeamento artificial com spray, decidir quando a conversa tinha terminado. — Eu queria apresentar minhas condolências a vocês antes. Hoje à noite será o funeral da Beta Sigma Phi.

Ela viu quando a expressão no rosto de Blythe endureceu. Priya jogou a colher dentro do pote de sundae enquanto Sophie apertava uma mecha do cabelo castanho alisado. Com isso, Cate saiu em direção ao caixa. Havia algo de bem gratificante em ameaçar Blythe. Só gostaria de estar totalmente convencida do que disse.

No sábado à tarde, Stella bateu com os nós dos dedos na porta de Cate pela terceira vez, e ainda assim, ninguém respondeu. Por fim, empurrou e abriu a porta. Três vestidos Cynthia Rowley estavam jogados sobre a cama, com uma pilha que mais parecia uma torre de caixas de sapatos Jenga. Mas Cate não estava lá.

Stella pegou rapidamente o celular, enviou uma mensagem de texto para Cate e lembrou-se da expressão no rosto dela quando estava indo à Bliss, sentindo uma pontadinha de culpa. Os olhos azuis estavam arregalados, como os de um filhote de cachorro abandonado num cercado.

STELLA: ACABEI DE VOLTAR! ONDE ESTÁ VC? PRONTA PARA IR COMPRAR OS DOCES?

Ela se sentia como se fosse da CIA, enviando mensagens codificadas. A tradução seria: PRONTA PARA ME PERDOAR? Esperava que a resposta fosse "sim".

Stella estava tão animada quanto Cate, só não se preocupava com detalhes bobos como M&M's customizados e câmeras Polaroid. Ela e Cate já tinham os dois ingredientes de que toda boa festa precisava: uma mansão sem os pais e anfitriãs fabulosas. E, por causa do bom trabalho de Stella, agora havia *três* na irmandade delas.

Seu iPhone vibrou.

CATE: SALA DE ESTAR

Stella desceu pulando as escadas. Enquanto caminhava em direção à sala de estar, podia ouvir o som estridente de marcadores de texto na cartolina. Atrás do sofá, Cate estava terminando um banner da Chi Sigma Mu, completo, com as letras gregas e tudo. Havia minúsculos saquinhos cor-de-rosa empilhados à sua volta, onde se lia CHI SIGMA MU, e o rosto pálido estava tenso e vincado de preocupação.

— Olha quem decidiu vir ajudar. Você fechou a porta? Não podemos deixar que Margot veja isso.

Stella engoliu em seco, olhando para os sacos das lembrancinhas. Estava óbvio que Cate tinha começado o planejamento da festa sem ela.

— Estou pronta para ir ao Dylan's Candy Bar... — disse Stella com um fio de voz.

— Não se preocupe com isso — murmurou Cate. — Já fui lá. *E* peguei os cupcakes da Magnolia Bakery *e* as câmeras Polaroid *e* estou fazendo o banner. Tudo pronto.

Cate pressionou com força o marcador de texto magenta, pintando a parte de dentro do *U*. Não conseguia parar de pensar no que tinha acontecido no Dylan's Candy Bar, em como Blythe, Priya e Sophie, todas elas, pareciam felizes sem Cate. Mesmo que Blythe tivesse dado um golpe de Estado na semana passada, ela nunca teria trocado Cate por alguma atleta da matemática peluda.

Blythe esteve presente em todos os momentos da vida de Cate... Desde sempre. Quando Cate chorou em seu primeiro dia no jardim da infância, Blythe deu a ela sua Polly Pocket para brincar. Blythe foi a gerente de campanha da eleição de Cate no oitavo ano, e quando Cate viu Emma pela primeira vez, Blythe estava ao lado dela, apertando de leve sua mão duas vezes, para dizer a ela, em segredo, que tinha aprovado. Talvez Blythe tivesse competido com ela pela presidência da Chi Beta Phi e por Eli também... Mas quando eram amigas, realmente elas eram amigas.

— Cate — continuou a dizer Stella. — Sinto muito por hoje de manhã, mas eu tinha de ir me encontrar com Myra. Ela estava esperando por mim.

Cate levantou-se e apanhou a bolsa Balenciaga preta e branca do sofá.

— Você não tinha de fazer nada — disse ela impulsivamente. Seus profundos olhos azuis estavam úmidos. — Não consigo ouvir mais nenhuma palavra sobre você ser a melhor amiga de Myra Granberry. — Quando disse o nome de Myra, ela fez sinais de aspas no ar. — Tenho de ir até o Frédéric Fekkai para fazer meu cabelo, depois vou terminar de encher esses saquinhos de lembrancinhas e, ainda, pendurar aquele banner. Assim, quando Blythe, Priya e Sophie chegarem, pelo menos vai *parecer* que eu tenho amigas.

Cate jogou a bolsa sobre o ombro e foi em disparada para dentro do vestíbulo, com os tamancos Theory plataforma fazendo um som de estalido no chão de mármore.

— Cate! — gritou Stella, chamando-a, assim que ouviu a porta bater. — Você *tem* amigas!

Mas ela sabia a verdade. Havia ignorado a mensagem de texto de Cate ontem sobre a transformação de Myra e, quando ela estava na Bliss, olhando Myra se contorcer na cadeira enquanto a mulher fazia com que sentisse cócegas nos pés com uma pedra-pomes, Cate estava se virando para enfiar cinco caixas de cupcakes num táxi. Hoje à noite seria a chance de Cate exibir suas esplêndidas novas amigas para as Beta Sigma Phi, mas Stella e Myra tinham formado uma facção-de-duas-pessoas, sem ela.

Stella escalou o aparador, segurando o banner. Talvez ela *tivesse* ficado "fora da área de cobertura" nas últimas 24 horas. Pode ser que *não tivesse* ajudado Cate a tomar decisões quanto a comprarem M&M's cor-de-rosa ou roxos. Mas isso não importava. Quando a nova Myra aparecesse no vestido Diane von Furstenberg, as três teriam uma pista de dança na sala de estar ou ficariam sentadas à mesa da cozinha rindo do e-mail de Paige Mortimer para Cate: parecia uma petição, com cinco páginas, em que explicava, mais uma vez, os motivos pelos quais deveria ser a terceira garota da irmandade. Betsy Carmichael tiraria 1 milhão de fotos delas para o site do *Ashton News*, e no final da festa, Cate acharia um jeito de Myra soltar uns "Céus!" e "Ó Deus!" tão cativantes que desejaria comprar para si um par de meias 3/4 nas cores do arco-íris. No fim da noite, todos, inclusive Cate, finalmente veriam a Chi Sigma Mu pelo que realmente era: a melhor irmandade da Ashton Prep.

Gunther Gunta: homem. Mito. Totalmente maníaco.

Lola despejou a última gota de óleo na cabeça e ficou observando enquanto se espalhava pelo couro cabeludo. Ela correra pela casa de manhã, tentando achar qualquer coisa que fosse fazer com que parecesse "unida à sarjeeeta". Por fim decidiu usar um frasco de azeite, passando-o nas raízes.

— O que você acha, Heathy? — O gigantesco gato malhado estava aninhado no tapete de bolinhas do canto do banheiro. O animal abriu os olhos. — Eu sei — respondeu Lola, encarando o reflexo no espelho. — Ainda não estou suja o bastante.

O cabelo tinha assumido um tom esverdeado, e as raízes estavam tão oleosas que os fios ficavam uns dois centímetros afastados do couro cabeludo, mas a pele ainda parecia recém-lavada e não tinha o mesmo fedor de sarjeta de ontem. A sessão de fotos seria dentro de uma hora. Ela precisava pensar em alguma coisa... imediatamente.

Lola disparou escada acima e foi até o quarto da mãe. Emma tinha uma gaveta cheia de cosméticos, em sua maioria cestas de presentes que recebera da MAC, da Bobbi Brown e da Dior. Com um pouco de creme bronzeador debaixo dos olhos e uma "sujeira" de sombra cinza aqui e ali, Gunther acharia que ela havia passado os últimos dois dias numa fazendinha recreativa, fazendo carinho nos animais.

Fez uma pausa na entrada do banheiro e ficou olhando enquanto a avó contorcia o corpo como se fosse uma performista de circo, tentando cobrir com base as manchas de velhice nas costas.

— Lola! — disse ela assobiando, dando um pulo, surpresa. — Você quase me matou de susto! Seja boazinha e cubra aquela mancha nas minhas costas? Quero que Walter ache que estou com "sessenta-e-oito-sexy" e não "sessenta-e-oito-cheia-de-manchas-de-velhice".

Lola pegou a esponja de maquiagem da mão da avó.

— Vovó — disse ela, passando a base para apagar uma mancha marrom-escuro que tinha o formato da África. Margot abriu um sorriso para seu reflexo no espelho, desgrenhando o cabelo loiro e duro da neta. — Eu tomei um banho...

— Ah, meu amorzinho! Sabia que alguma coisa estava diferente. Não sinto aquele cheiro fétido de lixeira no ar. — Margot continuou com os olhos pregados em seu próprio reflexo no espelho, empurrando o minúsculo aparelho auditivo mais para dentro da cavidade auricular.

Lola abriu a gaveta de maquiagem da mãe, procurando algo freneticamente em meio a uma pilha de sombras com 15 tons diferentes de roxo.

— Mas, vovó... — Ela abriu outra gaveta, procurando o bronzeador. — Gunther vai ficar extremamente desapontado comigo. A sessão de fotos a que eu tenho que comparecer é daqui a pouco.

— Bobagem — disse Margot, virando-se para Lola. Ela despejou o conteúdo do frasco de base MAC na esponja. — Posso fazer você ficar com um ar chique de sarjeta. — Tendo dito isso, Margot começou a trabalhar no rosto de Lola, pressionando a base cor de nogueira nas cavidades das bochechas. Aplicou a base em pequenas quantidades sob os olhos dela, fazendo com que parecesse que não dormia há dias. — Conheci Gunther em 1988, na Bélgica — disse ela, cantarolando, enquanto Lola via o próprio reflexo transformar-se numa coisa suja e oleosa. — Os óculos dele são tão fundo de garrafa que ele nunca vai ver a diferença.

Uma hora depois, Lola estava parada do lado de fora de um armazém na Canal Street, encarando seu reflexo no espelhinho do pó compacto da Hello Kitty. Depois de passar base em todo o rosto de Lola, a avó havia colocado bronzeador também nas bochechas e unhas, completando assim o look sujo e urbano. Então, a caminho do centro da cidade, Lola pisou em algumas poças de esgoto para recuperar o fedor de sarjeta. Ela até mesmo reaproveitou o casaco com capuz da Gap que usara no jantar da noite passada, ainda com um leve cheiro de leite azedo. Ela estava "unida com a sarjeeeta", que nem um rato do metrô.

Alisou o ensebado cabelo loiro para trás. Quando entrou no local da sessão de fotos, Gunther deu a volta ao redor dela, puxando os óculos grossos até a ponta do nariz. *Sim, você é minhaaaa sarjeeeta e minha luz!* Ele abriu um sorriso de deleite quando viu os cabelos ensebados de Lola e as unhas sujas de marrom. Ela posaria com um vestido de gala de alta-costura segurando um pão velho. *Peerfeição!*, gritava ele enquanto ela se virava meio de lado para deixar as orelhas à vista. *Peeerrrfeição!*

Do lado de dentro do armazém, havia um caminhão de lixo na cor verde-floresta estacionado bem no meio, cercado por montes de sacos de lixo pretos. Havia um ursinho de pelúcia esfarrapado preso ao para-choque. Homens vestindo camisetas pretas cheias de suor corriam de um lado para o outro, dispondo latas amassadas de Coca-Cola no chão ou arrumando a iluminação. Lola bateu palmas, de leve e rápido. Ela havia ido a 1 milhão de sessões de fotos com a mãe, mas nenhuma fora tão emocionante quanto essa. Porque, dessa vez, *ela* era a modelo.

No canto mais afastado da sala, Gunther estava ao lado de uma longa mesa coberta com sanduíches em miniatura. Ele enfiou um deles, de germe de trigo, inteiro na boca.

— E eis porrque você vaz coisas ótimas... é o carma, Evette! — disse ele, limpando os lábios com o dorso da mão. — Carma!

Evette analisava o estado das próprias unhas manicuradas, aparentemente não prestando atenção ao discurso de Gunther.

Lola expirou fundo, encarando o pequeno homem roliço que estava prestes a mudar sua vida. Lola lembrou-se da época, quando tinha seis anos, em que Martin Cromwell disse para todo mundo que ela era anoréxica; lembrou-se da vez em que os tabloides publicaram na internet uma foto dela arrumando a calcinha, de quando ouvira ao acaso o pai falando aos sussurros com a mãe sobre ela, perguntando se Lola "ganharia corpo" com o passar do tempo. Tudo isso tinha ficado no passado. De agora em diante, ela era Lola Childs, a Top Model.

Ela correu na direção de Gunther, com os braços abertos para abraçá-lo.

— Gunther! — gritou Lola.

— Você está imuuundaaa! — Gunther deu um pulo para trás quando a avistou. Lola agarrou-o pelo pulso, mas ele se desvencilhou como se ela fosse algum animal raivoso. — O que você fez? — Ele começou a procurar freneticamente nos bolsos da calça por um frasco de desinfetante para mãos e, depois de tê-lo encontrado, passou nos braços e esfregou como se fosse loção bronzeadora.

Lola sentiu as bochechas queimarem.

— Você me disse para ficar unida com a sarjeeeta! — gritou ela, olhando de Gunther para Evette. — Para não tomar banho.

— A ideia era apenas que não tomasse banho. Parece que você dormiu no metrô a semana inteira.

Evette pegou uma lata de Lysol que estava na mesa da comida e ficou borrifando-o ao redor de Lola.

— Você eztá cheirando a cocô! — Gunther ficou andando de um lado para o outro, murmurando coisas, furioso. — Não pozo fazer izo. Ela eztá imuuunda. O cabelo dela eztá enzebado!

Ele alisou o cabelo negro e cheio, pegou três sanduíches de germe de trigo da mesa e enfiou-os na boca, um atrás do outro.

— Sinto muito... — murmurou Lola. — Por favor. Posso lavar o cabelo.

— Não! — gritou Gunther, com olhos arregalados atrás dos óculos fundo de garrafa. — É taaarde demaaais... Toooodo mundo eztá aqui!

Ele fez um gesto indicando a outra extremidade do armazém, onde a equipe de iluminação estava parada, observando enquanto ele gesticulava, frustrado. Um homem com fones de ouvidos tirou disfarçadamente uma foto de Gunther com o iPhone.

— Eu sinto muito — repetiu Lola, sentindo um nó na garganta. Nunca deveria ter tomado aquele banho, nem ter despejado azeite no cabelo. Agora teria de voltar para casa (para a festa), e explicar a todo mundo por que foi demitida por um dos designers de moda mais importantes do mundo. Cate contaria a história desse fracasso em todos os jantares de Natal dali em diante, rindo enquanto descreveria os cabelos ensebados de Lola. Tão logo a mãe chegasse em casa, voltando do Taiti, Ayana ligaria para ela, solicitando especificamente que Lola nunca mais pusesse os pés no prédio da Ford outra vez. Havia sido ruim o bastante que ela mesma tivesse passado vergonha... Lola não precisava que Emma soubesse como fora idiota.

Os olhos de Gunther estavam inchados, aquosos e vermelhos. Ele se agachou, com o rosto num tom intenso de rosa.

— Não zou maníaco, não zou maníaco — murmurava ele baixinho, para ninguém em particular. — Evette... o saco!

Evette puxou um saco de papel de dentro da bolsa vermelha de couro. Nele estava escrito, com marcador de texto, o nome *Gunther* na parte da frente. Ele ficou com os olhos pregados no chão enquanto inspirava e expirava ali dentro, enchendo-o como se fosse um balão.

Depois de respirar no saco mais algumas vezes, Gunther o pôs de lado, e suas bochechas brilhavam de tão vermelhas.

— Zó pode zer o univerzo, Evette! É o univerzo me teeeeestando! O univerzo dizendo: Gunther, você ainda é um maníaco? Eu digo que não. — Gunther levantou-se, ajustando os óculos. Havia uma calma recém-adquirida em seu rosto enquanto ele batia com o punho cerrado no ar. — Vamos fazer as fotos!

O olhar contemplativo de Evette foi parar nas mãos de Lola, que estavam cheias de bronzeador, como se ela tivesse escavado a terra com as unhas.

— Você tem certeza?

— Sim. — Gunther cobriu o coração com a mão. — Rodrrrrigo! — gritou ele para o outro lado do armazém. Um homem com um bigode espesso e de pontas recurvadas levantou-se. — Pegue o vestiiiidooo!

Lola expirou fundo. Talvez ela *realmente estivesse* "fediiidaaa". Talvez *não tivesse* seguido direito as ordens expressas de Gunther, mas ele tinha visto algo nela, e fosse lá o que fosse, ela mostraria esse algo para ele de novo. Quando a visse posando para as fotos... ficaria emocionado!

Quinze minutos depois, Lola surgiu da parte do armazém onde o camarim havia sido improvisado. O maquiador tentou remover o máximo possível da base que ela usava enquanto Rodrigo, o estilista, a ajudava com o primeiro dos quatro vestidos de gala originais criados por Gunther Gunta. O vestido "inspirado na sarjeta", de cor cinza, tinha manchas de tinta marrom, como se ela tivesse andado por um campo lamacento.

— Adorei o vestido! — disse Lola, girando uma vez. Mesmo com os cabelos ensebados de azeite, mesmo com o excesso de bronzeador nas unhas, nunca se sentira tão bonita. Era uma modelo agora... Modelo de *Gunther Gunta*!

— Para falar a verdade, não está ruim — decidiu Evette, fumando um cigarro enquanto olhava para Lola de cima a baixo. — Está bem no estilo grunge dos anos 1990... Você não acha?

Gunther estava parado, em pé, perto dos caminhões de lixo, com os braços curtos cruzados sobre o peito.

— Não quero nada no eztilo grunge da década de 1990, Evette.

Ele fez um gesto para que Lola ficasse em pé perto do caminhão de lixo e pegou a câmera Nikon.

Lola ficou encarando seu reflexo na lente. Havia visto tantas sessões de fotos e desfiles em passarelas durante a infância e adolescência que tinha memorizado todos os movimentos da mãe. A forma como Emma virava e apoiava o queixo no ombro, o jeito como colocava a mão na nuca e fitava diretamente a câmera. Lola repetiu um por um esses movimentos, devagar, com cuidado, enquanto Gunther tirava as fotos.

Gunther soltou um grunhido baixo, o mesmo som que Heath Bar fazia sempre que Cate entrava no quarto. Lola continuou posando para as fotos, tentando ignorar o som que ele emitia, mas ele começou a fazê-lo cada vez mais alto. Ela descansou um dos pés num montinho de sacos de lixo que pareciam estar cheios de jornal. Quando jogou o cabelo ensebado por cima do ombro, alguns fios grudaram na lateral do rosto. Balançou a cabeça para fazer com que desgrudassem, e uma mecha ficou presa na boca. Tinha gosto de azeite.

— Arrrgh — gritou Gunther por fim, jogando a câmera no chão de concreto. A lente quebrou e soltou-se e saiu rolando pelo chão. Ele puxou o cabelo e bateu os pés no chão várias vezes. Lola recuou, assustada. — Não conzigo fazer isso. Está uma dorga, Evette, uma dorga! — Tendo dito isso, saiu intempestivamente do armazém, batendo a porta atrás de si.

— Dorga? — perguntou Lola, olhando de relance pela sala. Toda a equipe tinha se virado para observar o desenrolar da cena. Perto da mesa com a comida, Rodrigo tinha ficado paralisado enquanto levava um bagel à boca.

— Droga, Lola. — Evette deixou o cigarro cair no chão e apagou-o com os pés. — Ele acha que você é uma droga.

Os olhos de Lola encheram-se de lágrimas. Ela foi tão estúpida... Na noite passada, tinha conversado com Abby on-line durante uma hora, falando sem parar sobre como Gunther havia lhe dito que tinha uma "aparência freeees-ca", ou sobre como Kyle ficaria doido quando a visse num outdoor na Times Square. Essa não era sua chance de virar top model, e sim a chance de fazer a mesma coisa que sempre fizera: agir como uma tola, uma idiota desajeitada.

Alguns caras conseguem todas as garotas

Na noite de sábado, Stella estava em pé dentro do closet, tentando decidir o que usaria na festa. Depois que Cate voltou do salão onde foi cortar o cabelo, entrou que nem um vendaval direto para o quarto dela. Stella a havia interceptado na escadaria, mas Cate insistiu que não queria conversar sobre Myra, nem sobre o planejamento da festa, nem sobre mais nada. Ela disse que queria se "divertir hoje à noite". Mas, quando Cate fechou a porta em sua cara, Stella não pôde evitar a sensação de que qualquer que fosse a "diversão" que Cate teria, ela não seria incluída.

Stella passou os dedos pelas roupas, por fim tirando do cabide um vestido Anna Sui. Ela puxou com força, mas a saia estava presa em alguma coisa. Tateou a parede e conseguiu soltar a bainha que estava agarrada ao pequeno ferrolho enferrujado. Empurrou as roupas para o lado, o que deixou à mostra algum tipo de porta vedada com tinta.

Ela se ajoelhou e examinou a pequena porta secreta, o que a fez lembrar-se daquela história que o pai costumava ler para ela e para Lola quando as duas eram pequenas: sobre Nárnia e as crianças que entraram num guarda-roupa e foram parar em outro mundo. Depois daquilo, elas costumavam passar a tarde no closet do corredor, usando os casacos de pele velhos da mãe e fingindo que exploravam uma terra maravilhosa no inverno, repleta de texugos falantes e faunos mágicos. Stella fincou a unha na ranhura do batente da porta, quebrando a vedação. Enquanto corria com o dedo ao longo da beirada, lascas de tinta verde caíram no chão, como se fossem confetes. Ela se apoiou na porta, mas estava emperrada.

Stella ficou imaginando uma passagem empoeirada de pedra que dava para o paraíso. Talvez um iate na Riviera Francesa, ou a Pebble Beach em Positano aonde sua avó a levava todo verão. No mínimo, talvez tivesse espaço para onde expandir seu closet. Stella empurrou a porta com força uma vez, depois tentou de novo, e por fim ouviu o som de algo se rasgando. E então caiu de cara num chão de madeira. Ele estava parado, em pé, no meio do quarto, com o cabelo espetado para lados diferentes, como se tivesse acabado de sair rolando da cama. Que Riviera Francesa o quê?! *Isso sim* era o paraíso!

— Oi... — disse ele e então olhou de relance para trás de Stella, de onde pendiam tiras de um papel de parede florido sobre um buraco quadrado aberto. — Nós temos uma porta da frente na casa, sabe? — Ele soltou uma risadinha, apertando a bola de basquete da Nerf laranja e azul que tinha na mão.

— Sinto muito — falou Stella rapidamente, limpando os flocos de neve de gesso do vestido. O quarto não tinha muitos móveis além de uma cama com dossel e uma pilha de caixas de papelão no canto. — Achei essa porta dentro do meu closet e pensei que fosse uma passagem secreta ou algo do gênero.

— Eu odiava mesmo aquele papel de parede. — Ele espiou dentro do buraco. — E, tecnicamente, essa *é mesmo* uma passagem secreta... para o meu quarto. — Ele abriu um sorriso e então fez uma cesta com a bola numa rede pendurada na janela.

A palavra *quarto* pairava no ar entre eles. Stella estava tão nervosa que sentiu como se o estômago estivesse cheio de borboletas. Esse garoto era bonitinho e divertido, e de agora em diante, a única coisa que os separaria, noite após noite, seria uma porta destrancada. Ela deu um passo à frente e esticou a mão, apresentando-se.

— Stella Childs.

O garoto apertou a mão dela.

— Eli Punch.

Stella ficou olhando para as mãos deles dois, uma na outra, sentindo o calor chegar às bochechas. Então este era o misterioso Eli Punch. O vizinho de Westport, Connecticut, cujo pai jogara basquete nos Clippers. O conhecedor de pudim de chocolate. Não era de se admirar que Cate estivesse obcecada por ele.

— Você é a irmã da Cate?

— *Irmã postiça* — corrigiu Stella, finalmente soltando a mão dele. — De Londres. Acabei de me mudar para cá.

— Também acabei de me mudar. — Eli pegou a bola mais uma vez e fez outra cesta. — O Upper East Side era tudo que você esperava ou melhor ainda? — Ele abriu um sorriso amarelo.

Stella ouviu a pergunta, mas nem se deu ao trabalho de responder. O olhar contemplava algo que estava atrás de Eli, onde um pôster emoldurado estava encostado na parede.

— Magritte — disse ela, como se tivesse acabado de reconhecer um velho amigo, parado bem no meio do quarto de Eli. A pintura se chamava *O império da luz II* e era sua predileta desde que visitara Nova York no último outono e tinha visto o quadro no MoMa.

— É — disse Eli. — Você gosta dele?

— Adoro! — Ela foi andando até o quadro e encostou a mão no vidro. A imagem era de uma rua no escuro, mas o céu atrás era iluminado. — É brilhante a forma como dia e noite são representados ao mesmo tempo.

Quando Stella caminhava por Nova York num dia bonito, às vezes imaginava estar num quadro de Magritte. O céu em Londres era frequentemente cinza, mas ali era de um azul límpido, com nuvens perfeitas e brancas que pareciam marshmallow.

— Sou obcecado por arte. — Eli sorriu e se espremeu atrás das caixas de papelão, tirando dali outros dois pôsteres enquadrados. — Só que sou terrível em arte.

— Rothko — disse Stella, apontando para uma pintura abstrata com retângulos cor de laranja e vermelhos. — E Kandinsky. — Stella tinha pintado uma versão menor de *Quadrados com anéis concêntricos* em sua aula de arte na Sherwood Academy, onde estavam aprendendo a fazer reproduções. Ela dera o quadro de presente ao pai antes de partir para Nova York, mesmo que ambos soubessem que ele não merecia.

Eli colocou a mão na parede, apoiando-se e inclinando-se de forma que seu rosto ficasse próximo ao de Stella.

— Como você conhece tanto de arte?

— Eu pinto, desenho... — A voz de Stella sumiu quando ela se deu conta da distância mínima entre eles. Não estivera tão perto assim de um garoto desde a festa da Véspera do Ano-Novo de Pippa no ano passado. Havia beijado Henry Cunningham na boca no terraço de sua casa em Londres, com o Big Ben visível ao longe.

— Você deveria me mostrar seu trabalho um dia desses.

Eli raspou os nós dos dedos na moldura de vidro. Stella sorriu. Eli Punch conseguia fazer uma cesta no outro lado do quarto *e* sabia quem era René Magritte.

— Mostrarei.

Ela olhou de relance para o relógio de pulso Movado. Stella poderia ter ficado a noite inteira no quarto de Eli Punch, conversando, sem parar, sobre a exposição de John Currin que tinha visto no Whitney, e sobre como ela amava *O grito*, mesmo sentindo calafrios a cada vez que olhava dentro dos sinistros olhos fantasmagóricos do homem da pintura, mas a festa começaria em menos de uma hora e ela ainda não tinha tomado banho, estava com sua calça de moletom da Topshop e uma camiseta.

— É melhor eu ir.

— Vejo você hoje à noite? — perguntou Eli. — Vou à sua festa.

— Claro que sim. — Stella esgueirou-se para passar pela pequena porta e olhou de relance para trás, para ele, notando pela primeira vez quão largo era o sorriso de Eli. — E, de agora em diante... sabe onde me encontrar.

Ela fechou a porta depois de entrar, se encostando nela. Desde que tinha se mudado para aquela casa, odiava seu quarto. Odiava ter de subir quatro lances de escada para alcançá-lo. Detestava o fato de o teto ser oblíquo e de ter que se abaixar para não bater a cabeça. Mas estava começando a achar que aquele era o melhor lugar da casa.

Uma foto vale mais que mil palavras

Andie deu a volta na sala de estar acompanhada de Clay, sentindo como se estivesse na área do palco de um show de rock onde as pessoas fazem rodinha de *mosh*. A festa tinha começado fazia menos de uma hora, mas a mansão já estava cheia de alunos do nono ano da Haverford e da Ashton Prep, e parecia que uma a cada duas pessoas estava com uma droga de uma câmera Polaroid na mão. Cindy e Lola estavam sentadas debaixo do banner da Chi Sigma Mu. Lola ainda se sentia infeliz por causa do fracasso na sessão de fotos com Gunther Gunta, mas de vez em quando tirava uma foto de Cindy assoando o nariz. Um casal (os dois com aparelhos nos dentes) dava uns amassos no sofá, completamente alheios aos três garotos da Haverford que os fotografavam.

Andie recuou enquanto dois garotos do nono ano brigavam, jogados no chão como se estivessem numa luta livre, esmagando chocolates personalizados da Chi Sigma Mu no tapete persa. Eles rolaram de um lado para o outro, deixando Andie e Clay encurralados num canto.

— Peguei você — disse Clay. E sem falar mais nenhuma outra palavra, ergueu Andie e colocou-a do outro lado do tapete. E então pulou por cima dos garotos que brigavam.

— Obrigada — agradeceu Andie, esfregando os quadris onde Clay a tinha segurado.

Mesmo que ele já tivesse cumprimentado, batendo os traseiros, Jake Goldfarb e o irmão mais novo de Austin Thorpe, Corey, Clay parecia, fazendo uma análise imparcial, bonitinho com a camisa verde xadrez da Urban Outfitters... e Andie não era a única que tinha notado isso. Paige Mortimer ficou falando sem parar sobre como Clay era um "bom partido" e até mesmo implorara a ela que arranjasse um encontro com o irmão mais velho dele, Jackson. Todo mundo estava obcecado por Clay, e Andie não conseguia evitar... Estava animada, pelo menos *um pouquinho que fosse*, com toda aquela atenção.

— Hora de tirar fotos! — disse Shelley DeWitt, enfiando uma Polaroid bem na cara de Clay e de Andie. Clay agarrou Andie pelo ombro, puxando-a de forma a enterrar o nariz dela bem na axila dele. — Precisamos de vocês dois na foto!

Andie colocou as mãos na frente do rosto como um escudo.

— Não estou me sentindo muito... *fotogênica*.

Ela espiou por entre os dedos, olhando para o quadro de cortiça na parede, coberto de fotos. Havia uma glamourosa de Blythe, Priya e Sophie em que as três faziam biquinho, e no espaço abaixo estava escrito, com marca-texto roxo, *Beta Sigma Phi*.

Havia outra fotografia, de Austin Thorpe com o bumbum de fora, onde alguém havia desenhado olhos, um nariz e tinha escrito *Thorpe Cara de Bunda*. Andie imaginou uma foto com a seguinte legenda: *Andie <3 Clay*. Só de pensar nisso, suas bochechas, que ainda estavam sob as axilas de Clay, ficaram vermelhas. Mesmo que Paige Mortimer e Shelley DeWitt estivessem impressionadas com seu novo "namorado", havia uma pessoa que não ficaria: Kyle Lewis. Ele estaria na festa dentro de uma hora, e ela não poderia ter evidências fotográficas do falso relacionamento expostas para todo mundo ver.

— Vamos lá, Sloane — disse Clay, dando um apertozinho no ombro dela com tanta força que chegou a arder. Mas Shelley tinha ido embora, correndo até o outro lado da sala para tirar uma foto do clube de teatro da Ashton pulando perto da lareira enquanto cantavam "La Vie Bohème" em tom de lamento.

Enquanto entravam no vestíbulo, Andie avistou Blythe. Ela estava encostada na parede, com Priya e Sophie, e as três usavam blusas decote em V Alice + Olivia nas três cores primárias. Andie havia passado três anos desejando ser amiga delas. Não poderia passar por elas sem exibir o novo namorado (mesmo que fosse um namorado de metirinha).

— Oi, pessoal — disse Andie. — Vocês conhecem Clay Calhoun, não é?

Blythe agarrou Andie pelo braço.

— Você não está *namorando* Clay, está? — perguntou Blythe num tom de sussurro.

— Sim, estou — vangloriou-se Andie.

Tecnicamente, ela *estava* namorando Clay... pelo menos até as 21h30. Dentro de 45 minutos ele iria embora, e em uma hora, Kyle chegaria. Eles poderiam se esconder no escritório do pai dela. Kyle dedilharia a velha guitarra Larrivée de Winston da década de 1970, longe dos quadros de fotos de Polaroid, longe do fã clube pessoal de Clay Calhoun e longe de Lola.

Sophie balançou sobre os saltos, como se tivesse acabado de se dar conta de quem Clay Calhoun era.

— AH. MEU. DEUS! Sua mãe faz o papel da Dra. Chartreuse Delacorte naquela novela... *Saving Love!*

Clay olhou de relance para os tênis da Nike, e o cabelo grande e bagunçado caiu sobre seu rosto.

— Tipo isso.

— Olá, todo mundo! — disse uma voz. Danny Plimpton, um aluno tímido do sétimo ano da Haverford, estava parado no topo da escadaria, acenando. Ele vestia calça social, camisa e gravata, mesmo que quase todo mundo ali estivesse usando jeans. Lola e Cindy, que estavam de bobeira na entrada da sala de estar, ficaram olhando a cena. — Olha isso! — Os flashes de três câmeras entraram em ação enquanto ele escorregava pelo corrimão de mogno polido caindo em cima de Betsy Carmichael, cujo ponche voou no ar.

As risadas ecoaram pelo vestíbulo de mármore. Paige Mortimer dobrou-se como se estivesse a ponto de fazer xixi na calça capri Theory. Cate tinha acabado de entrar, usando um minivestido com lantejoulas Phillip Lim, o cabelo castanho-escuro puxado para cima, a boca aberta, em choque, quando avistou a onda vermelho-brilhante de ponche escorrendo pela parede de marfim.

— Isso não é engraçado — gritou, com as mãos cerradas em punhos. — Alguém vai ter de limpar isso.

Andie ficou olhando enquanto Cate puxava Danny pela orelha. Por si só, o fato de Danny ter ido à festa parecia estranho, e ainda mais bizarro que Cate sequer soubesse quem ele era. Mas ela o arrastara para dentro da cozinha e agora estava explicando a ele a diferença entre "chamar a atenção de um jeito bom" e "chamar a atenção de um jeito ruim".

— Vocês estão bem? — quis saber Lola, passando por trás de Clay e piscando tanto para Andie que parecia que estava tendo um espasmo no olho. O rosto dela ainda estava inchado e vermelho por causa do incidente na sessão de fotos com Gunther Gunta. Logo antes da festa, Andie a encontrara chorando no banheiro. Lola estava com a cabeça dentro da pia, lavando e esfregando o couro cabeludo com fúria, tentando tirar o azeite do cabelo. Andie sentia-se parcialmente responsável por aquilo. Havia analisado Lola antes de ela partir para a sessão de fotos. Lola *realmente* parecia suja, e o cabelo *realmente* parecia ter sido arrumado com manteiga, mas foi Lola quem insistiu que era isso que Gunther tinha pedido.

— Clay é o máximo — disse Andie enquanto apoiava a cabeça em seu ombro. Quando se virou novamente para Lola, ela estava olhando através da câmera Polaroid, com a lente voltada para os dois. — Não! — gritou no momento em que o dedo de Lola pressionou o botão do obturador. Ela estava pronta... apontou... e disparou.

Andie tentou bloquear a foto com a mão, mas o flash a cegou. Uma foto tirada bem na frente da câmera.

— Agora podemos colocar esta aqui no quadro de fotos — disse Lola, chacoalhando a foto para secar.

— Não! — Andie arrancou a foto das mãos de Lola. Ela já podia imaginar como estaria a imagem. Ela, ao lado de Clay, com a boca aberta no meio de um grito, e com uma das mãos indo na direção da câmera. — Eu a prendo lá depois.

Lola olhou de relance para a foto.

— Mas ficou horrível. Vamos tirar outra.

Ela ergueu a câmera de novo. Era isso. Ela não podia deixar que a foto (ou Lola) continuasse rodando pela festa. Era muita responsabilidade, era como ter Hannah Marcus, famosa pela falta de dotes atléticos, no time de softball da escola.

— Cindy? Você não precisa tomar xarope para a tosse ou algo do gênero? — Andie fixou os olhos na amiga.

— Sim, preciso. — Com aquela voz, parecia que Cindy estava falando debaixo d'água. — Lola, pode me ajudar a encontrar algum xarope? — perguntou, fanhosa, e olhou para Andie com um ar de quem tinha entendido a indireta enquanto puxava Lola em direção à escadaria.

— Bem, tudo bem então — disse Lola, seguindo Cindy escada acima.

— Você tem algum dos filmes do *Hurry Putter*? — acrescentou Cindy, com o chapéu-coco dourado meio torto na cabeça. — Acho que vou precisar ficar um pouco deitada...

— É claro. — Lola mostrou animação. — Vem comigo.

Cindy e Lola subiram as escadas, passando em meio aos calouros da Haverford que agora estavam em fila, esperando para descer escorregando pelo corrimão. Andie ficou olhando enquanto as duas sumiam de vista e soltou a respiração presa na garganta. Não se importava com o que Lola e Cindy estariam fazendo: maratona de filmes do Harry Potter, tirando mais fotos uma da outra com a Polaroid ou dando um banho no Heath Bar para tirar suas pulgas... o mais importante era que elas estivessem fazendo qualquer dessas coisas no terceiro andar. Contanto que Lola e aquela câmera irritante ficassem por lá, ela nunca saberia que Kyle sequer havia aparecido na festa.

Segredos... Segredos não são divertidos.
Segredos... Segredos podem machucar.

A festa estava rolando há mais de uma hora, e ainda não havia nenhum sinal de Myra. Stella ficou vagando pela sala de estar, na esperança de que ela estivesse escondida em algum lugar em meio a todo aquele caos. Perto da lareira, dois garotos da Haverford assavam marshmallows na ponta do atiçador de fogo de ferro. Uma garota da Ashton pegou Heath Bar e tentava fazer com que ele comesse M&M's, o que estava deixando os olhos verdes do bichano arregalados de medo.

— Ouvi dizer que Myra parece com Claire Danes — disse a garota quando avistou Stella em meio à multidão.

Stella apertou uma das mãos na outra.

— Claro! — gritou ela. — Você vai ver em breve!

A noite toda, as pessoas ficaram perguntando por Myra Granberry. Betsy Carmichael tinha feito um post sobre Myra no site do *Ashton News* naquela manhã, encorajando as pessoas a reportarem-se a ela caso avistassem Myra pela cidade antes da festa. Paige Mortimer tinha separado um pacote inteiro de filme para Polaroid só para a grande revelação de Myra, e alguns dos caras da Haverford até pediram o número do telefone da garota, que ainda não tinha sido vista. Parecia que todo mundo estava obcecado com o *Extreme Makeover: Myra Granberry Edition.*

Stella enviou mensagens de texto a Myra durante a última hora, mas não tinha recebido nenhuma resposta. Não era a cara de Myra deixar de responder. Stella estava começando a se preocupar que algo tivesse acontecido. Talvez Myra tivesse tido alguma reação alérgica ao perfume Armani Code, ou possivelmente tropeçara com os novos Manolo e estava caída em algum lugar da Madison Avenue, com o tornozelo torcido e inchado. Ou talvez Pitágoras tivesse ficado doente, e ela teve de ir correndo à clínica veterinária. Nesse exato momento, qualquer coisa parecia possível.

— Stella! — gritou Cate da entrada. — Uma palavrinha! — Então foi caminhando até o sofá, onde Blythe estava aninhada com Sophie e Priya. — Espero que você esteja tomando notas sobre como fazer uma festa. Sei que é difícil para você fazer qualquer coisa sem ver meu exemplo primeiro.

Blythe revirou os olhos.

— Parei de anotar depois da página "Como perder amigos e alienar pessoas".

Priya deu uma risadinha, e o piercing do nariz refletiu a luz.

Cate puxou Stella para o vestíbulo. Puxou com tanta força que Stella ficou com medo de ter deslocado o ombro.

— Todo mundo está perguntando onde está Myra. O que eu devo dizer?

— Já te disse. Ela vem.

Stella tentou parecer calma, mas eram quase 21h. Stella tinha dito a Myra para que estivesse lá às 19h30, meia hora antes de todos os convidados chegarem. Ela queria que Myra descesse as escadas para a grande apresentação, e que fosse recebida com as saudações de todos reunidos no vestíbulo. Ela havia até planejado que Myra distribuísse as câmeras Polaroid, de modo que pudesse conhecer os convidados pelo nome. Mas Myra perdera tudo isso. Se não aparecesse logo, Stella teria de ir até a casa da própria Myra e acompanhá-la pessoalmente até a festa.

Cate afundou as unhas nas palmas das mãos.

— Você disse isso faz meia hora. — Ela olhou de relance para dentro da sala de estar, onde Blythe, Priya e Sophie agora dançavam ao som das Pussycat Dolls. Blythe jogava os ombros para a frente e para trás. Priya ria enquanto Sophie tremia descontroladamente, como se tivesse eletricidade pulsando pelo minúsculo corpo. Cate não conseguia evitar o pensamento de que, se Stella não tivesse se insinuado para entrar nas Chi Beta Phi, agora mesmo estaria com elas, rodopiando e levantando Priya para que não se sentisse tão envergonhada na pista de dança. Em vez disso, estava esperando por *Myra Granberry*, como todas as outras pessoas... e sua reputação dependendo disso.

— Isto é humilhante! Está vendo aquele banner? — Ela apontou para o banner na sala de estar onde se lia Chi Sigma *Mu*.

— Tudo bem — concordou Stella. — Precisamos da Mu. Vou enviar outra mensagem de texto.

— Acho bom. Agora eu tenho de ir até o jardim para prepará-lo para meu encontro com Eli.

Cate girou nos calcanhares, pressionando delicadamente o coque bagunçado para baixo, para certificar-se de que estava no lugar. Stella engoliu em seco, mas parecia que tinha um monte de areia na boca. Ainda não contara a Cate sobre a porta, mas, nesse exato momento, esse era o menor de seus problemas. Ela sacou o iPhone e enviou, furiosa, uma mensagem de texto para Myra.

STELLA: ONDE ESTÁ VC?

Nesse exato instante, Betsy Carmichael agarrou Stella pelo braço. O vestido cor-de-rosa Diane von Furstenberg que usava estava com uma mancha vermelha de ponche.

— Onde está a Lesma?

Os olhos verdes estavam saltados, fazendo com que a garota parecesse uma rã da Amazônia.

Stella cerrou os dentes.

— O nome dela é Myra — disse com raiva. — Não é Lesma, nem Monga, nem Peluda, nem o tradicional Cara de Lesma. É só Myra, pelo menos pra você.

Betsy recuou, como se estivesse com medo de que Stella fosse bater em sua cabeça com o iPhone. Stella não conseguiu evitar. Estava tão cansada disso, de todo mundo ficar tratando Myra como se ela fosse a mulher barbada ou um rato de circo... que só estava lá para a diversão de todo mundo. Mal podia esperar pelo momento em que Myra cruzaria aquela porta e faria com que calassem a boca, de uma vez por todas. Seu iPhone vibrou.

MYRA: ESTOU NA FRENTE DA SUA CASA.

Stella foi voando para o lado de fora.

— Myra! Eu fiquei tão preocupada...

A pesada porta fechou-se logo atrás dela, fazendo com que Stella fosse jogada nos degraus. Parada, em pé, do lado de fora do portão de ferro, estava Myra... Mas aquela não era a Myra que Stella estava esperando. O cabelo loiro parecia lambido e fibroso junto às bochechas. Ela vestia a camiseta dos Atletas da Matemática e uma calça de moletom verde neon. A mochila da L.L. Bean estava pesada nos ombros, fazendo com que parecesse corcunda.

Stella inspirou fundo, tentando não entrar em pânico. Dera a Myra quase duas horas para ficar pronta para a festa, mas era como se ela tivesse voltado no tempo, para três dias atrás. Nada tinha mudado. Quando Cate a viu, começou a hiperventilar.

— O que aconteceu? Você deveria estar aqui há uma hora e meia. — Myra agarrou-se à cerca com força, os nós dos dedos ficando brancos. A luz vinda da janela do vestíbulo atingiu o rosto de Myra, e Stella notou que os olhos castanhos estavam inchados e vermelhos. — Qual é o problema? O que houve?

Myra olhou com raiva para Stella.

— Então finalmente sei por que você tem sido tão legal comigo.

— Do que você está falando? — Stella sentiu como se bolhas estivessem se formando na boca do estômago. Algo não estava certo. A luz vinda da janela da frente foi levemente bloqueada e, quando ela se virou, viu algumas garotas da Ashton com os rostos grudados no vidro.

— Fiquei sabendo da droga do seu desafio! — gritou Myra. Lágrimas escorriam pelas bochechas, e ela as limpava com o dorso das mãos. — Depois que você foi embora, encontrei Blythe na 3ª Avenida. Fiquei andando atrás dela durante três quadras, ouvindo o que dizia à Priya Singh, sobre o quão ridículo foi isso de você realmente ter feito uma transformação em mim. Ela simplesmente não conseguia acreditar que você a tinha levado a sério quando ela disse que a "Cara de Lesma" não poderia ser a terceira garota da Chi Sigma.

Os joelhos de Stella começaram a tremer. Parecia que as pernas iam ceder, fazendo-a cair.

— Não, não foi assim que as coisas aconteceram — conseguiu dizer. Ela quase tinha se esquecido do desafio de Blythe. Era algo que parecia ter acontecido há tanto tempo... Sim, esse foi, tecnicamente, o motivo pelo qual queria Myra como a terceira garota da irmandade, mas as coisas eram diferentes agora... *Stella* estava diferente.

— Então me diga. Como *foi*? Você concordou em fazer uma transformação em mim por causa de um desafio ou não?

Myra cruzou os braços. A janela estava cheia de gente agora, todos juntos, pressionados numa fileira apertada. Alguns batiam no vidro, para chamar a atenção delas, como se Stella e Myra fossem duas macacas num zoológico.

— Myra, eu acho que... — Stella estendeu a mão para encostar no braço de Myra, mas ela o puxou. Um garoto lá de dentro começou a entoar, *Cara de Lesma!*, e Stella encolheu-se quando alguém tirou uma foto.

Myra recuou um passo.

— Sim ou não?

Ela mordeu o lábio inferior com tanta força que parecia que começaria a sangrar.

Havia apenas uma resposta à pergunta. Stella ficou com o olhar voltado para baixo, fitando os sapatos de salto Marc Jacobs, desejando poder bater um salto no outro, como a Dorothy de *O mágico de Oz*, e ir para outro lugar... Qualquer lugar que não fosse aquele onde estava.

— Talvez tenha começado assim, mas...

Myra colocou o cabelo fibroso atrás das orelhas.

— Não consigo acreditar em como você é egoísta! Você e Cate devem ter se divertido muito ao me verem me depilando com cera e desfilando com vestidos Diane von Fusterbutt. Só me faça um favor? Da próxima vez em que precisar de um pouco de entretenimento barato, veja *The Hills*.

Uma fenda foi aberta na porta da frente e Cate enfiou a cabeça para fora.

— Ouvi dizer que ela chegou. — Cate ficou paralisada quando a viu. — Ah, não! O que é aquilo? — perguntou, sibilando, e apontando para a calça de moletom verde-neon de Myra.

Mas Myra não estava dando ouvidos a ela. Tirou a nova bolsa Marc Jacobs de dentro da mochila L.L. Bean.

— Não vou mais precisar disto — disse ela, jogando a bolsa nos braços de Stella. E depois foi descendo a rua 82.

— Aonde ela pensa que vai? — Cate estava parada ao lado de Stella, franzindo a testa.

— Para casa. — Stella ficou com o olhar voltado para baixo, encarando as letras *M.G.* em alto relevo na bolsa, piscando para afastar as lágrimas. Havia sido tão idiota. Tinha levado Myra ao Red Door Salon, à Saks, à Bliss, tratando-a como se ela fosse alguma criança pobre da Make-a-Wish Foundation. Havia até mesmo se orgulhado de ter ajudado Myra... por mostrar a ela que a sombra verde realçava a cor dos olhos dela, ou que vestidos envelopes ficavam melhores numa pessoa mignon... E tudo isso quando ela não estava nem aí... não se importava nem um pouco com nada daquilo. Mais uma vez, Myra estava certa. Stella fora egoísta e condescendente e tão má quanto todas as outras garotas da Ashton Prep. — Ela está fora.

— O que quer dizer com "*ela está fora*"? — grunhiu Cate. — Confiei que você faria isso dar certo. Ela é nossa Mu!

Cate mordeu com força a unha do polegar. Ela havia acabado de se gabar para Kirsten Phillips sobre o quão espetacular era o novo corte de cabelo de Myra e tinha espalhado um rumor, através de Shelley DeWitt, de que o pai da garota era o dono do Belvedere Castle, no Central Park. Tinha até mesmo escaneado uma foto de Myra no livro do ano do oitavo ano para o *Ashton News*, só para ter certeza de que Betsy colocaria as fotos do antes e depois da transformação na edição de segunda-feira do jornal. Ela não podia voltar para a festa sem a Lesma. Não agora, e especialmente não com Blythe, Priya e Sophie lá dentro. Todo mundo a veria por quem ela realmente era: uma rejeitada da Beta Sigma Phi.

Stella fungou para refrear as lágrimas. Já tinha o bastante para se sentir culpada sem que Cate a lembrasse de sua promessa. Elas poderiam cortar o *Mu* do banner, jogar fora o restante dos chocolates personalizados ou poderiam simplesmente dizer ao pessoal que Myra tinha tido uma dor de cabeça e precisou ir para casa. Não faria diferença o que dissessem agora: o que importava era o que fizeram nos últimos dois dias. Stella havia feito Myra sentir-se como um experimento de ciências, o produto bobo de uma aposta malvada e imbecil.

— Sabe, existem coisas mais importantes do que essas malditas irmandades — cuspiu Stella. E então entrou em casa com tudo, deixando que a porta batesse e se fechasse atrás de si.

PARA: Abby Powell
DE: Lola Childs
DATA: sábado, 9h16
ASSUNTO: Eca!

Sei que é quase de manhã aí, e que é bem provável que você esteja dormindo, mas preciso falar com alguém.

A sessão de fotos com Gunther foi péssima, Abby. Péssima não é nem mesmo a palavra para definir aquilo... Foi uma coisa horrenda, pior do que aquela vez em que caí no palco na noite da premiação no quinto ano. Eu me sinto como uma maldita idiota, como sempre. Gunther me odeia e meu cabelo ainda parece que não foi lavado há uma semana.

Eu gostaria de estar aí na sua casa agora, comendo sanduíches de presunto com manteiga na cozinha. Mas não, estou no quarto da minha mãe vendo **Harry Potter** pela milionésima vez, e sozinha. Ou pelo menos meio que sozinha. A Andie está com o namorado novo lá embaixo, então prometi a ela que ficaria cuidando da melhor amiga dela, Cindy. Só que Cindy tomou tanto xarope para tosse que caiu no sono na cama faz uns vinte minutos. E Kyle não apareceu. Acho que, de um jeito educado, ele está me dizendo para cair fora e deixá-lo em paz.

É só que eu sinto sua falta e gostaria que minha mãe já tivesse voltado da lua de mel. E agora Stella está trancada no quarto e não quer abrir a porta.

Me liga amanhã? Por favor?

Te adoro,

Lola

Foi só um beijo

— Então Brandon escorregou e ficou totalmente detonado — disse Clay, passando a mão pelo cabelo loiro e volumoso. — Tinha vômito por toda parte.

Clay esticou a mão por cima de Andie e deu um soquinho no braço de Brandon, que riu, deixando à mostra o aparelho com elásticos verdes. O cabelo preto estava com gel na frente, ficando duro e espetado.

— Que engraçado! — murmurou Andie, presa entre eles no sofá de dois lugares do gabinete, ouvindo mais uma das histórias idiotas de Clay. Dessa vez era sobre o dia em que Brandon caiu numa poça de vômito no metrô das 6h. Andie olhou de relance para o relógio de pêndulo no canto do gabinete. Eram 21h30, o que queria dizer que dentro de dez minutos Clay e Brandon sairiam para o show do Ludacris, e ela finalmente ficaria livre.

No sofá, Parker Adams estava dando uns amassos no namorado da Haverford enquanto dois outros casais jogavam pebolim. Shelley DeWitt estava empoleirada no assento perto da janela com Fillmore Weitz, cuja pele parecia surpreendentemente clara em comparação com a última vez em que Andie o tinha visto. Todo os casais estavam se formando... Todo mundo menos Andie. Supostamente ela era namorada de Clay (mesmo que *fosse* de mentira), mas desde que Brandon chegou, ela sentia como se fosse a vela ali. Uma terceira vela num candelabro duplo, totalmente deslocada na Terra dos Caras.

E foi então que Lola apareceu, carregando Heath Bar nos braços.

— Lola? — Andie tentou manter o tom de voz firme. — Onde está Cindy? Achei que vocês estivessem assistindo ao filme lá no quarto do meu pai...

— Estou pra lá de entediada. Cindy caiu no sono há uns vinte minutos. — Lola olhou o gabinete a seu redor. — Não consigo ver TV quando todo mundo está aqui embaixo se... — Ela parou de falar, e o olhar contemplativo caiu em Parker e no namorado. Parker sugava a orelha do rapaz. Lola ia dizer que as pessoas estavam *se divertindo*, mas isso não era o mais adequado para definir o que estava acontecendo. Parker fazia com que beijar parecesse algo assustador, como se a língua dela estivesse lutando boxe com a orelha do namorado.

— Qual é o problema com seu cabelo? — perguntou Brandon.

— Nenhum...

Lola alisou a faixa de cabelo, sentindo o rosto ruborizar. Desde a sessão de fotos, havia lavado os fios três vezes, mas ainda estavam ensebados. Pior: pareciam um pouco verdes, como costumavam ficar em Londres depois que ela passava o dia todo na piscina coberta de Abby. Ela havia passado tanto tempo tentando unir-se à sarjeta, que não chegou a considerar como faria para *sair* de lá. Tudo que tinha para mostrar de sua tentativa de ser uma top model era o cabelo ensebadíssimo e cheirando a bosque de oliveiras da avó na Toscana.

— Talvez fosse melhor você ir ver como está Cindy. Pode ser que ela precise de ajuda. — Andie sentiu o coração acelerar. Kyle estaria ali a qualquer momento. Se Lola estivesse vagando pela casa, Andie não conseguiria falar com ele, nem olhar para ele, sem sentir como se estivesse sob a vigilância do FBI.

— Ela está bem.

Lola puxou a parte de baixo da camiseta preta e de manga comprida, que estava coberta com uns dois centímetros de pelos cor de laranja.

— Então assim que Clay sair, vou subir lá com você para acordar Cindy. Só não quero que ela... — Andie procurou pensar numa desculpa — fique dormindo na cama do meu pai.

Mesmo que Cindy tivesse saído de casa com o nariz entupido e um resfriado forte, ela só estava ali porque tinha prometido ficar de olho em Lola. Com ou sem xarope para tosse, Andie precisava dela acordada.

— Dormir na cama deles? — Lola franziu a testa. — Minha mãe e Winston não ligam pra isso.

Ela colocou Heath Bar em cima do ombro e ficou balançando o gato para cima e para baixo, como se ele fosse um recém-nascido peludo de quase dez quilos.

No sofá, Clay e Brandon tinham começado a se socar. Esticavam as mãos atrás de Andie e na frente dela, tentando atingir um ao outro.

— Você é um imbecil! — disse Clay, levantando-se para socar Brandon com força no ombro. Brandon, por sua vez, ergueu-se e cobriu a cabeça com o capuz do moletom laranja do Triple 5 que usava e abaixou a cabeça atrás de Andie, usando-a como escudo.

Parker notou o punho cerrado de Clay, que estava retraído, como se estivesse mirando em Andie.

— Qual é o seu problema? — gritou Parker. — Ela não é sua namorada? — O cabelo ruivo da menina estava arrepiado de tanto ficar se agarrando com o namorado, e estava levantado numa das laterais, como se tivesse acabado de esfregar um balão nele e produzido eletricidade estática.

— É — disse Clay. — Eu não estava mirando nela... e sim em Brandon.

Clay sentou-se de novo no sofá de couro, envolvendo Andie com um dos braços.

— Bem, talvez você devesse parar de ficar socando seu amigo e começar a dar uns beijos nela — disse Parker, rindo e deixando à mostra dois dentes pontudos, que faziam com que parecesse um pouquinho ameaçadora, como uma vampira amigável.

— É — disse o namorado de Parker, o rosto estava cor-de-rosa e brilhante de tanto beijá-la, como se tivesse acabado de sair de uma sauna. — Manda ver!

Andie sentiu o braço de Clay a seu redor, como se fosse uma cobra, morta e gelada. As coisas tinham ido longe demais. Clay não era, na verdade, seu namorado, e ela, definitivamente, não queria beijá-lo. Muito provavelmente ele enfiaria uma língua pegajosa tão fundo na boca de Andie, que acabaria encostando nas amídalas. Além disso, queria que seu primeiro beijo fosse com Kyle, o vocalista dos Wormholes, que fazia snowboarding, que jogava futebol, o velho e bom Kyle. — Aham. — Andie riu, fingindo que aquilo não passava de uma piada. Afastou-se uns dois centímetros de Clay e puxou a blusa Milly mais para perto do pescoço.

— Beija! Beija! — repetia Brandon, como um cântico. Ele olhava em volta da sala, buscando apoio. Os casais que estavam jogando pebolim juntaram-se a ele, erguendo os braços e animando o suposto casal. Um garoto que vestia uma camiseta vintage Dr. Pepper até batia os pés no chão, fazendo tremer a TV de tela plana pendurada na parede.

Clay inclinou-se na direção de Andie, com os lábios apertados e franzidos e os olhos fechados, em sinal de concentração. Estava tão perto que Andie podia sentir o cheiro de Doritos em seu hálito. Andie não queria fazer isso, mas notou que Lola a observava. Ela também estava colocando pressão, com o sotaque britânico cantado destacando-se em meio ao coro.

Andie passou as mãos nas coxas do jeans J Brand. Talvez ela pudesse beijar Clay... só um beijinho. Fechou os olhos, esperando que os lábios de Clay encostassem nos seus. Podia sentir o hálito dele chegando cada vez mais perto, e o cheiro de Cool Ranch fazendo as narinas arderem.

Beija, beija, beija!, ecoavam as vozes em seus ouvidos. Seu corpo inteiro estava tenso, rígido, como se o rosto estivesse prestes a ser atingido por uma bola de beisebol voando a 100km/h. Sentiu os lábios de Clay pressionarem os seus, a maciez deles cedendo. Ela manteve os lábios colados aos dele enquanto o cântico dava lugar a assobios e gritos animados.

Alguém gritou "Iuhuuu!". Quando ela se afastou, o rosto estava quente, como se estivesse com uma febre de 40 graus.

Andie sentiu que alguém, do outro lado da sala, tinha os olhos pregados nela. Lá, na entrada, estava Kyle Lewis. Parecia que tinha acabado de colocar a guitarra Fender num case de madeira.

— Você está adiantado... — murmurou Andie.

— Kyle! — disse Lola, batendo palmas. — Você veio! — Ela foi pulando até ele, mas Kyle estava congelado no lugar.

Ele olhava para Andie e depois para Clay e depois olhava de novo para Andie, com os pulsos cerrados.

— Você dois estão *juntos*?

Kyle estava vestindo uma camiseta surrada dos Ramones e um jeans escuro.

As mãos de Andie tremiam. O que ela deveria dizer? *Não, eu só estava fingindo ser namorada de Clay porque Lola gosta de você e me mataria se soubesse que a gente estava saindo?* Não tinha como explicar a cena. Andie olhou para Kyle, mordendo os lábios pintados com gloss da MAC.

Os olhos castanhos de Kyle pareciam úmidos.

— Aqui — disse ele, passando por Lola e deixando cair um estojo de CD no colo de Andie. Na frente havia uma foto de sua banda sob as luzes do Arlene's Grocery. Kyle estava usando a faixa de cabelos e o Ray-Ban Aviator. — Fiz isto para você... São todas as canções novas que ouviu na sexta-feira. Faça bom proveito.

Quando ele disse *Faça bom proveito*, parecia estar dizendo *Passar bem!* Depois disso, saiu com tudo da casa.

Andie ficou com o olhar fixo no CD, sentindo como se Kyle tivesse acabado de jogar uma bomba em seu colo. Ela namorou Ben Carter por um mês no ano passado. O relacionamento consistia completamente na troca de bilhetinhos na aula de matemática, até que ficou tão entediada que terminou o namoro. E mesmo que todo o resto do mundo gostasse de Clay, ela não conseguia passar duas horas com ele sem desejar que estivesse com plugues nos ouvidos. Mas com Kyle, tudo era diferente. Ela ficaria acordada até tarde da noite conversando com ele pela internet, mesmo que fosse mandada para a detenção por acabar dormindo na aula de história do primeiro período. Iria a todos os shows da banda nos próximos dois anos, só pela chance de que ele escrevesse uma canção sobre ela... *para* ela.

— Quem é o mala? — perguntou Brandon, olhando para Kyle enquanto ele descia as escadas correndo. Andie encolheu-se ao ouvir a risada soluçada de Brandon.

Você é o mala, pensou Andie enquanto se afastava alguns centímetros. Kyle não usava a palavra *cara* para pontuar quase todas as frases, nem fazia competição de socos. Ele podia ter uma conversa sobre algo mais do que futebol e não ficava cumprimentando o melhor amigo com a bunda. Kyle não era nem um pouco parecido com Brandon ou com Clay, o que era uma coisa boa. Talvez a melhor coisa nele. Ela revirou o CD nas mãos, fungando para refrear as lágrimas. Kyle não sabia de todas essas coisas que Andie pensava dele. Tudo que sabia era que ela estava beijando Clay Calhoun, o cara que despejou Gatorade sobre a cabeça no treino de futebol. Ela poderia esquecer a possibilidade de ser a namorada de Kyle agora... Teria sorte se algum dia ele falasse com ela de novo.

— Mas agora falando sério, Sloane — sussurrou Clay, tirando o braço dos ombros dela. — Qual é a daquele garoto? — Pela primeira vez na vida ele parecia preocupado.

— Aquele é Kyle Lewis — sibilou Lola, apertando Heath Bar com tanta força que o gato soltou um miado. Andie tinha ido até o ensaio da banda de Kyle. Kyle Lewis. O mesmo Kyle com quem Lola costumava caminhar ao longo do Tâmisa quando era criança, onde ficavam observando os salmões pularem na água. O mesmo Kyle a quem ela assistia jogar críquete no London Fields, mesmo quando estava chovendo. E o mesmo Kyle com quem ela (ainda na semana passada!) visitou o Madame Tussauds. Ele era *seu* Kyle. E Andie tinha agido pelas suas costas, deixando Lola reclamar de como ele andava ausente. *Dê um tempo a ele,* disse Andie!

— Sua mentirosa maldita! — murmurou Lola, franzindo o nariz. Estivera certa o tempo todo. Kyle *estava* falando com outra pessoa, mas não era a Garota Imaginária, com o cabelo loiro, longo e sedoso, e minúsculas e perfeitas orelhas. Era *Andie.*

— Não, Lola — Andie começou a falar, mas Lola se virou e saiu correndo pelas escadas. Heath Bar olhava por cima de seu ombro. Até o gato encarava Andie com desaprovação!

Os olhos de todos no gabinete estavam cravados nela. O queixo de Parker Adams tinha caído, formando um O dramático. Andie soltou o ar, profundamente, desejando que todo mundo simplesmente fosse embora. Era inútil. Lola estava convencida de que Andie era uma mentirosa, que a havia traído, e Kyle, de que ela era uma idiota, que saía com qualquer um. E a pior parte é que ambos estavam certos.

É para isso que servem os amigos

Betsy Carmichael seguiu Cate até a cozinha, com um minúsculo caderno Kate Spade na mão.

— É oficial? Myra está mesmo fora da Chi Sigma Mu? O *Ashton News* quer saber.

Cate girou nos calcanhares. Betsy a tinha seguido durante a festa, como se fosse um mosquito incômodo, zumbindo constantemente em seus ouvidos. *Foi por motivos pessoais que Myra saiu da irmandade? Por que Stella está lá em cima trancada no quarto? De modo geral, você consideraria a festa da Chi Sigma Mu um sucesso?* Foi preciso que Cate reunisse todo o controle para não dar um tapa na garota para que ela a deixasse em paz.

— Esta é a última vez que vou dizer isso a você. Sem. Comentários.

Cate cuspiu as últimas duas palavras na cara de Betsy, que finalmente se retirou e foi até a sala de estar, onde um grupo de garotas do clube de teatro cantava músicas de Lady Gaga, usando um vaso caro e delicado de vidro como microfone. Cate estava cansada demais para se importar com aquilo.

Andou com dificuldade pela cozinha, e o chão grudava na sola de seus sapatos Katia Lombardo de salto alto vermelho. Essa deveria ser a *noite dela*! Ela e Stella brindariam a Myra na sala de estar e inaugurariam a pista de dança na sala de estar. Posariam para Polaroids no vestíbulo e dariam voltas juntas pela casa, de braços dados, de modo que Cate pudesse finalmente ter novas recordações... Lembranças que não incluíssem Blythe. Stella tinha prometido que Myra estaria lá, arrumada e pronta para a festa; a terceira garota na irmandade. E Cate confiara nela. Agora tudo (a transformação, a festa, a Chi Sigma) parecia um imenso erro.

Cate encarava os cupcakes da Chi Sigma Mu na ilha de granito, cada um com três letras gregas feitas com açúcar no glacê. Danny Plimpton estava encurvado sobre a mesa redonda de cerejeira e usava os M&M's cor-de-rosa e roxos para brincar de jogo da velha sozinho. O pobre garoto tinha finalmente reunido coragem para aproximar-se de Lola, só para descobrir que ela havia se trancado no quarto. Além dele, não havia mais ninguém na cozinha.

Cate lentamente tirou o *Mu* de cada um dos cupcakes, reunindo-os na mão. Eli chegaria a qualquer momento. Ela conseguia lidar com as perguntas de Betsy, ou com a forma como Paige Mortimer ficava olhando para ela com aquele ar de *Eu disse que você deveria ter me escolhido*. Mas Eli era a única pessoa na frente da qual se recusava a passar vergonha. Hoje à noite, era a Chi Sigma... sem Mu. Cate só fingiria que esse era o plano desde o começo.

— O que você está fazendo? — Cate ouviu uma voz familiar dizer, virou-se e deparou-se com Priya parada na entrada, passando os dedos pelos cachos negros do cabelo. Blythe e Sophie a seguiram para dentro da cozinha. Em pânico, Cate enfiou as letras de açúcar inteiras dentro da boca, ficando engasgada.

— Sinto muito pelo que aconteceu com Myra — disse Blythe.

Cate ficou encarando a ex-melhor amiga. Essa era a mesma Blythe que havia conhecido na pré-escola, da qual tinha ficado amiga porque brincavam com Tinkertoys. A mesma Blythe que foi com ela ao dentista quando teve sua primeira cárie, só porque Blythe sabia o quanto a amiga tinha horror às brocas. Mas tudo parecia diferente agora... incerto. Ali estava Blythe, parada na cozinha de Cate com Priya e Sophie, que apenas duas semanas atrás seguiam *Cate*, e não Blythe, de um lado para o outro.

Se Cate pedisse que Blythe a deixasse voltar para a Chi Beta Phi, as coisas poderiam voltar ao normal. Elas poderiam subir agorinha mesmo, para o quarto de Cate, e se esparramar na cama queen size, como sempre faziam nas festas do pijama. Poderia contar às meninas sobre a festa do casamento e sobre como o pai tinha caído em lágrimas ao dizer os votos. E poderia mostrar a elas as velhas fotos que havia encontrado no gabinete de Winston... as fotos dos pais viajando pelo país inteiro, e as fotos da mãe quando ela era bebê, e uma foto da mãe com 19 anos, atuando na produção off-Broadway de *Anything goes*. Cate esfregou o anel de safira em seu dedo. Mesmo que ela e Blythe não fossem mais amigas, às vezes parecia que Blythe era a única pessoa no mundo que a entendia. Porque era a única pessoa que passara pelas mesmas coisas que ela.

Suas ex-amigas estavam em pé, paradas e juntas, encostadas na parede. Sophie ainda cantarolava baixinho, e mal conseguia olhar para Cate. As coisas nunca seriam exatamente como antes, mas nada poderia ser pior que isso. Cate expirou fundo.

— Eu estava pensando...

— Só para que você fique sabendo, eu não pretendia contar à Myra sobre o desafio — interrompeu-a Blythe. — Nem mesmo sabia que ela estava atrás da gente.

Cate estava errada. As coisas *podiam* ficar piores.

— Foi por *sua* causa que Myra foi embora? — Cate afundou as unhas na palma da mão. É claro que Blythe tinha contado a Myra sobre o desafio. Blythe sempre teve medo de concorrência de verdade. Ela saiu da equipe na primeira vez em que perderam uma corrida.

— Cate — disse Blythe, dando um passo na direção dela —, aquilo foi um acidente, mas, para ser honesta, foi melhor assim. Myra Granberry? Cai na real! Você é melhor que isso. — Ela jogou os ombros para trás. — Volte para a gente. Deixo você voltar para a Beta Sigma Phi.

— Ah, você vai *deixar*? — Cate ficou encarando os olhos cinza de Blythe. Por mais tentador que fosse pensar em ter as amigas de volta, não podia se juntar a elas de novo como se fosse um dos carneirinhos de Blythe. — Não, obrigada — disse, aprumando a postura. Mesmo que Blythe tivesse arruinado a Chi Sigma Mu, ainda havia uma coisa que não tinha estragado. — Eli Punch estará aqui a qualquer instante. — Ela deixou as palavras assentarem. — Nós temos um encontro.

— O *quê?* — Blythe levou a cabeça para trás, como se Cate tivesse acabado de cuspir em seu rosto.

Naquele exato momento, Cate avistou Eli no vestíbulo, movendo-se em meio à multidão reunida ali. A camisa de botões J. Crew estava amassada, como se tivesse acabado de sair da cama.

— E aqui está ele... — disse Cate, cantando, e passou pelas Beta Sigma Phi, deixando-as para trás quando saiu da cozinha. — Eli!

— Ei! — Ele olhou de relance para o vestíbulo lotado. Um garoto da Haverford usando uma camiseta do Obama deu um pulo para trás, jogando Cate para cima do peito de Eli, que baixou o olhar para ela e abriu um sorriso. — Sua festa está uma loucura, Cate.

— Loucura no bom ou no mau sentido?

Ele deu uma espiada na sala de estar, onde Paige Mortimer e uma amiga dançavam na poltrona de couro de Winston ao som do novo hit de Rihanna. No chão, um garoto vestindo moletom com capuz da Haverford fazia uma péssima tentativa de dançar break.

— No bom sentido. — Eli riu.

As Beta Sigma Phi observavam da entrada da cozinha. De repente, tudo aquilo (a transformação de Myra, a briga com Blythe, a Chi Sigma Mu) não parecia mais tão importante. Com Eli assim tão perto dela, era fácil se esquecer do resto.

Cate puxou-o para dentro da cozinha, com os olhos cravados nos de Blythe.

— Você conhece Eli?

Cate podia relaxar agora que seu *acompanhante* tinha chegado. Uma vez que Eli fosse seu namorado, nunca ficaria sozinha, não importando o que Blythe dissesse ou fizesse. Blythe poderia proibir Priya e Sophie de olhar para ela, poderia colocar Myra e Stella uma contra a outra, sabotar todas as garotas que algum dia tentassem entrar na irmandade dela. Uma vez que Eli fosse seu namorado, Cate sempre teria alguém para ficar ao seu lado nas festas, sempre teria alguém com quem celebrar quando fosse chamada para a segunda rodada de audições musicais.

— Oi — murmurou Blythe, olhando de relance para suas anabelas Juicy. — Pra falar a verdade, estávamos indo embora. Certo, meninas? — Blythe virou-se para Priya e Sophie.

— É — concordou Priya. — Temos uma outra festa e já estamos atrasadas. — Ela pegou Blythe pelo cotovelo e as duas saíram andando, seguidas por Sophie.

As bochechas de Eli estavam brilhantes de tão vermelhas.

— Isso foi meio... esquisito. — Ele coçou a nuca. — Você acha que podemos conversar em algum lugar... *em particular*?

Danny Plimpton interrompeu seu jogo da velha e virou-se para Cate, falando algo sem realmente pronunciar as palavras, algo que parecia ser *A Águia aterrissou*. E então deu um OK para ela com o polegar.

Cate, sentindo-se animada, ajeitou o cabelo castanho-escuro para trás.

— Sei de um lugar perfeito para isso.

Ela empurrou a porta da cozinha. Antes de a festa começar, havia passado uma boa meia hora no jardim, preparando-o para que fosse o palco de seu primeiro beijo com Eli. Luzes noturnas estavam espalhadas sobre toda a superfície, fazendo com que parecesse infestado de vaga-lumes. Havia cupcakes e M&M's sobre a mesinha de café, e ela arranjara o iPod e as caixas de som portáteis na janela lá de cima. Os sons de "Vampire Weekend" ressoavam no quintal coberto de hera. Tudo estava perfeito.

Cate e Eli sentaram-se no sofá de teca, e ele se reclinou, apoiando-se na almofada. Ela não saía com um garoto desde Charlie. Tinham se encontrado por dois dias quando estavam de férias no Havaí, mas Cate sempre soube que Charlie voltaria para Minnesota e ela para Nova York. As coisas foram mais fáceis naquele caso, porque havia um limite de tempo para os dois. Ele nunca poderia *realmente* ser namorado dela. Com Eli, Cate estava preocupada com a possibilidade de estar falando alto demais, como sempre fazia quando ficava nervosa, ou quando tinha pedaços de comida grudados nos dentes. Havia um eco na cabeça dela, como se pudesse se ouvir pronunciando cada palavra, imaginando se parecia ensaiado, ou simplesmente bobo. Às vezes era assustador gostar tanto assim de alguém.

— Eu não esperava ver Blythe aqui. — Eli estava adorável com a camisa de botões J. Crew, mas o rosto parecia tenso, com um ar preocupado.

— Eu sei. Ela simplesmente apareceu. — Cate passou as mãos pela bainha do vestido Phillip Lim, e as lantejoulas arranharam as palmas de suas mãos. — Foi realmente estranho. — Ela deu de ombros, como se quisesse dizer *Esse é o tipo de pessoa bizarra que ela é.*

— Você estava certa em relação a ela. — Eli soltou um suspiro, tirando o cabelo negro e volumoso da testa.

Cate expirou profundamente. Sabia que Eli a entenderia. O lugar dele era junto de alguém que pudesse se vestir incrivelmente (mesmo na Marshalls), que era presidente da Spanish e da French Honor Society, que pudesse fazer o papel principal em *Annie* quando estivesse, ao mesmo tempo, organizando o baile do oitavo ano no Puck Building. O lugar dele era ao lado de alguém *leal*. Alguém como Cate.

— Quando estávamos no Jackson Hole, ela não parava de falar de si e das amigas, e sobre como elas eram as garotas mais populares da Ashton Prep — continuou dizendo Eli. — Definitivamente, ela não serve para mim. — Ele se inclinou mais para perto de Cate e abriu um sorriso.

Cate sentiu um nó no estômago, como se tivesse acabado de olhar pelo peitoril de um prédio de quarenta andares. Toda a humilhação que sentira no jogo de basquete, e a tortura que tinha suportado ao imaginar Blythe e Eli de mãos dadas num passeio de carruagem pelo Central Park pareciam muito distantes agora, como se fossem algo que aconteceu quando ela estava no quarto ano. Porque agora ela estava em seu jardim iluminado por velas, sozinha com Eli, perto o bastante para que pudesse sentir o hálito dele em seu rosto.

Ela se inclinou só um pouquinho mais para perto de Eli e ficou encarando seus olhos negros. *Beije-me*, pensou ela, esperando que ele levasse os lábios de encontro aos dela, mas Eli olhou pela janela, e os olhos procuravam algo ou alguém na cozinha.

— A Stella está em casa? — quis saber ele.

— Stella? — perguntou Cate com uma voz estridente.

— É. — Eli abriu um sorriso inocente, como se a pergunta fosse tão normal quanto pedir que Cate lhe passasse os M&M's.

— Não... — A voz de Cate foi sumindo, e ela caiu de costas de encontro às ripas duras de madeira do sofá de teca, o que Eli não pareceu notar.

— Qual é a dela? — Ele abaixou o tom de voz, como se estivesse com medo de que alguém estivesse se escondendo nos arbustos e pudesse ouvir a conversa. — Ela tem namorado?

Cate sentiu um nó se expandindo na garganta, do tamanho de uma bola de beisebol. Quando (e como) Stella e Eli tinham se conhecido? Estava morrendo de vontade de saber, mas não queria revelar a ele que Stella não havia lhe contado a respeito. Em vez disso, o que conseguiu dizer foi:

— Por que você quer saber?

Ela já sabia a resposta. A menos que gostasse da pessoa, ninguém na história do mundo faria esse tipo de pergunta.

— Eu só estava aqui pensando... — Eli ainda estava olhando além de Cate, para dentro das janelas iluminadas da mansão. — É que ela parece legal. Mas, por favor, não diga a ela que perguntei isso.

Cate fez um grande esforço para sorrir, mas o rosto estava endurecido. Ela não ia chorar. Não podia chorar. Não na frente de Eli.

— Não vou falar nada.

— Obrigado. — Eli apertou de leve o ombro dela. — Você é uma boa amiga.

Cate desviou o olhar, encolhendo-se ao ouvir aquela palavra. *Amiga*. Sabia tudo sobre Eli... Como ele não conseguia passar por algum cachorro na rua sem fazer carinho, como a mãe dele tinha nascido e sido criada em Tóquio, sabia sobre como ele teve uma mononucleose infecciosa horrível no ano passado, ficando afastado da escola por um mês. Era a vez *dele* de aprender alguma coisa sobre *ela*. Cate queria que ele soubesse como ela adorava rosas azuis, mesmo que elas não fossem de verdade e fossem vendidas apenas em delicatessens baratas ao longo da 3ª Avenida. Ela queria que ele perguntasse sobre sua minúscula cicatriz no joelho, para que pudesse contar a história de como escorregara subindo numa cascata em Samoa. Ele precisava saber sobre a mãe dela, e o câncer, e como Cate odiava ir a qualquer lugar (até mesmo para tomar uma ducha) sem usar seu anel de safira azul, ou o medalhão em que carregava a foto da mãe. Ela queria que ele a conhecesse, como seu *namorado*, e não... amigo... Nada menos do que namorado. Eli ainda estava ali sentado, esperando que ela dissesse alguma coisa.

— De nada — disse ela lentamente, obrigando as palavras a saírem da boca, e então olhou os olhos negros de Eli. — Para que servem os *amigos*?

A beleza está nos olhos de quem vê

Na manhã seguinte, Lola estava parada na sala de estar, vestindo o pijama do Harry Potter e pegando M&M's de um vaso Ming. Havia passado a noite inteira enrolada na cama com Heath Bar, usando os pelos espessos e cor de laranja do gato como lenço de nariz. Os olhos estavam praticamente fechados de tão inchados, e o rosto, esfolado. Pior ainda, Stella havia encarregado Lola de limpar a sala de estar. Ela havia acabado de raspar glacê cor-de-rosa do mantel da lareira, com os dentes cerrados o tempo todo enquanto fazia isso. Não deveria ser ela a ter de passar o aspirador de pó nos chocolates triturados sobre o tapete, ou remover com a escova o maldito glacê do chão. Para início de conversa, a festa nem era dela.

Jogou os M&M's num saco de lixo, chacoalhando as mãos para se livrar dos que tinham grudado nelas. Não conseguia parar de visualizar o rosto de Gunther, lembrando-se de como ele tinha se afastado dela, por repulsa. *Você eztáááááá fediiiiiidaaaaa! Você eztáááááá com cheiro de cocôôôôô!* Ela foi tão idiota. Não deveria ter acreditado em ninguém... nem em Ayana, nem em Andie e nem em Gunther quando disseram que ela poderia ser modelo. Porque, em algum lugar bem lá no fundo, sempre soube qual era a verdade. Betsy Carmichael estava certa. Lola não deveria desfilar pelo corredor com as pessoas admirando-a; não deveria aparecer no *Ashton News* como alguém a ser visto. Já havia garotas o bastante desse tipo na Ashton, e ela já tinha seu lugar. Ela era Lola "Dias da Semana" Childs.

Stella apareceu à porta usando boxer feminina xadrez e camiseta.

— Lola... tenho um presente para você. — Ela estava usando luvas de borracha de um amarelo berrante, trazia uma escova de limpeza numa das mãos e um balde na outra. — Aqui está. Tem poças de ponche por toda parte no chão da cozinha.

— Por que *você* não pode limpar o chão?

Lola chutou um cupcake no meio do tapete persa. Cate tinha exigido que ela pegasse os copos de plástico da sala de jantar, mesmo que Lola nem tivesse posto os pés no cômodo a noite inteira.

— Estou limpando o vestíbulo — disse Stella enquanto jogava os cachos para trás com o cotovelo. Estava acordada desde as 8h, tirando as fotos da parede. Não estava com energia para discussões. Na noite passada, a avó tinha voltado cedo do encontro. Margot olhara para a mancha de ponche na parede do vestíbulo e para os cupcakes esmagados no chão e mal disse uma palavra. Aparentemente as coisas com Walter Hodgeworth não tinham ido tão bem quanto ela esperava. Ele preferia mulheres na casa dos cinquenta. *Eu pareço estar na casa dos cinquenta!*, gritou ela. Margot concordou que a festa poderia ser "o segredo delas", contanto que a primeira coisa que as garotas fizessem na manhã seguinte fosse limpar a casa e deixá-la arrumada, de modo que estivesse em perfeitas condições quando acordasse. — Além disso — acrescentou Stella —, Andie vai ajudar você.

Lola encolheu-se ao ouvir aquele nome. Devia ter percebido que Andie não estava lidando bem com o fato de Lola estar correndo atrás da carreira de modelo. Estava apenas esperando a oportunidade perfeita para se vingar. Lola visualizou Andie no ensaio da banda de Kyle, batendo os cílios como uma idiota e jogando o cabelo por cima do ombro do mesmo modo como tinha mostrado a Lola. Andie provavelmente decidiu manter Kyle como reserva, para o caso de Clay terminar o namoro com ela. Era tão injusto... injusto com Lola e com Kyle. Mesmo que ele não tivesse sido o melhor amigo de Lola nessa semana, ela ficava triste só de pensar na cara que ele fez na noite passada. Parecia que estava a ponto de cair no choro.

— Talvez eu não queira que Andie me ajude — murmurou Lola.

— Por favor, Lola. — Stella soltou um suspiro. — Faça isso por mim? — Ela deixou o balde no chão e desapareceu dentro do vestíbulo.

Na cozinha, Andie estava ajoelhada no chão, cercada por uma poça de espuma cor-de-rosa.

— Ei... — disse Andie, esforçando-se muito para sorrir. Lola não trocou nem uma palavra com ela desde a noite de ontem. Tinha feito uma barricada, trancando-se no quarto e trancando também a porta do banheiro para que Andie não pudesse entrar. Andie sabia que Lola estava com raiva, mas ela só precisava explicar tudo. Aquela mentirinha sobre o "moletom de Clay" tinha virado uma bola de neve e transformou-se em algo tão grande que fugiu ao seu controle.

— Você pode me passar o balde? — perguntou, quebrando o silêncio.

Lola jogou um pouco de água com sabão no chão, que borrifou bem no rosto de Andie. Então se ajoelhou e começou a esfregar, fingindo que não tinha ouvido a pergunta.

— Lola, eu posso explicar...

— Nem se dê ao trabalho. — Lola estava esfregando o chão com tanta força que quase removeu o verniz da madeira. — Não quero ouvir você falar sobre como se esqueceu de me contar que tinha ido ao ensaio da banda de Kyle. Você só flertou com ele porque estava com raiva de mim por causa da Ayana. Está com ciúme porque eu ia posar como modelo.

Andie engoliu em seco. Na semana passada ela havia, sim, flertado com Kyle para se vingar de Lola por ela ter ido à Ford, mas agora as coisas eram diferentes. Foi Kyle quem apareceu no jogo de futebol. Kyle foi quem enviou mensagens na internet pra ela. Andie não tinha feito aquilo para machucar Lola. A única coisa que Andie fizera de errado era gostar de Kyle como ele gostava dela.

— Se eu estava com tanto ciúme assim, por que ajudaria você a se maquiar? Por que diria para você ir se encontrar com Gunther e por que a ajudaria a escolher que vestido usar? — Ela olhou nos olhos de Lola. — Estou feliz por você, estou mesmo. E eu ia contar que estava saindo com Kyle, mas nunca havia um momento que fosse bom. Uma hora você estava chateada com o lance da Pacific Sunwear, outra com Betsy Carmichael, outra com Gunther.

Lola parou de esfregar o chão. Os dedos estavam cor-de-rosa. Era verdade. Andie *tinha* ajudado Lola com o lance de ser modelo, mas ela ainda não conseguia ignorar todas as mentiras. O tempo todo em que ela, Lola, havia enviado mensagens de texto a Kyle pelo celular, pela internet, chamando-o para sair, ele estava saindo com Andie. Não apenas uma vez, mas várias. Andie havia feito Lola de idiota.

— Só me diga uma coisa... aquele moletom no seu quarto era mesmo de Clay? Ou eu estava certa? Era de Kyle!?

Andie sentou-se sobre os calcanhares.

— É... era de Kyle.

Lola encolheu-se. Kyle tinha dado um CD a Andie *e* o moletom dele. Não só gostava dela... estava totalmente obcecado por ela. O celular de Lola vibrou dentro do bolso e ela foi correndo para a sala de estar, grata por poder se afastar da irmã postiça. Não queria mais pensar em Kyle esperando por Andie do lado de fora da Ashton depois das aulas, ou pedindo que ela jogasse futebol com ele, um contra um, no Great Lawn. Olhou para o visor para ver quem estava ligando, mas apenas aparecia *Número privado*. O número de Abby em Londres era confidencial, então elas sempre o usavam quando queriam passar um trote para Stella. Lola sorriu pela primeira vez naquele dia.

— Abby?

— Não, Lola. Oi. É Ayana Bennington.

Lola visualizou Ayana em seu escritório imenso, com os saltos de dez centímetros cruzados sobre a mesa. Ayana era conhecida pelos volumosos cabelos negros que iam até abaixo da bunda, e imaginou-a com uma trança envolvendo o pescoço como se fosse um cachecol.

— Acho que já sabe sobre a sessão de fotos — murmurou Lola.

— Sim. Gunther acabou de me ligar.

As palmas das mãos de Lola estavam tão suadas que ficou com medo de que o celular escorregasse feito um sabonete. Se soubesse que a ligação era de Ayana, jamais teria atendido.

— Ayana, é só que... — Lola começou a dizer, sentindo o rosto ficar quente.

Ela esperava ser a modelo que Ayana achava que ela era. Tinha nutrido esperanças de que conseguiria entrar numa sala e parecer confiante, segura de si, para que todo mundo (inclusive as garotas na Ashton Prep) gostasse dela. Havia nutrido esperanças de que conseguiria manter os ombros para trás e o queixo erguido, para mostrar a Gunther que era exatamente como a mãe... que era *tão* talentosa, *tão* bonita. Mas agora sabia que nunca seria Emma Childs. Às vezes, Lola não conseguia acreditar nem mesmo que era filha dela.

Não precisava que Ayana lhe dissesse isso.

— Que nada, minha querida. Gunther revelou as fotos. Ele amou o resultado!

— Amou?

Lola, que ficou pasma com a notícia, apertou o encosto do sofá. Heath Bar estava afiando as garras no braço do sofá, mas ela estava tão animada que não queria arruinar o momento gritando com o gato.

— Ele não ficou animadíssimo com a sessão de fotos, mas quando as revelou, viu que ficaram lindas. Eu disse... você tem uma aparência única. — Lola saltitou. — Você é a nova *it girl* da indústria da moda. Seu outdoor vai para a Times Square na semana que vem, e ele quer agendar a sessão de fotos da parte Luz da campanha. Vamos discutir tudo isso nesta semana... Eu só queria te contar as boas novas.

— Sim, claro — disse Lola e desligou o celular. Ela ficou encarando o próprio reflexo no espelho da parede. O cabelo continuava um pouco ensebado, e ela não estava usando a famosa faixa, mas pela primeira vez na vida, Lola notou as pitadinhas de dourado em suas íris, e a forma como as sardas espalhavam-se de um jeito uniforme pela face. Percebeu que nunca teve uma única espinha que fosse, e que as sobrancelhas arqueavam-se no centro, mesmo que nunca as tivesse feito, como a maioria das garotas. Puxou o cabelo para trás, deixando as orelhas expostas. Ela sempre as tinha odiado. Ainda não eram a parte predileta do corpo, mas agora já não pareciam tão grandes assim, nem tão estranhas. Nesse momento, faziam parte do que a tornava "única" e talvez até mesmo um pouco... bonita.

Ao olhar para o reflexo, Lola abriu um sorriso. Não importava se Stella dissesse que tinha orelhas de Dumbo, nem que seu nariz não fosse um botãozinho perfeito como o de Cate. Não importava se Kyle nunca olhasse para ela da mesma forma como olhava para Andie. Porque, pela primeira vez na vida, ela estava olhando para si mesma... e gostando do que via.

Lola foi correndo até o vestíbulo e subiu as escadas, não parando até chegar no quarto da mãe. Precisava compartilhar a novidade com alguém. Aquilo tinha acabado de acontecer e já sentia como se fosse um sonho bom do qual desejava não acordar nunca. Margot ainda estava enrolada na cama, assistindo a uma maratona de *As the world turns*, na Soap Net.

— Vocês, queridinhas, já terminaram de arrumar a casa? — perguntou Margot.

Com o cabelo baixo, ela ainda estava vestindo o pijama de seda e segurava uma caixa de lenços de papel numa das mãos.

— Vovó... — Lola subiu na cama. Pressionou com os dedos as bochechas sardentas. — Vou aparecer num outdoor de Gunther.

Margot endireitou-se com tudo.

— Isso é o máximo! — gritou ela, e abraçou Lola com força. Lola inspirou o aroma de hidratante facial Crème de la Mer na avó. — Sua mãe vai ficar tão orgulhosa de você!

— Obrigada — disse Lola, esperando que Margot falasse mais alguma coisa.

Mas ela só segurou a mão de Lola na sua e abriu um sorriso.

— Sua mãe vai ficar mesmo orgulhosa de você, queridinha.

Lola sentiu uma pontada de decepção. Queria que sua avó pulasse pra cima e pra baixo na cama com ela e exigisse que as duas fossem comemorar o acontecimento na Pinkberry. Ou que ficasse tão tremendamente animada que precisasse soltar um grito. Às vezes, Lola se esquecia de que, embora Margot usasse vestidos regata e sapatos de salto alto, ainda era uma mulher de 78 anos de idade.

Sua avó tinha feito sua maquiagem para a sessão de fotos de Gunther, mas sem uma pessoa, ela nunca teria conseguido o emprego. Ela ainda estaria chateada com o que acontecera na seleção da Pacific Sunwear, ou teria escrito um e-mail a Ayana Bennington dizendo que a deixasse em paz. Encarando os olhos verdes da avó, Lola deu-se conta de que não queria compartilhar essa notícia com qualquer um... e sim com *Andie*.

Fazer as pazes é algo muito difícil

Stella estava parada do lado de fora de uma casa de três andares na rua 70, com a sensação de que os ovos que comeu no café da manhã estavam estragados. Havia ligado para Myra cinco vezes naquela manhã, mas as ligações não foram atendidas. Myra era a primeira amiga verdadeira que Stella tinha feito em Nova York... pelo menos a primeira que não era sua parente de uma forma ou de outra. Era a única pessoa a quem Stella contara sobre o pai e seu caso com Cloud McClean, além de ser a única pessoa que conhecia na escola sem ter sido apresentada por Cate. Não podia perder essa amizade por causa da droga do desafio de Blythe.

Stella tocou a campainha, e os dedos tremiam. Depois que terminou de limpar os banheiros de hóspedes (tampando o nariz o tempo todo), foi fazer compras no Manhattan Mall, um lugar que tinha descoberto numa pesquisa no Google. Agora vestia uma saia jeans, as meias 3/4 com as cores do arco-íris (a marca registrada de Myra), e uma camiseta com os dizeres BEBIDA E DERIVAÇÃO NÃO COMBINAM. Havia até mesmo comprado um suéter para seu ferret, Pitágoras, um presente como quem diz *Me desculpa* (tecnicamente, era feito para poodles pequenos, de até 28 centímetros de comprimento, mas ela esperava que coubesse no bichinho de estimação de Myra). Era algo um pouco extremo, mas precisava mostrar a Myra que não se importava com o que ela vestia... Stella se importava com quem ela era. E queria ser amiga dela, fosse como fosse.

A porta da frente se abriu, e Myra apareceu, com o cabelo loiro preso num coque bem firme. Ao ver as roupas que Stella estava vestindo, começou a fechar a porta.

— Myra... espera! — gritou Stella, segurando a porta antes que se fechasse. — Por favor?

Myra cruzou os braços sobre o peito.

— O que você está fazendo aqui? — Ela olhou para ambos os lados da rua 70, como se estivesse esperando ver Cate escondendo-se atrás de alguma lata de lixo na vizinhança. — Isto é algum tipo de piada?

— Não — disse Stella, apontando para as roupas que vestia. — Estas são minhas novas meias, e esta é minha nova camiseta. — Ela ficou analisando a reação no rosto de Myra, mas os olhos cor de âmbar não revelavam nada. — Estava planejando usá-las para ir à escola amanhã. E depois de amanhã... até você me perdoar.

Stella esperou que Myra abrisse um sorriso, ou desse risada, mas, em vez disso, ela ficou batendo com os pés no chão, com os tamancos de madeira, como um metrônomo contando o tempo.

— Não posso perdoar você se não me pedir desculpas — disse ela por fim.

— Eu ia chegar nesse ponto. — Stella torceu as mãos, como se estivesse torcendo uma toalha molhada. Havia passado o caminho todo ensaiando o que diria, mas agora tudo parecia inadequado. Se Myra não quisesse mais ser sua amiga, Stella não poderia discutir, nem se convencer de que Myra estava tendo uma reação exagerada a tudo que aconteceu. Porque sabia que tudo que havia acontecido... até mesmo se Myra jogasse os tamancos de madeira na sua cara... bem, Stella tinha feito por merecer.

— Eu sinto muito, Myra, sinto muito mesmo. E essa é a única forma que conheço de mostrar que lamento por tudo. Eu não me importo com a droga da transformação do seu visual, mesmo se você for usar a camiseta πRADA POR MATEMÁTICA pelo resto da vida. Talvez as coisas tenham começado com o desafio de Blythe, mas tenho sorte por termos nos tornado amigas. Você é inteligente, divertida e... é a melhor pessoa que conheci desde que estou em Nova York.

A expressão no rosto de Myra ficou mais suave.

— Você está falando sério?

— Mais do que tudo! Toma. — Stella puxou o presente do tamanho do ferret de dentro da bolsa Marc Jacobs e colocou-o nas mãos de Myra. — Comprei isto para Pitágoras.

Myra abriu a caixa e ergueu a miniatura de suéter com losangos multicoloridos. Stella tinha achado aquilo perfeito para um ferret cujo nome era inspirado na matemática. Pela primeira vez desde o incidente de ontem, Myra sorriu.

— Obrigada. — Ela olhou para as roupas que Stella estava vestindo e deu uma risadinha. — Você vai mesmo usar isso para ir à escola amanhã?

— Vou, se você quiser — disse Stella.

Teria usado aquilo o ano inteiro. Ser popular era algo que parecia sem sentido agora. Fora popular em Londres, e tudo que tinha para mostrar ao mundo eram duas "melhores amigas" que não telefonavam desde que ela estava em Nova York. Nem para saber como foi o casamento de sua mãe, nem as novidades do primeiro dia de aulas na escola nova. Nem mesmo para confirmar que ela não tinha sido atropelada por um táxi.

Myra balançou a cabeça em negativa.

— Isso *seria* divertido, mas não precisa. — Ela olhou nos olhos de Stella e, de repente, ficou séria. — Mas não posso ser a terceira garota da Chi Sigma. E definitivamente não posso ser a melhor amiga de *Cate Sloane*. Isso tudo não é a minha cara. — Ela se endireitou, mas o rosto ainda parecia triste. — Além disso, você passa cada minuto com ela. Não consigo ver como isso daria certo.

Stella expirou fundo. Cate era sua irmã postiça e, mesmo que quisesse, não podia evitá-la. No entanto, a realidade era que, nesse exato momento, mal podiam se considerar amigas. Cate só tinha dito três palavras a ela durante toda a manhã: *Saco de lixo?*, jogando um para Stella. Ela sabia que Cate estava furiosa por ela ter abandonado a festa, mas Stella havia ficado preocupada com Myra. A última coisa que queria fazer depois daquela briga era responder perguntas para o *Ashton News*.

Tanto Stella quanto Cate não toleravam a voz agudíssima da diretora da escola. Ambas davam risada da forma como Winston cantarolava Frank Sinatra sempre que ficava sozinho em algum ambiente. E as duas adoravam passar uma tarde fazendo compras na Madison Avenue, experimentando vestidos que só seriam apropriados para se usar num leilão de arte da Sotheby's.

Mas ultimamente parecia que elas estavam muito diferentes uma da outra. Sim, Cate tinha gostado de Myra, mas só porque era uma forma de provar a Blythe que elas eram uma irmandade tanto quanto a Beta Sigma Phi. Stella havia gostado de Myra pelo que ela era... A pessoa que achava que Cloud McClean era uma aluna de cabelo azul do décimo primeiro ano. Stella mexeu num cacho loiro, e sua decisão tinha sido tomada.

— Não preciso passar todos os minutos da minha vida com Cate — disse ela. — Só preciso que você seja minha amiga.

Myra deu um passo para fora da entrada da casa e colocou seus pequeninos braços em volta de Stella. Não era seu costumeiro abraço esmagador, mas era apertado o suficiente para levar lágrimas aos olhos de Stella.

— Ainda sou sua amiga — disse ela baixinho.

Top models têm coisas mais importantes com que se preocupar

— *And you say* — cantava Kyle. — *It's o-kay, and that's o-kay with meeee.*

Andie apertou o botão para parar a música no aparelho de som e voltou para a cama, ajeitando a colcha vermelha em volta do corpo. Ela havia ouvido o CD de Kyle direto, e cada uma das músicas fazia com que se sentisse um pouco pior. Ele não atendia seus telefonemas, não respondia as mensagens de texto e, quando ela se conectou no Facebook, descobriu que ele a havia deletado da lista de amigos. Ele não estava apenas com raiva... estava tentando remover cirurgicamente Andie de sua vida.

Ela se sentou na cama, sentindo um nó subir pela garganta. Era inútil. Ele a tinha visto beijando Clay Calhoun. Não havia como explicar realmente a situação, mesmo que ele lhe desse a chance. Precisaria contar a Kyle sobre Lola, sobre como ela sempre gostara dele, e sobre como Andie tinha criado toda uma mentira para protegê-la... ou pelo menos tentar. Por pior que ela tivesse sido como irmã na semana passada, não contaria os segredos de Lola a ninguém.

Ela ouviu alguém bater à porta, e Lola espiou pela fresta. O cabelo dela ainda estava fibroso, e os joelhos de seu pijama estavam incrustados com glacê cor-de-rosa.

— Posso entrar?

Andie fez que sim com a cabeça, alisando a franja. Sabia como tudo deveria ter soado para Lola: mal. Muito, muito mal. A verdade era que Andie *realmente* ficava com ciúme sempre que Lola chamava Gunther pelo primeiro nome, e tinha uma parte dela que *não* queria que Lola aparecesse como modelo na *Vogue*. Mas não era por esse motivo que gostava de Kyle. Ela gostava do jeito como ele olhava de relance para cima quando estava cantando, como se todas as músicas tivessem sido escritas só para ela. Gostava que ele sempre lhe enviava links de clipes do *Saturday Night Live* ou de vídeos bobos do YouTube, ou de qualquer coisa que a fizesse sorrir. E ela gostava de como ele imprimira a capa do CD no computador e escrevera meticulosamente os nomes de todas as músicas novas à mão. Ela gostava *dele*. Era simples assim.

— Lola — ela começou a dizer, procurando as palavras certas —, Kyle apareceu no meu treino de futebol, e começamos a conversar a partir dali, mas eu não sabia como contar isso a você. Então inventei aquela mentira idiota de que eu estava namorando Clay.

Lola sentou-se na beirada da cama, olhando para Andie como se ela tivesse acabado de dizer algo em chinês.

— Mas, Andie, você disse a todo mundo na festa que vocês eram um casal. Estavam de mãos dadas. Você *não* está namorando Clay?

Andie esfregou os olhos, que ainda estavam avermelhados de tanto chorar.

— Não. Eu não sabia o que dizer quando você me perguntou sobre o moletom, então menti. E depois precisei manter essa mentira, fingindo que ele era mesmo meu namorado. Quando todo mundo ficou lá torcendo pra gente se beijar, eu não queria, mas não sabia mais o que fazer.

Andie puxou e apertou mais o edredom em volta do corpo, ficando só com a cabeça para fora. Nunca fora boa em mentir. Sabia disso desde o terceiro ano, quando o pai a pegou roubando seus lenços de seda para usá-los como cobertor de Barbie. Ainda assim, por um momento, pareceu que tudo funcionaria... Clay sairia da festa, Kyle chegaria, e não teria de contar a Lola nada disso até o momento certo. Mas talvez esse fosse o problema. Nunca haveria um "momento certo". Nem mesmo agora.

— Eu só estava com medo de te contar isso — começou a dizer. — Eu gosto de Kyle.

Lola gostaria que Andie não tivesse lhe contado isso. Doía o bastante pensar em como Kyle gostava de Andie. Não queria pensar em como ambos gostavam um do outro. Lola visualizou-os dando a volta no reservatório juntos, de mãos dadas, ou Kyle aparecendo nos fins de semana para ver *Andie*, para pegar *Andie* para ir ao cinema ou jogar pebolim no gabinete na casa delas. Lola nunca mais ia querer sair do quarto.

— Eu não vim aqui para falar de Kyle — disse ela, mudando de assunto. — Eu queria te contar minhas novidades. Gunther gostou das fotos. Vai usá-las, no fim das contas.

Andie jogou os braços em volta de Lola, deixando as cobertas caírem dos ombros.

— Eu te disse! — gritou ela. Andie ficou pulando pra cima e pra baixo na cama, animada. Isso mudaria tudo na vida de Lola... No bom sentido. Desde que Lola chegou a Nova York, ficava perguntando a Andie como poderia ser diferente, mais bonita, mais legal. Lola queria ser alguém de quem Kyle gostasse e de quem Betsy Carmichael não tiraria sarro. Talvez agora finalmente fosse relaxar e ser ela mesma. Andie gostava mais da verdadeira Lola (com as mãos espasmódicas com as quais sempre batia palmas e com os moletons da Gap cobertos de pelos). — Quando o outdoor vai pras ruas?

— Na semana que vem — Lola conseguiu dizer. Andie a abraçava com tanta força que a garota mal conseguia falar.

— Seu rosto vai aparecer na Times Square? Mal posso esperar para que todo mundo da Ashton veja isso. — Andie jogou-se em diagonal na cama, de um jeito dramático, como se Lola tivesse acabado de contar que *ela, Andie*, seria modelo de Gunther Gunta. — Minha irmã postiça é uma top model — disse ela, para o nada.

— Mal posso esperar para ver isso também.

Lola alisou e abaixou o cabelo loiro e abriu um sorriso. *Aquela* era a reação que queria. Lola precisava de alguém que soubesse como a vida na Ashton Prep era antes, e que fosse capaz de entender como seria depois. Betsy Carmichael lamentaria por tudo que tinha dito sobre suas calcinhas.

Seu olhar contemplativo fixou-se na colagem acima da cama de Andie. O anúncio da Chloé, com o rosto sorridente de Andie colado no corpo de uma modelo, ainda estava lá, para todo mundo ver. Andie sempre sonhara em ser modelo. Ela gravava, toda semana, os episódios de *America's Next Top Model* e depois os via e revia (pelo menos) três vezes (no mínimo), fazendo pausas em poses diferentes e tentando reproduzi-las. Lola não fazia a mínima ideia de quem era Gunther Gunta... Foi Andie quem precisou lhe contar sobre ele.

Ela pensou no rosto de Kyle na festa, quando ele viu Andie beijando Clay. E então olhou de relance para os olhos de Andie, que estavam vermelhos. Lola sentiu o peso da culpa no estômago. Lola não gostava da ideia de os dois estarem juntos, mas também não queria ser a "coisa" que os separaria.

— Então você realmente gosta de Kyle? — perguntou ela.

Andie analisou o rosto de Lola, nervosa, achando que ainda estava com raiva ou chateada, mas os olhos verdes de Lola pareciam bem abertos, e o nariz não estava se mexendo... nem um pouco.

— Sim, eu gosto dele. Gosto mesmo — disse Andie. — Mas isso não faz diferença agora. Ele não quer falar comigo. Telefonei, mandei e-mail, mas nada. — Andie torceu a parte de baixo da camiseta com tanta força que achou que ia rasgá-la. Tentou se colocar no lugar de Lola... Se fosse *Lola* quem tivesse se encontrando às escondidas com o cara que ela, *Andie*, estivesse a fim. A pior parte era que, por mais que tentasse, não conseguia. Porque a verdade era que Lola nunca faria isso com ela. — Sinto muito por ter mentido pra você. Eu só estava assustada, com medo de você me odiar.

Lola sentou-se ao lado de Andie e sacudiu um pouco os ombros.

— Eu não odeio você.

E era verdade. Lola havia ficado chateada com Andie por causa do lance com Kyle, mas não o tinha visto em quase uma semana. Sempre que eles acabavam conversando, ele ficava dizendo como eram bons amigos. Claro, eles haviam sido os melhores amigos quando crianças, mas ela estava começando a sentir como se não o conhecesse mais. A página dele no Facebook mostrava centenas de fotos de Kyle com a banda no palco, com o cabelo suado e preso com uma faixa que parecia de menina. Havia fotos dele jogando futebol na Donalty, e ele até tinha uma página de fã para sua banda. Lola gostava de andar a cavalo, era a primeira na cadeira de viola, e nunca tinha ido a um show (a menos que se conte o concerto da Filarmônica no Royal Albert Hall). Não eram exatamente dois lados da mesma moeda. Talvez Kyle devesse estar com alguém diferente, alguém que realmente tivesse interesse pelas mesmas coisas que ele. Alguém como... Andie. — Estou feliz por Clay não ser seu namorado. Ele é um verdadeiro idiota. Ficou falando sem parar, durante cinco longos minutos, sobre como tinha jogado um sanduíche de atum na cabeça de um cara. — Ela deu risada, sentindo a raiva se dissipar. Além disso, a partir de hoje ela era uma modelo... modelo de *Gunther Gunta*. Seria difícil ficar com raiva de qualquer coisa agora.

— Pelo menos você não teve de ouvir a história de como Brandon fez xixi numa garrafa de Pepsi quando viajou para acampar — murmurou Andie.

Lola riu, mas Andie ainda tinha uma expressão triste no rosto. O moletom de Kyle estava jogado na cadeira da escrivaninha de Andie, e Lola ficou com os olhos pregados nele, com uma ideia se formando na cabeça. Mesmo que Kyle não quisesse falar com Andie, com Lola ele falaria...

LOLABEAN: VI QDO VC CAIU FORA CORRENDO NO SÁBADO
STRIKER15: ½ Q TIVE Q FZ ISSO
LOLABEAN: A ANDIE ME FALOU QUE VCS ESTAVAM MEIO Q JUNTOS
STRIKER15: Ñ ESTAMOS +
LOLABEAN: SE FOR POR CAUSA DO CLAY... AQUILO Ñ FOI O Q PARECEU
STRIKER15: ??
LOLABEAN: ELA Ñ GOSTA DELE... ELA GOSTA DE VC
STRIKER15: ENTÃO PQ ELA ESTAVA BEIJANDO CLAY?
LOLABEAN: ELE Q A BEIJOU, ELA Ñ QUERIA
STRIKER15: O Q? JURA?
LOLABEAN: TODO MUNDO ESTAVA GRITANDO, PILHANDO CLAY A FZR ISSO
LOLABEAN: A ANDIE IA FZR COM Q ELE PARASSE, MAS ELE ACABOU BEIJANDO-A MSM ASSIM.
STRIKER15: É VDD?
LOLABEAN: PASSA AQUI HJ À NOITE
LOLABEAN: VC DEVERIA FALAR COM ELA
STRIKER15: Ñ SEI
LOLABEAN: PFVR?
STRIKER15: OK.... TE VEJO ÀS 7
LOLABEAN: OK
STRIKER15: + UMA COISA... ESTAMOS NUMA BOA?
STRIKER15: FIQUEI PREOCUPADO... ACHEI Q VC PUDESSE ESTAR CHATEADA COM ISSO D EU E A ANDIE JUNTOS
STRIKER15: É POR ISSO Q Ñ TE FALEI Q EU IA APARECER NA FESTA
LOLABEAN: Ñ... ESTAMOS ÓTIMOS
STRIKER15: JURA?
LOLABEAN: CLARO Q SIM!
STRIKER15: OBG
STRIKER15: VC É O MÁXIMO, STICKS

A passagem é chamada de "secreta" por um motivo

Mais tarde naquela noite, Cate ficou folheando a pasta do "Green Club", em busca de pistas. Durante o dia todo, as palavras de Eli ficaram se repetindo em sua cabeça, como se fossem uma música ruim no modo *repeat. Ela tem namorado? É que ela parece legal.* Ele não dissera que Stella era bonita, arrumadinha ou que tinha um cabelo legal (coisa que Cate odiava ter de admitir, mas o cabelo de Stella era mesmo legal), coisas que qualquer um poderia dizer só de vê-la passando na rua. Eles haviam se encontrado antes... Mas *quando*? Ela analisou uma foto de Eli e de Braden Pennyworth sozinhos na esquina da rua 84 com a Amsterdam. Havia uma única pessoa no fundo. A menos que Stella tivesse se disfarçado de mendigo usando um capacete de piloto, não era ela.

E então o iPhone de Cate deu sinal de vida.

DANNY: VI O QUE VC ME PEDIU. REF: STELLA. NADA DE NOVO A REPORTAR.

Irritada, Cate jogou o telefone na cama. Se tivesse de contratar Danny para seguir Stella por aí durante uma semana, faria isso. Precisava saber a verdade. Esperava que tudo não passasse de um erro inocente, que Stella tivesse trombado com Eli na entrada da casa dele e tivesse se esquecido de mencionar. Mas, depois do incidente no jardim, Eli ficou vagando pela casa como uma criança perdida, na esperança de que Stella descesse. Então pediu a Cate (duas vezes!) que dissesse a Stella que ele tinha passado por ali. Quanto mais Cate pensava nisso, menos inocente a coisa toda parecia.

Cate ficara em casa o dia todo e estava começando a se sentir um pouco louca e agitada... ou talvez só louca. Precisava dar uma caminhada para relaxar a cabeça. Desceu as escadas, parando no gabinete para pegar o último dos sacos de lixo que faltava. Empurrou a porta da frente da casa e colocou os sacos na calçada, levemente satisfeita ao ouvir o *tunc!* que fizeram ao cair. A última evidência da festa se fora. Mas limpar tudo era a parte fácil. Fazer o controle dos danos amanhã na escola seria algo mais difícil. Ela teria de responder a mais perguntas sobre a transformação fracassada de Myra, e haveria mais garotas perguntando sobre o "cara gostoso de Haverford" sobre o qual ela vinha falando. Ainda ontem tinha se imaginado dizendo "esse é meu namorado", mas agora, claramente, isso estava fora de questão.

Então a porta da frente da casa de Eli Punch abriu-se. Uma mulher na casa dos 40 anos descia os degraus em ritmo de cooper, e um homem musculoso, com uma barba castanha espessa, a seguia de perto.

— Devagar, Holden — disse Eli enquanto um golden retriever amarelo o arrastava para fora. Eli puxou o cachorro para trás, e suas pernas eram chicoteadas pelo rabo do animal.

Cate alisou o cabelo, abaixando-o, e sentia-se repentinamente nervosa. A família inteira de Eli parecia ter saído das páginas da revista *Runner's World*. O pai estava com uma regata da Nike e tênis de corrida pretos e reluzentes, e o cabelo muito escuro da mãe estava preso num rabo de cavalo bem firme. O próprio Eli usava uma calça de moletom da Haverford.

— Oi — disse Cate, puxando o robe de banho mais para junto do corpo.

— Essa deve ser sua nova amiga vizinha. — O homem penteava a barba com a mão.

Cate encolheu-se. Aquela palavra de novo: *amiga*. Mesmo que não estivesse numa posição para recusar amizades (o cômputo total era, atualmente, um, *e isso caso* considerasse Stella como amiga), ela nunca seria amiga de Eli. Cate nunca se sentaria do lado dele sem desejar segurar sua mão. Nunca ouviria Eli falando sobre Stella sem sentir como se estivesse espremendo seu coração com um alicate.

— É, essa é Cate. — Eli abriu um sorriso. — Podem ir. Vou depois. — Os pais dele saíram correndo em direção ao Central Park, puxando o cão.

— Ei, Eli — começou a dizer Cate, raspando a calçada com os chinelos. — Que bom te encontrar. Tem algo que quero te perguntar. — Cate buscou os olhos negros dele. — Como você conheceu Stella?

Eli ergueu uma sobrancelha.

— Ela não te contou? Ela descobriu uma porta no closet dela. Que fica entre nossas casas. Ela abriu um rombo na parede do meu quarto. — Depois de dizer isso, ele soltou uma risadinha.

Cate afundou as unhas na palma da mão.

— Uma porta? — perguntou com a voz estridente.

— Sim. Foi assim que nos conhecemos. — Ele olhou de relance na direção do parque. — Desculpe, preciso ir — disse, e então se retirou, descendo a rua 82. — A gente se vê depois.

— Tá... — murmurou Cate, mas Eli já estava virando a esquina quando disse isso. Cate morou nessa casa a vida toda. Quando era pequena, a mãe costumava usar o quarto novo de Stella como biblioteca, lendo para ela *Green Eggs and Ham* e *Goodnight Moon* num sofá-cama. Ainda nesse verão, Cate tinha mantido todo seu guarda-roupa de inverno dentro daquele closet, finalmente deslocando as roupas para algum espaço mofado uma vez que Stella chegara para ficar. Mas nunca havia notado a existência de uma porta ali... Nunca! Era algo tão ridículo de se acreditar, como acreditar na existência de um feijão mágico ou de uma maçã envenenada. Era algo saído de um conto de fadas.

Cate entrou em casa correndo, subiu um lance de escadas, e o próximo, sem parar até que tivesse chegado ao quarto de Stella. Entrou no closet, com o coração batendo rápido, como se estivesse numa caça ao tesouro e finalmente o tivesse encontrado. O closet estava cheio de roupas, e ela teve de chutar blusas que estavam no caminho para poder passar. Havia cestas de cintos Prada e cachecóis Fendi, além de uma parede inteira de sapatos de designers de moda. Ela colocou de lado um rack com vestidos casuais para tentar encontrar a tal porta. Mexeu em uma arara com jeans J Brand e uma pilha de suéteres dobrados numa prateleira. Então notou uma longa fenda de luz em sua perna. Com toda certeza, na parede de trás, bem entre duas blusas verdes Diane von Furstenberg, dava para ver a beirada de algo que parecia uma passagem. Empurrou para trás algumas regatas e encontrou a porta, com lascas da tinta verde-menta em torno do batente.

Cate sentou-se, com as costas pressionadas na coleção de sapatos de Stella. Eli estava certo. Esse tempo todo, enquanto ela estava indo a seus jogos de basquete e planejando o primeiro beijo deles, Stella entrava e saía sorrateiramente pela passagem secreta. Não era de se admirar que ele gostasse tanto dela. Provavelmente conversaram sobre *O apanhador no campo de centeio* ou sobre como havia ouvido falar que as praias em Westport eram mais calmas que nos Hamptons, só porque ficavam na Long Island Sound. Provavelmente usara todas as informações que *Cate* tinha coletado, uma por uma, para convencer Eli de que *ela*, *Stella*, adorava golden retrievers, de que *ela*, *Stella*, jogara basquete no time feminino em Londres, de que *ela* seria uma namorada perfeita.

Cate sentia as lágrimas acumulando-se nos olhos. Que Chi Sigma o quê!... Nada tinha mudado. Stella ainda estava mentindo na cara dela, ainda tramava as coisas pelas suas costas. Talvez não tivesse conseguido separá-la completamente de Blythe, Priya e Sophie, mas agora tinha ido atrás de Eli. Cate revirou o brinco de diamante entre os dedos. Era nessas horas que ela mais sentia falta da mãe. Tudo estava diferente agora. Winston e Emma, Andie e Lola, Stella e Eli... E Cate não tinha ninguém.

As palavras de Blythe repetiam-se nos ouvidos de Cate. *É melhor assim*, foi o que ela disse. *Volte para nós.* Cate fixou o olhar na porta. Havia passado tanto tempo se preocupando com Blythe, inventando aquelas mentiras sobre ela, sobre chutes na cabeça de cachorrinhos, planejando aquela festa idiota para que a Chi Sigma pudesse ser mais popular que a Beta Sigma Phi. Aquilo tudo parecia um pouco... *equivocado* agora. Ela e Blythe sempre foram melhores como uma equipe. Elas ficaram juntas quando os pais de Blythe se divorciaram, Blythe estivera a seu lado quando Cate perdeu a mãe, e ela aguentou o fato de Blythe passar todas as férias de verão viajando com o pai dela. A amizade delas nunca tinha tido problema algum até Stella se mudar para Nova York.

Cate enfiou a mão no bolso da calça jeans e tirou o iPhone. As mãos tremiam enquanto discava o número de Blythe. *Atende,* pensou, ouvindo o toque da ligação. *Por favor, atende.*

— Alô? — disse Blythe, que soava formal, tal como a recepcionista do banco de Winston.

— Blythe? — Cate engasgou-se, as lágrimas escorrendo pelo rosto. Ela torceu o cordão do pijama em volta da mão com tanta força e tão apertado que os dedos ficaram cor-de-rosa. No outro lado da linha, silêncio. — Preciso falar com você.

— Está chorando? — perguntou Blythe, suavizando o tom de voz.

Cate tentou dizer que sim, mas só saiu um gemido, e as lágrimas molhavam o telefone.

— Sinto muito sobre Eli... sobre tudo. — Cate limpou a bochecha com o dorso das mãos. — Quero voltar a ser sua amiga.

— Cate, eu falei que você podia voltar — continuou a dizer Blythe. A voz tinha um tom uniforme, estava calma, reconfortante. Como se talvez tivesse ficado com o celular no colo o dia todo, só esperando por esse telefonema. — Essa coisa toda saiu completamente de controle.

Cate expirou fundo.

— Eu sei. Sinto sua falta.

— Eu também — disse Blythe. Cate praticamente podia ouvi-la balançando a cabeça do outro lado da linha.

— Então por que você fez o que fez? — Cate apertou o telefone com força. Talvez Blythe realmente não quisesse ter contado a Myra sobre o desafio. Era possível que ambas tivessem sido levadas pela competição por Eli. Mas havia uma coisa que Cate não conseguia entender. Blythe sabia o quanto a Chi Beta Phi significava para ela, e ainda assim havia roubado a presidência da irmandade, que era de Cate. — Por que você fez com que Sophie e Priya se voltassem contra mim?

— Eu não estava tentando fazer com que elas ficassem contra você! — gritou Blythe. — Você mesma disse... eu estava "à sua sombra". Eu só queria mostrar que poderia fazer algo sozinha. Sem você. Como iria imaginar que você começaria uma nova irmandade com Stella e *Myra Granberry*?

Mesmo sem querer, Cate abriu um sorriso. Sua suposta amizade com Myra não era algo que *ninguém* pudesse ter previsto. Ainda assim, sempre achou que Blythe estava bem sendo a segunda em comando... Quando dançavam no show de talentos anual, ela sempre insistia que Cate ficasse na frente, porque se sentia desconfortável no palco. Blythe havia indicado Cate todos os anos para presidente de classe, e fora ela quem sugerira que Cate fosse a líder das Chi Beta Phi, para início de conversa.

— Se você estava se sentindo infeliz, deveria ter me dito alguma coisa.

— Talvez eu devesse mesmo ter dito como me sentia. — Seguiu-se uma longa pausa. Cate só conseguia ouvir a respiração de Blythe do outro lado da linha. — Olha — disse ela por fim —, estou cansada de ficar brigando com você... Isso simplesmente está... errado.

Cate afundou os dedões dos pés na blusa da Juicy que estava no chão.

— Eu sei. Também odeio isso. — Mesmo que tivesse queimado todas as recordações de tudo que ela e Blythe haviam feito na vida, Cate não conseguia apagar os últimos nove anos daquela amizade. Blythe vinha à sua casa uma vez a cada dois anos no Dia das Mães e levava um presente, só para que ela não se sentisse sozinha. E foi Blythe quem ligou para ela em meio às férias na África do Sul no último ano, quando Sophie e Priya tinham se esquecido de seu aniversário. Ela nunca teve uma amiga tão boa quanto Blythe antes... E, definitivamente, Stella não estava à altura. Cate olhou de relance para a porta, sentindo-se um pouco enojada. — E você não vai acreditar nisso... — Ela abaixou o tom de voz, sussurrando. — Eli Punch gosta de Stella.

— De Stella? — disse Blythe. — Como ele sequer a conheceu?

Cate colocou os vestidos de volta na frente da passagem e soltou um suspiro. O que os olhos não veem, o coração não sente. Pelo menos por enquanto.

— É uma longa história. Você está em casa?

— Sim, dê uma passada aqui.

Cate desligou, sentindo-se mais ela mesma do que tinha se sentido a semana inteira. Havia apenas algumas coisas nas quais podia confiar, com as quais podia contar: o sol nascendo todas as manhãs, o saldão anual da Barneys' e as Chi Beta Phi. Sem elas, Cate sentia-se como se alguém tivesse removido cirurgicamente seu coração. Desceu correndo as escadas e saiu pela porta da frente, nem se dando ao trabalho de olhar para trás.

Epílogo

Todo mundo precisa de um amigo. Alguns, como Andie e Lola, encontram a amizade nas irmãs.

Outros, como Stella, encontram a amizade mais gratificante nos lugares mais inesperados. Mesmo se tais amizades envolverem o uso de meias nas cores do arco-íris.

E ainda há outros, como Cate, que encontram conforto naquelas amigas que estiveram por perto o tempo todo (é claro que uma memória seletiva ajuda!).

Tudo está bem quando termina bem, é o que dizem, mas ter uma amiga não quer dizer que, automaticamente, a gente se esqueça das inimigas... Especialmente quando vivem sob o mesmo teto que nós. Pelo momento, a aconchegante casa de tijolos na rua 82 está silenciosa.

Mas tudo pode mudar num minuto em Nova York.

Este livro foi composto na tipologia Sabon LT Std, em corpo 11/16, e impresso em papel off-white no Sistema Cameron da Divisão Gráfica da Distribuidora Record.